anagramma

194

Prima edizione: giugno 2013

Roma, Casella postale 6214

ISBN 978-88-541-5250-2

www.newtoncompton.com

Realizzazione a cura di Pachi Guarini per Studio Ti, Roma
Stampato nel giugno 2013 da Puntoweb s.r.l., Ariccia (Roma)
su carta prodotta con cellulose senza cloro gas provenienti da foreste
controllate e certificate, nel rispetto delle normative ecologiche vigenti

Elisa Amoruso

Buongiorno amore

Newton Compton editori

Ad Anna, Enzo, Michele e Lorenzo

Venezia

Il respiro si sarebbe fermato. Intorno solo silenzio.

Un silenzio chiuso, ovattato, e un buio senza speranza.

Le sue mani sarebbero state ancora più bianche e i capelli avrebbero fluttuato leggeri, senza peso, illuminati da quell'unico raggio di sole che in quel preciso istante tagliava a metà la laguna.

Sarebbe riemersa dopo qualche ora, il corpo si sarebbe sollevato sotto il velo leggero di quella superficie dolce; il viso pallido, incorniciato da morbidi boccoli, gli occhi verdi, dello stesso colore dell'acqua.

Erano le 6 e 48 e si ricordò di aver letto da qualche parte che la maggior parte dei suicidi in Nord Europa avveniva esattamente tra le quattro e le sette del mattino.

Se non altro sarebbe morta giovane indossando un vestito di Armani.

Agnese guardò l'acqua densa e immobile sotto di lei e capì che non sarebbe stata mai capace di fare il salto.

Dal lato opposto del lido, oltre il canale torbido, si stendeva Venezia, l'orizzonte interrotto solo dalla prua delle gondole e la nebbia leggera che si addensava sui bagliori rosei dell'alba. I motoscafi bianchi in lontananza, come ballerine in tutù, saltellavano da un'onda all'altra con grazia, punteggiando il paesaggio. Fissò il legno marcio del pontile, immerso in quelle acque ferme da secoli. Era così che si sentiva: marcia dentro e immobile fuori.

Tornò sui suoi passi e si voltò a guardare la maestosità dell'Excelsior, le finestre appuntite dallo stile arabeggiante, la corte moresca con la fontana orientale, la chiassosa cupola che lo rendeva più simile a una cattedrale che a un albergo di lusso.

Ancora non riusciva a credere di aver trascorso la notte in un posto del genere.

Scegliere di abbandonare, in quell'esatto momento, sarebbe stato come arrendersi al fallimento, all'ineluttabilità della vita, agli scherzi di un destino tragico e malefico. Non era la prima volta che le capitava di soffrire per un uomo. Anche se, in effetti, nella sua vita aveva sofferto sempre e solo per *un* uomo.

Più di ogni altra cosa desiderava punirlo, farlo sentire in colpa, costringerlo a percepire la sua mancanza.

Purtroppo il suicidio non era cosa da lei.

Inoltre, se fosse morta con un tuffo nella darsena privata dell'hotel Excelsior nel bel mezzo del Festival del cinema di Venezia, gli avrebbe dato solo più risalto.

Già immaginava i titoli dei giornali: *Per amore si butta nel canale, salvata da un gondoliere*, *Cronaca di un amore folle tra un regista esordiente e una cardiochirurga*.

Non poteva in nessun modo correre il rischio di aumentare il suo successo, era fuori discussione. Lui avrebbe potuto persino versare qualche lacrima nell'intervista di una TV satellitare.

E poi che cosa avrebbero detto le zie? C'era voluta un'intera settimana di training per trasformarla dall'anatroccolo smunto che si era sempre sentita in un cigno bianco dallo sguardo fiero e dalle ali spiegate.

«Signorina? È per lei il caffè americano?».

Agnese voltò la testa di scatto, non si era accorta della presenza del cameriere. Aveva raggiunto l'entrata del bar in uno stato di semi incoscienza, avvolta nella nube dei suoi pensieri.

Si limitò ad annuire con la testa e versò quattro cucchiaini di zucchero nella tazza. Il ragazzo posò il vassoio sul tavolo e continuò a fissarla.

Agnese sollevò lo sguardo, infastidita.

«Mi scusi, ma… è lei?».

Agnese seguì la traiettoria del suo sguardo e le bastò un istante per riconoscere il cartellone alle sue spalle, oltre la porta girevole dell'albergo.

Si trattava del cartellone del film, il suo film.

Peccato che la ragazza che compariva al centro non fosse lei, ma l'altra.

«No», rispose con tono deciso.

Il ragazzo sembrò deluso.

«Le somiglia molto comunque».

Era incredibile. In quel mondo così vacuo e fatto di sole apparenze, erano bastati uno chignon alla Hepburn e un paio di occhiali anni Sessanta per far sembrare lei e *l'altra* la stessa persona. Era stato il parrucchiere a insistere, appena la zia Aurora lo aveva informato che Agnese sarebbe andata alla Mostra del Cinema di Venezia: lo chignon l'avrebbe resa unica e speciale, come la celebre attrice in *Colazione da Tiffany*.

In preda all'agitazione, la sigaretta le scivolò dalle mani e fu costretta ad abbassare lo sguardo. Il tacco della scarpa sinistra aveva una crepa a metà, che tagliava in due il sottile stelo laccato di vernice turchese; si trattava di un paio di costosi sandali D&G comprati durante i saldi di fine stagione, un capo «immancabile», a detta della zia Claudia. Il tacco si sarebbe rotto da un momento all'altro, con un po' di fortuna nel preciso istante in cui *lui* si sarebbe materializzato nella hall.

Le zie avevano riempito la sua valigia di vestiti eleganti, sciarpe di seta, cappelli di paglia e soprattutto scarpe col tacco, per una media complessiva di un paio di cambi al giorno.

«Una donna non esiste senza il suo piedistallo», amava ripetere la zia Aurora, che aveva appena ottenuto un diploma di estetista e vantava una certa competenza in materia.

Adesso che il cameriere le aveva fatto notare la somiglianza, iniziava a capire perché il giorno prima quando era scesa dal motoscafo le avessero scattato tutte quelle foto.

Poi aveva incontrato lui, che con aria stupita le aveva sussurrato: «Nina, sei tu?».

Agnese aveva fatto un sorriso di circostanza e un attimo dopo *lui* era stato raggiunto da *lei.*

Una ragazza dalle gambe così lunghe che poteva essere solo una modella o un'attrice. Fasciata in un tubino di seta nero a mezzogiorno, come fosse la cosa più naturale del mondo. Erano entrambe alte, slanciate e avevano esattamente *quella pettinatura.* L'altra aveva occhi più chiari rispetto a quelli di Agnese e leggermente allungati, ma nel complesso, forse, c'era una vaga affinità.

Era perfino più bella di come se l'era immaginata.

«Piacere, Louise».

Agnese si era presentata, per poi chiudersi nel suo solito, ostinato silenzio.

Era sempre stato così. C'era in lui qualcosa che aveva il potere di destabilizzarla.

Una sensazione che non sapeva definire, ma che ricorreva a intervalli regolari e si materializzava sotto forma di eventi spesso per lei devastanti. Puntualmente e forse senza volerlo, lui era l'unico in grado di ferirla.

Agnese in quel momento davanti alla tazza del caffè capì che le restava solo una cosa da fare: restare in vita e scomparire per sempre.

Lorenzo

Rimase a lungo sotto il getto caldo della doccia.

Gli tornavano in mente i particolari della notte, il collo bianco di lei nel buio della stanza, la sua voce calda, un po' roca per il troppo alcol. Quella passione che sembrava consumarli e che pareva non avere fine.

Si era svegliato. Lei lo stava guardando, in silenzio, con quegli occhi grandi, così familiari.

Erano rimasti così per pochi, lunghi istanti, poi lui si era alzato dal letto all'improvviso ricordandosi di Louise. Il suo rossetto Dior era rimasto sul ripiano vicino allo specchio, insieme a un bracciale d'argento che le aveva regalato lui; doveva aver preparato le valige in fretta e furia, oppure li aveva dimenticati per lasciare un segno in quella che fino al giorno prima era stata la loro stanza.

Poteva quasi vederla, mentre imboccava il corridoio dell'albergo, immaginava che piangesse dietro gli occhiali da sole, una parte di sé forse lo sperava. Non era una che dava a vedere le proprie emozioni.

L'esatto contrario di Nina, che invece piangeva di rabbia ed era capace di dire tutto quello che le passava nella testa, e nel cuore.

All'improvviso si ricordò della loro prima estate.

Di quanto si fosse arrabbiata perché se n'era andato senza salutarla.

Erano solo dei bambini. Eppure lei aveva mantenuto il punto. Odiava quella sua testardaggine.

Quella mattina Lorenzo aveva aspettato a parlare.

Eppure la sensazione era così chiara, netta. Quando lei si era alzata e senza dire nulla gli si era avvicinata, guardandolo fisso negli occhi, aveva capito. Sapeva già tutto lei, come sempre.

«Ti senti in colpa».

Lorenzo era rimasto in silenzio, le parole si erano incastrate nella gola e nella testa, incapaci di uscire.

«Ma che dici, non è vero».

Si era allontanato ed era andato verso la finestra.

«Sì, invece, ti senti in colpa! Ti senti in colpa per lei...».

Lui era rimasto di spalle, incapace di voltarsi, l'aveva sentita raccogliere i vestiti e sbattere i tacchi sul parquet.

Quando si era voltato, Nina era già sulla porta.

«Sei innamorato di lei?».

Louise era stata la prima donna alla quale aveva dato la possibilità di oltrepassare quel muro che metteva fra sé e il resto del mondo.

«Non lo so», aveva risposto.

Nina si era morsa le labbra senza abbassare gli occhi, voleva guardarlo ancora un istante, prima di decidere se quello che le aveva appena detto era vero.

Ma lui non faceva niente per smentirlo e lei si era limitata a sussurrare:

«Va bene».

I suoi occhi erano diventati lucidi.

Aveva afferrato l'impermeabile, incollando la rabbia al pavimento e se n'era andata senza salutarlo.

BAMBINI

Anatroccoli

Gli unici amici che era riuscita a farsi quell'estate in Romagna erano un gruppo sparuto di anatroccoli.

Con sua cugina Gilda quell'anno era tutto cambiato.

Una mattina, mentre la nonna cuoceva le piadine per il pranzo e scaldava il caffellatte per la colazione, la zia Aurora si era presentata in cucina con una busta colorata e l'aveva sventolata davanti agli occhi di sua figlia Gilda, che allora aveva dodici anni.

«Ho una cosa per te!», aveva detto eccitata, tirando fuori dalla busta un costume rosso ciliegia a pois bianchi.

Gilda aveva guardato il costumino striminzito con una vaga aria di terrore e aveva provato a protestare:

«Ma mamma... io non ci entro qui, e poi i costumi così non vanno più adesso, questo modello è un po' vecchio...».

«Sei una signorina e solo le bambine portano il costume intero», aveva risposto la zia Aurora, con un tono che non ammetteva repliche.

«Anch'io voglio due pezzi invece di uno», si era intromessa Agnese, che aveva nove anni e neanche l'ombra di qualcosa da coprire nella parte di sopra. La nonna l'aveva zittita subito:

«Tu non avere fretta. Ogni cosa a suo tempo».

«Ti starà benissimo. Provalo subito», aveva sentenziato Aurora, ed era stato allora che Gilda aveva invocato la zia Claudia con occhi imploranti.

«Non guardarmi, non sono tua madre. Fosse per me gli darei fuoco al due pezzi».

La zia Claudia era l'unica della famiglia a non essersi sposata e a non avere figli e se ne vantava, convinta di aver fatto la scelta più saggia; portava i capelli corti e i pantaloni a zampa, anche se erano quasi gli anni Novanta. Se ne andava in giro col trapano in tasca, amava il giardinaggio e faceva tutti quei lavori che avrebbe dovuto fare un uomo. Anche perché un uomo in casa non c'era.

Ad Agnese piaceva, perché era diversa e la faceva ridere. Anche Gilda amava la zia, perché era il contrario esatto di sua madre Aurora, che invece era un concentrato esplosivo di femminilità e seduzione. Ogni volta che riceveva un rimprovero, Gilda sapeva di poter contare sulla zia Claudia, che, anche solo per partito preso, avrebbe sposato la causa opposta a quella della sorella.

Per Agnese invece l'unica che avesse voce in capitolo era la nonna. Decideva tutto lei e a quell'età era bello che ci fosse qualcun altro a scegliere al posto suo.

Era la quarta estate che trascorreva in Romagna: il suo bisnonno aveva costruito lì un casale piuttosto grande con intorno un piccolo pezzo di terra e un capannone adibito a pollaio. Della Romagna Agnese amava le uova fresche prese direttamente dalle galline, l'odore di bruciato che faceva la vecchia cucina a piastra, i gradini di marmo che le rinfrescavano i piedi nel primo pomeriggio e le piadine fatte in casa. A Riccione c'erano le giostre e a Rimini i coni gelato, che a seconda della grandezza potevano arrivare a costare cinquemila lire. Soprattutto in Romagna c'era sua cugina

Gilda, la cui presenza rendeva l'estate un momento unico e speciale. Di qualche anno più grande di lei, i capelli rossi, gli occhi grandi, di un nocciola intenso e una costellazione di efelidi sulle guance, Gilda aveva un carattere deciso e forte e Agnese non poteva fare a meno di ammirarla e desiderare che stesse sempre con lei. Durante l'inverno Gilda veniva solo ogni tanto a trovarla e passavano interi pomeriggi a giocare a "Strega mangia colori" saltando sulle mattonelle colorate del cortile della nonna, una vecchia palazzina anni Sessanta nel quartiere Centocelle, a Roma. L'edificio era stato realizzato da Angelo, il suo bisnonno, costruttore, bevitore e giocatore di carte indefesso, e suo nonno, Alberto, elettricista specializzato dell'Enel. Il cortile era stato ultimato alla fine, con materiali di scarto e di fortuna, mettendo insieme qua e là mattonelle tutte diverse. Perciò i colori su quel pavimento c'erano tutti e si poteva saltare per ore da una mattonella all'altra. Se avesse avuto una sorella come Gilda la qualità della sua vita sarebbe migliorata, non c'era dubbio. Ma la cugina purtroppo abitava al quartiere Salario, dalla parte opposta della città. L'unico momento in cui poteva vederla era d'estate.

Quell'anno però Gilda non era più la stessa. Non nuotava più con lei cantando a squarciagola la sigla di *Candy Candy*, non la rincorreva per la spiaggia giocando ad acchiapparella e non faceva più nemmeno i castelli di sabbia. Restava tutto il giorno sotto l'ombrellone a guardare le zie e la nonna fare partite a scopone scientifico, nascondendosi dagli sguardi dei maschi, ignara della sua disarmante bellezza.

Come se non bastasse, al mare sembravano non esserci bambini della sua età. Erano tutti o troppo grandi o troppo piccoli. E Agnese era molto esigente.

Nei cortili vicino alla loro casa c'erano solo vecchietti che giocavano a carte bevendo vino rosso e i pochi ragazzi più grandi facevano giochi che lei non capiva, a cui comunque non era ammessa.

Per fortuna non mancavano gli animali.

Le galline del pollaio, Yoghi, il cane più pigro del mondo, e una nidiata di anatroccoli dal pelo verde scuro e il beccuccio giallo. Agnese li aveva trovati nel piccolo bosco vicino al casale e subito aveva pensato che avessero bisogno di lei.

Attirati in una cesta di vimini con pezzetti di pane raffermo intriso di latte, se li era portati via. La nonna le aveva proibito di farli entrare in casa, così aveva costruito una specie di nido, un pagliericcio con una piccola tettoia tenuta su da due assicelle di legno piantate nella terra. Almeno lì sotto potevano ripararsi dal sole.

Erano in sette.

Ogni sera Agnese li ricontava prima di andare a letto, per essere sicura che ci fossero tutti. Aveva dato a ciascuno un nome e gli aveva messo un anellino colorato alle zampette per distinguerli.

Si prendeva cura di loro con un'attenzione che non aveva mai riposto in nient'altro.

Quando le zie le chiedevano dove fosse la loro mamma, Agnese raccontava di averla vista abbandonare i piccoli per andarsene sull'altra sponda del fiume.

Era una bugia, ma la considerava una bugia tutto sommato innocente, che giustificava il suo comportamento e non la faceva sentire una ladra di anatroccoli.

Poi una mattina si svegliò poco prima dell'alba, in preda a uno strano presentimento.

Preparò la loro colazione, si avvicinò al nido, iniziò a distribuire il pane sbriciolato e si accorse che ne mancava uno. Quello con l'anellino rosso.

Li contò. In effetti, Cesare non c'era.

Cominciò a chiamarlo ad alta voce perlustrando la zona.

All'improvviso sentì uno schiamazzo seguito da un verso lancinante, strozzato, inconfondibile.

Veniva da dietro il capannone del pollaio.

Ci girò intorno correndo e sul retro vide un ragazzino poco più grande di lei, che lanciava sassi contro il piccolo anatroccolo.

Cesare correva da una parte all'altra del sentiero nell'improbabile impresa di schivarli, ma la pioggia di pietre si abbatteva su di lui senza pietà.

Un grido muto le si fermò in gola, un attimo prima che l'animale venisse colpito dal sasso fatale.

L'anatroccolo si accasciò sull'erba.

«È morto?», chiese il ragazzino.

Agnese ebbe un sussulto, a sentir pronunciare quella parola, "morto".

Si avvicinò all'anatroccolo, lo accarezzò con delicatezza, come si fa con una creatura rara e indifesa. Il corpo era ancora caldo. Ma non respirava più.

«Io non volevo ucciderlo», sussurrò lui, improvvisamente spaventato.

Agnese scappò verso casa.

Il bambino la guardò andare via, raccolse il sasso con cui aveva colpito l'anatroccolo e notò che su un lato c'era una piccola macchia di sangue.

Aveva gli occhi enormi, il bambino, scuri e leggermente allungati.

Agnese salì agitata nella sua stanza, avvolse Cesare in un lenzuolo e uscì di nuovo; un istante prima di chiudere la porta di casa, vide la sua bisnonna Lisa, novant'anni, piccolina e filiforme, seduta sulla sedia di cucina, i capelli bianchi sciolti e la camicia da notte anch'essa bianca, una nuvola di luce nella penombra della stanza.

Guardò la faccia sconvolta della bambina e il fagottino che stringeva in mano:

«Che te succede, stellin?».

Agnese non si fermò a rispondere, chiuse la porta e corse via.

Sulla strada lesse il cartello blu della statale "Rimini" e s'incamminò in quella direzione.

Il marciapiede era stretto e sulla strada grande, a due corsie, le macchine sfrecciavano veloci.

Agnese guardò dritta davanti a sé, la distesa di asfalto sembrava non finire mai.

Non riusciva a credere che fosse accaduto davvero.

Ripensò allo sguardo del bambino quando l'anatroccolo era stato colpito.

Quegli occhi grandi e scuri, attraversati come i suoi, dallo stesso lampo di terrore.

Se il sasso non l'avesse colpito alla testa, forse Cesare sarebbe sopravvissuto.

Se lei avesse saputo qualcosa di più sulla vita e la morte degli animali avrebbe potuto rianimarlo. L'aveva visto in una trasmissione in TV, una donna che sembrava finita, ma suo marito l'aveva colpita forte al petto più volte e lei era tornata a respirare.

Ormai però era troppo tardi.

Il sole cominciava a farsi alto nel cielo e la calura estiva le si appiccicava da tutte le parti.

Un paio di signore passando sul marciapiede la guardarono incuriosite.

Non era certo una strada adatta per una bambina sola. In assoluto una bambina della sua età non avrebbe dovuto andarsene in giro così.

Ma Agnese era troppo determinata per abbandonare l'impresa.

Le mani le sudavano e il cuore le batteva forte, per lo spavento e per la corsa.

A un tratto iniziò a sentire una strana morsa che le afferrava il corpo, un dolore mai provato, dritto al centro dello sterno, come se qualcuno le avesse posato sul petto qualcosa di molto pesante; il respiro divenne più corto, accompagnato da uno strano fischio che si spandeva nell'aria a ogni suo passo. Agnese sentì le gambe molli e lo sguardo abbassarsi pericolosamente sull'orizzonte.

La strada le sembrò contorcersi in una piega strana.

L'ultima cosa che vide prima di cadere a terra priva di sensi fu il cartello azzurro che indicava il centro della città.

Quando riaprì gli occhi, cercò subito il fagottino bianco ma non lo trovò. Era in un posto che non conosceva, sdraiata su un divanetto. Si tirò su di scatto e un uomo in divisa le venne incontro.

«Dov'è, dove lo avete messo?»

«Calma, va tutto bene… commissario, s'è svegliata!».

Un altro signore senza divisa uscì dalla stanza di fronte.

«Ma Cesare dov'è?»

«Cesare?».

Il commissario guardò l'altro che stava portando dalla stanza accanto il fagottino ancora avvolto nel lenzuolo bianco.

Le chiese dove stesse andando tutta da sola, e Agnese rispose senza indugio:

«Qui. Per una denuncia».

I due uomini si guardarono con aria più seria.

«Omicidio», disse subito la bambina.

L'aveva visto in TV a *Forum*, uno dei programmi preferiti della nonna, in cui si dibatteva la disputa tra chi avesse commesso un reato e chi lo aveva denunciato. Era lì che Agnese aveva imparato certe espressioni e aveva iniziato con l'aiuto della nonna a farsi una sua idea della giustizia.

Il commissario la guardò più attentamente e non si pronunciò, aspettando che Agnese continuasse.

«L'omicidio di Cesare, il mio anatroccolo».

L'uomo lanciò uno sguardo al giovane appuntato che trattenne un sorriso.

«E chi vorresti denunciare per l'omicidio di Cesare?».

Agnese rimase in silenzio e realizzò solo allora che non sapeva chi fosse quel ragazzino, non lo aveva mai visto in giro intorno al casale e soprattutto non sapeva il suo nome.

Non fece in tempo a finire di formulare il pensiero che vide comparire la zia Claudia trafelata sulla porta, seguita dalle facce preoccupate della zia Aurora e di sua cugina Gilda.

E capì che non c'era più niente da fare.

In macchina con la zia Claudia al volante, Agnese se ne stava in silenzio e guardava fuori, ammutolita. Il fagottino poggiato sulle gambe.

Da quando i suoi genitori erano morti in un incidente d'auto sui ponti dell'autostrada Roma-L'Aquila, Agnese amava passare il suo tempo con le sorelle di sua madre; ma in quel momento le odiava, perché le avevano impedito di fare giustizia.

«Lo sai che ti abbiamo cercato dappertutto? Alla nonna per poco non viene un infarto».

Era la fine degli anni '80 e la nonna, appassionata di attualità e fatti di cronaca nera, aveva seguito per filo e per segno tutta la vicenda del rapimento Casella, un ragazzo di diciotto anni sequestrato dalla 'ndrangheta in una tana dell'Aspromonte calabrese. Sua madre Angela si era incatenata in piazza per protesta contro le autorità che facevano troppo poco per ritrovare il figlio. Nonna Adriana si era immedesimata talmente nel ruolo di madre coraggio che aveva spedito le zie a cercare la bambina in tutte le questure della zona, minacciando di incatenarsi lei stessa al casale se non l'avessero trovata.

Quando arrivarono a casa, Agnese andò in giardino, adiacente al bosco e scavò una buca. Ci mise dentro Cesare avvolto nel lenzuolo, poi la ricoprì con cura e mise insieme una piccola croce con un paio di assicelle di legno. In cima alla croce posò l'anellino rosso appartenuto all'anatroccolo.

La mattina dopo Agnese decise di riportare in libertà i fratellini di Cesare.

La zia Claudia le aveva fatto capire che loro appartenevano al bosco, all'inizio di quel ruscello che poi diventava un fiume e magari la mamma sarebbe tornata a cercarli. Era stata quest'ultima riflessione a convincerla: in fondo anche Agnese era convinta che sua madre, prima o poi, sarebbe tornata a prenderla.

Nel frattempo una macchina nuova era comparsa nella villa di fronte al casale. Era una macchina bellissima, lunga, blu metallizzata, con uno stemma argentato sulla punta.

Agnese aveva sentito la zia chiamarla Mercedes, «una macchina di lusso, che noi non avremo mai».

«Se hanno quella casa, hanno anche quella macchina», aveva detto la zia Claudia, sempre molto attenta alle deduzioni logiche e ai beni materiali.

La villa aveva tre piani, una veranda e il giardino con il prato all'inglese, ma per tutto l'anno ci abitava solo un vecchio signore, che la zia Claudia detestava perché amava andare a caccia nella radura circostante e la svegliava con colpi di fucile alle prime luci del mattino.

Agnese era incuriosita dai nuovi vicini: la donna che usciva dalla Mercedes indossava sempre un impermeabile bianco molto elegante e dei foulard colorati e il signore che guidava era un vero uomo, non come lo zio Enzo.

Lo zio Enzo, l'unico maschio che la sua famiglia avesse avuto in giro per un po', era il papà di Gilda, ma per Agnese era un personaggio strano. L'aveva visto una sola volta, aveva i capelli lunghi e la testa pelata e nel complesso le ricordava un uovo sodo con la barba.

Un giorno lo zio era partito per l'India e da allora non avevano più avuto sue notizie. Aveva «spezzato il cuore» alla zia Aurora, diceva la nonna, e avvalorato le tesi della zia Claudia sull'inutilità dell'uomo nella famiglia.

Aurora era senza dubbio la più bella non solo del loro clan, ma anche di tutto il quartiere Centocelle, a Roma, e di certo la più bella di quel luogo imprecisato che Agnese chiamava: Romagna.

Aveva una pelle liscia, rosea, con le guance sempre un po' colorate, che avvampavano quando rideva, gli occhi chiari, di un azzurro intenso che si incastravano perfettamente in cima al nasino piccolo e delicato, e sembravano vivere di una luce propria, magnetici, come una calamita. I capelli biondi, lunghi, erano spesso raccolti in due trecce lunghissime.

Il signore della villa, passando, la guardava sempre.

Al contrario di Enzo, lui aveva i capelli e la barba sempre fatta, le giacche stirate, e amava il profumo.

Le zie trascorrevano ore a chiedersi se la scia che quel signore lasciava dietro di sé fosse bergamotto, vaniglia o lavanda.

In casa non si parlava d'altro. E il bambino assassino sembrava essere sparito.

Fino a una domenica pomeriggio, in cui Agnese e la nonna stavano guardando una puntata di *Capitol*.

Erano repliche estive, la nonna le aveva già viste tutte durante l'inverno, ma si era così affezionata ai personaggi che poteva starsene lì per ore. Nella scena che stavano guardando c'erano due donne truccate e vestite elegantemente che fingevano di essere amiche e si dicevano delle cose terribili.

Qualcuno bussò alla porta, la casa era talmente vecchia e malmessa che nessuno aveva mai pensato di mettere un campanello.

Aprì la nonna e all'inizio non capì che cosa volesse quel ragazzino che non parlava.

Si sporgeva a sbirciare in casa oltre la porta come se cercasse qualcosa e teneva in mano un piccolo cesto di legno coperto da un fazzoletto di seta.

Adriana sentì degli strani versi.

«Che c'è, che tieni qua dentro?».

Il bambino scoprì l'esserino che si nascondeva sotto il fazzoletto: era una rondine, che però a vederla non stava tanto bene.

Agnese era rimasta nell'ombra e osservava tutto in lontananza.

Poi finalmente il ragazzino parlò:

«È per lei». E indicò la bambina, che se ne stava immobile alle spalle della nonna.

Agnese fece qualche passo attirata dalla curiosità di sapere cosa ci fosse nel cesto. Quando vide la piccola rondine con l'aria dolorante non riuscì a resistere. La prese subito tra le mani e la mise a terra per capire quale fosse il problema. L'uccellino camminava abbastanza bene, ma riusciva a muovere solo un'ala.

«Credo che abbia un'ala spezzata», disse il ragazzino.

Agnese lo gelò con lo sguardo: «Gliel'hai spezzata tu?».

«Agnese!», la sgridò la nonna.

«No, l'ho trovata così, vicino al bordo della piscina», rispose il ragazzino scuotendo la testa.

Sia Agnese che la nonna furono piuttosto colpite dall'informazione che la villa avesse anche una piscina, non conoscevano nessuno che ne avesse una. La zia Claudia, che nel frattempo era comparsa sulla soglia, commentò:

«Se hanno quella macchina, hanno anche la piscina».

«Io non so cosa farci, invece tu la puoi guarire», continuò il ragazzino guardando Agnese.

Quegli occhi, così grandi e così scuri, le mettevano soggezione.

«Va bene, la prendo io».

«Io mi chiamo Lorenzo. E tu?».

Agnese sentì uno strano dolore allo stomaco, come se fosse vuoto, o se qualcuno la stesse afferrando da lì e tirando verso il basso.

Deglutì, fece un bel respiro e rispose: «Agnese».

Segreti

Seguirono giorni non troppo caldi in cui non si poteva sempre andare al mare.

Gilda aveva trovato delle ragazzine della sua età con cui giocare a palla avvelenata, ma Agnese ne era esclusa perché troppo piccola e "piagnona". La chiamavano così perché era capace di mettersi a frignare all'improvviso per i motivi più strani. Per le cose importanti, quelle per cui ci sarebbe stato da piangere davvero, Agnese non piangeva.

In quei giorni, nonostante fosse stata bandita dalla cugina e dalle sue nuove amiche, non si sentiva affatto sola. Era completamente rapita dalla sua nuova creatura.

Dopo lo shock di Cesare aveva deciso di non darle un nome, e la chiamava semplicemente *rondine*, o *rondinella*. La sfamava con pane e briciole intrise di latte e ogni tanto anche con un po' di zabaione.

Non aveva il permesso di uscire perché era ancora malata, avrebbe potuto fare un tentativo di volo e restarci secca e, dopo il fatto tragico dell'anatroccolo, la nonna aveva acconsentito ad avere quell'esserino in casa che ogni tanto tentava goffamente di salire le scale.

Poi un giorno qualcuno bussò alla porta. Era di nuovo lui.

«Che vuoi?»

«Devo farti vedere una cosa».

«Non posso uscire, sto con lei», e indicò la rondinella che zampettava nella penombra. Agnese fece per rientrare in casa, ma lui aggiunse sussurrando, quando lei era già di spalle: «Nel bosco», come se sapesse che quel territorio per lei era fonte di grande interesse.

Camminarono tanto, superando un confine oltre il quale la bambina non si era mai spinta. Aveva stabilito e concordato segretamente con la zia Claudia che oltre l'albero di ciliegio non sarebbe andata. Lì la radura diventava più fitta e le foglie si ammassavano sulle teste formando un soffitto verde scuro e uniforme da cui entrava pochissima luce.

Lorenzo camminava davanti e lei lo seguiva, in silenzio.

«Di qua, lì ci sono le ortiche», «Attenta qui sotto c'è una buca».

Era lui a dirle come muoversi e lei obbediva. Ogni tanto alzava il viso verso l'alto e si perdeva a osservare il tetto di foglie, i rari spicchi di cielo. Lorenzo le aveva detto che sarebbero arrivati al centro del bosco e Agnese cominciava ad avere la sensazione che il bosco fosse infinito, o che comunque il centro fosse lontanissimo.

Poi finalmente si fermò.

«Ci siamo».

Agnese, intenta a superare un cespuglio di rovi, non alzò la testa finché non sentì il suono della sua voce.

Lorenzo fece un passo e Agnese finalmente vide ciò che fino a quel momento lui le aveva nascosto: avvolta in una coperta d'edera c'era una baracca di legno, con il tetto spiovente, una finestrella e una porta di metallo semi arrugginito.

Agnese restò un attimo in silenzio, poi fece qualche passo in avanti. Lorenzo era rimasto fermo, alle sue spalle, con l'aria soddisfatta. Era valsa la pena arrivare fin lì. La bambina strinse la maniglia della porta arrugginita e lo guardò.

Lorenzo non disse niente, si limitò ad annuire con la testa e un istante dopo il rumore del ferro sul legno divenne nell'aria un boato stridente e inquietante.

Dentro era piuttosto buio, c'era un tavolino di legno, una brandina singola e una sorta di piccolo comodino.

«Ti piace?»

«Così così», rispose lei, mentendo.

In realtà quel luogo era quanto di più misterioso e invitante avesse mai visto.

«È nostra», riprese lui, andando verso la finestra e aprendola appena. Agnese lo guardò stupita.

«Nostra?».

Non aveva mai posseduto niente di suo oltre alle figurine dell'album di *Candy Candy* e a un peluche di *Hello Kitty* che le aveva regalato sua madre prima di partire.

«Come fai a sapere che non è di nessuno?»

«Perché ci sono venuto già. E poi è sporca».

Agnese si guardò in giro, un fascio di luce bianca rischiarava lo spazio grazie all'unica finestra, un cumulo di polvere galleggiava nella luce sospeso nell'aria. Le parve una spiegazione convincente.

«Possiamo venirci quando vogliamo».

«Dobbiamo metterla a posto però».

Sul letto misero un lenzuolo che Lorenzo aveva rubato dal cesto della biancheria. A casa sua Agnese non avrebbe potuto procurarsene uno senza che la nonna se ne accorgesse.

Lorenzo di nascosto aveva preso in casa dei piattini e delle tazze da tè; Marie-Helène, sua madre, era troppo distratta per accorgersene. Agnese ci faceva lo zabaione, sbattendo forte il cucchiaino come aveva visto fare a sua nonna.

Trascorrevano in casa e intorno alla casa la maggior parte delle giornate. Lorenzo aveva già undici anni e amava leggere fumetti. Aveva portato una pila di *Topolino* e *Dylan Dog*, perfino un vecchio *Tex* che aveva trovato in camera del nonno. Li rileggevano all'infinito, inventandosi ogni volta delle varianti. Anche se di tanto in tanto Agnese aveva la sensazione che i veri eroi della vita di Lorenzo fossero i suoi genitori, dei quali non faceva che narrare gesta incredibili.

«Ieri io e mio padre abbiamo nuotato insieme fino alla terza boa. Quest'inverno se continuo così lo batto anche in piscina. Tu sai nuotare?».

Agnese si adombrò un istante ricordandosi di quando sua madre le aveva insegnato a non aver paura dell'acqua, pochi anni prima.

«Certo che so nuotare».

«Nuotare bene, dico, anche in mare aperto».

«Certo...», mentì Agnese.

«Ti ha insegnato tuo padre?»

«No. Mia madre».

«Ma i tuoi non ci sono qui, c'è solo tua nonna».

Agnese rimase in silenzio per un lungo istante, prima di scegliere cosa dire.

«Sono partiti per un viaggio molto lungo. Sugli Appennini. Nonna dice che forse torneranno, prima o poi».

Lorenzo non riuscì a capire del tutto.

«Che bello... Sono degli alpini?».

Agnese per un attimo vide sua madre appesa nel vuoto vicino a una roccia che si spazzolava i capelli, mentre suo padre faceva una fatica bestiale per tirarla su con una corda fino in cima a una vetta.

«Non proprio», concluse e proseguì il discorso iniziato da lui, «ma non è pericoloso dopo la terza boa?».

La terza boa era dopo gli scogli, molto oltre il punto in cui non si toccava e Agnese aveva il divieto assoluto di arrivare fin lì da sola.

«Macché, mio padre nuota benissimo e poi se dovesse accadermi qualcosa, lui mi salverebbe, ha il brevetto».

«Che vuol dire?»

«Che ha fatto un corso in cui s'impara a salvare gli altri dalle situazioni di pericolo».

Agnese soppesò quell'informazione. Non aveva mai immaginato che esistessero delle persone in grado di salvare gli altri. Magari il padre di Lorenzo avrebbe potuto aiutare i suoi genitori, se fosse stato lì. Agnese se lo immaginò come una specie di Superman, col costume blu e il mantello rosso, che arrivava volando sull'autostrada e sollevava la macchina di suo padre e sua madre un attimo prima che toccasse il guard rail.

«Io da grande sarò come lui. Salverò gli altri e sposerò una donna bella e intelligente come mia madre».

«I genitori di mia cugina litigano sempre. Per fortuna adesso lo zio è andato dall'altra parte del mondo. La nonna dice sempre "speriamo che non torni"».

«I miei no, non litigano mai. Solo una volta lo hanno fatto. Quando siamo arrivati qui. È per questo che me ne voglio andare, questo posto li fa stare male».

Agnese lo guardò incupirsi:

«È successo quel giorno... il giorno dell'anatroccolo», continuò il bambino.

Agnese prese un pezzo di legno e lo lanciò nel fiume. Il pensiero di Cesare le bruciava ancora. Lorenzo seguì con gli occhi il ramo che era andato a fondo un istante, per risalire subito a galla. Poi la guardò e le chiese:

«Perché ti chiami Agnese?»

«Era la mamma della mia bisnonna».

«Ecco, infatti».

«Perché, infatti?»

«Perché è un nome da vecchia. Tu non hai la faccia da Agnese».

La ragazzina rimase in silenzio. A volte anche lei aveva pensato che Agnese non fosse proprio la prima parola che le veniva in mente quando si guardava allo specchio.

«E che faccia ho?».

Lorenzo la scrutò bene, le girò la testa un paio di volte e poi disse con certezza:

«Hai la faccia da Nina. Da oggi ti chiamerò Nina».

Agnese sorrise, Nina era breve e suonava bene.

«Però non lo devi dire a nessuno. Solo io ti ci posso chiamare».

Agnese voltò la testa e vide poggiato sulla terra accanto a loro un sasso a forma di cuore: era liscio e piatto, con le linee arrotondate e una riga che lo divideva a metà, proprio al centro, una spaccatura perfetta. Era un cuore, non c'erano dubbi. Lo prese in mano e se lo mise in tasca. Poi tornò ad ascoltare Lorenzo che le leggeva *Dylan Dog* a voce alta.

In fondo Lorenzo non era così cattivo. A volte faceva delle cose strane, di cui Agnese non capiva il senso. Arrivava di corsa e senza nemmeno guardarla si tuffava nel fiume ghiacciato, rischiando di farsi male atterrando sulle rocce appuntite. Emergeva solo dopo un po', quando lei ormai era preoccupata che non risalisse più. E allora la guardava, sorrideva e gridava:

«Vieni?»

«No!».

Non faceva in tempo a dirlo che lui le era già addosso e la trascinava dentro l'acqua gelida.

Agnese andava giù con la testa e apriva gli occhi, l'acqua del fiume era limpida e non bruciava forte come quella del mare. Restava in apnea nuotando a occhi aperti fino a che il suo corpo non aveva assorbito completamente la temperatura, le veniva naturale, senza nessuna fatica. Lorenzo le invidiava quella resistenza, lui dopo un po' doveva uscire a prendere aria e, infatti, nelle gare di apnea non la batteva mai.

Dal giorno in cui Lorenzo l'aveva ribattezzata Nina, qualcosa dentro di lei era cambiato e adesso Agnese si sentiva invincibile, come se avesse due personalità, o un'amica immaginaria costante, questa Nina che si portava sempre appresso. Aveva messo il sasso a forma di cuore sotto il suo letto, a ricordarle che quello era il momento in cui Nina era nata.

Da quel giorno aveva cominciato a vedere ovunque oggetti a forma di cuore. Le foglie, i sassi, le nuvole, i disegni sulle cortecce degli alberi, le pieghe che prendevano le lenzuola sul letto, i capelli intrecciati della zia Aurora. Aveva deciso di non dirlo a nessuno e di tenere la cosa per sé, come se fosse una sua specialità, come se anche lei fosse una supereroina che aveva il potere di trovare cuori nel mondo. Non le era ancora del tutto chiaro a cosa servisse quel super potere, ma chissà che alla fine non si sarebbe rivelato utile.

Quell'estate passò incredibilmente veloce.

Lorenzo arrivava sotto la sua finestra e la chiamava a gran voce: «Nina!». Lei abbandonava qualunque cosa stesse facendo per uscire di corsa e imboccare il sentiero del bosco. Nessuno sembrava far caso a loro.

Solo Lisa, la bisnonna, una volta mentre facevano colazione aveva chiesto, col suo accento romagnolo (la bisnonna era l'unica ad aver conservato un po' il dialetto di quelle parti):

«Ma chi s'è questa Nina che 'sto figliol zerca sempre?».

Agnese aveva fatto finta di niente e la nonna, che aveva capito, aveva risposto serafica:

«Sarà una ragazzina che vive qua intorno».

Le zie erano sempre più prese dalla famiglia di fronte e una volta che il padre di Lorenzo, "l'avvocato" lo chiamavano loro, aveva salutato la zia Aurora, la nonna aveva commentato:

«Gli uomini, più ci fanno soffrire, più gli restiamo attaccate...».

La zia Aurora era arrossita ed era entrata in casa senza dire niente.

Per un po' erano rimaste in silenzio.

«E la moglie...l'ha ingulè 'e sciadùr!», aveva aggiunto infine la nonna.

Agnese non conosceva ancora il dialetto romagnolo, ma quell'espressione, «ha ingoiato il mattarello», l'aveva sentita più volte, pur non capendone esattamente il significato.

«Sempre meglio di quell'altro... In India con la chitarra... Questo almen l'è ricco».

A sentire di continuo i discorsi della nonna e delle zie, Agnese aveva separato nella sua testa i "ricchi" da tutti gli altri. I ricchi avevano un sacco di tempo per stare in vacanza e non erano mai contenti delle cose che avevano perché le avevano da sempre. Vivevano come su un altro pianeta, in cui non c'era bisogno di lavorare, né di fare fatica e anche la sofferenza sembrava un concetto lontano. Lorenzo rientrava nel gruppo, perché era figlio dei ricchi, eppure non le sembrava uno che non era contento di quello che aveva.

Della loro casa nel bosco lui era felicissimo. La puliva, metteva a posto le finestre rotte e riparava i buchi del tetto per non far entrare la pioggia.

Fu proprio un temporale estivo a sorprenderli un pomeriggio.

L'acqua veniva giù talmente forte e fitta che una parte di tetto era caduta e non riuscivano più ad arginare il danno. Lorenzo provò in ogni modo a coprire il buco con pezzi di legno, rami, lenzuola, ma era troppo grande ormai e loro erano zuppi. La prese per mano e la trascinò di corsa fino alla fine del bosco.

Entrarono correndo nel giardino della villa e Agnese ebbe la sensazione di aver messo piede in paradiso. Nel prato verde, ovunque voltasse la testa c'erano cespugli di fiori colorati, tutti diversi l'uno dall'altro. Sua zia Claudia sarebbe impazzita.

Al centro del giardino, sul retro, si stendeva placida sotto il temporale, nella sua fissità azzurra, la piscina. Lorenzo guardò la faccia di Agnese meravigliata e lei senza dire niente prese la rincorsa tuffandosi in acqua.

Pochi attimi dopo sentì il tonfo che faceva il corpo di Lorenzo immergendosi subito dopo di lei.

Sgusciando in quell'acqua calda, leggera, Agnese pensò che, se avesse avuto una piscina, avrebbe trascorso la sua vita lì dentro, a mollo. Sopra di loro, le nuvole grigie lasciarono un'apertura nel cielo che permise a un debole raggio di sole di illuminare la piscina.

Un oggetto, colpito dai tiepidi raggi, s'illuminò sul fondo. Agnese si spinse più sotto e a un metro dal pavimento allungò un braccio. Riuscì ad afferrarlo.

Quando tirò la testa fuori dall'acqua, con la pioggia che le bagnava le guance, fece un grande respiro e guardò Lorenzo.

«Guarda che ho trovato!».

Agnese si rigirò l'oggetto fra le mani. Era un anellino d'argento, molto semplice, con un brillante bianco. Provò a indossarlo, ma le stava largo su tutte le dita.

«Sei troppo piccola. Dallo a me, lo tengo io finché non cresci».

Agnese scosse la testa e fu in quell'istante che vide qualcosa di strano.

Vicino al cespuglio di rose selvatiche che si addossava al muro della casa, c'erano un uomo e una donna. I corpi vicini, che si confondevano, le bocche premute una contro l'altra. Lui stringeva i capelli biondi, sciolti, di lei, in una mano, con l'altra le accarezzava il viso. Quell'immagine le fece venire in mente una scena di *Capitol* in cui Julie e Tyler si erano baciati davanti a Myrna, la madre di Julie, che si era arrabbiata a morte. Solo che adesso al posto di Julie e Tyler c'erano sua zia Aurora e il padre di Lorenzo.

Agnese ripensò a tutto quello che Lorenzo le diceva sui suoi genitori, su quanto si amassero e fossero la coppia più perfetta del mondo. In pochi attimi capì che Lorenzo non avrebbe dovuto vederli.

Lo afferrò per le mani e lo trascinò sotto.

Nel silenzio ovattato, il rumore di un tuono si mescolò al rimbombo dell'acqua. Agnese gli teneva forte le mani e vedeva le bollicine uscire dalla bocca e dal naso di Lorenzo.

Non era bravo lui, nelle gare di apnea.

Sgusciando lontano da lei, il bambino si liberò dalla presa, uscì con la testa fuori dall'acqua con un enorme respiro strozzato e iniziò a tossire.

Agnese guardò di nuovo verso il cespuglio di rose e vide con sollievo che i due erano spariti.

«Sei matta, hai deciso di ammazzarmi?»

«Era solo un gioco!».

«Bello, come si chiama, chi muore prima sott'acqua?»

«Siamo rimasti più di venti secondi».

«Come fai a saperlo?»

«Ho contato».

Lorenzo si calmò, fece un altro respiro profondo e, soddisfatto del suo nuovo risultato, decise che si sentiva meglio.

«L'anello dov'è?».

Agnese l'aveva stretto nel pugno della mano per tutto il tempo che erano rimasti sott'acqua.

Glielo porse.

«Prometti che me lo ridarai».

«Promesso».

Il giorno seguente Agnese lo attese per ore davanti alla loro capanna di legno, che sembrava esser stata devastata da un uragano. Per ingannare il tempo cercò di riparare i danni, ma non era facile. Raccolse le tavole di legno cadute dal tetto e le mise in un angolo, una sopra l'altra, pensando che le avrebbe messe lui al loro posto quando sarebbe arrivato.

Sdraiata a guardare la luce che entrava tra le fronde degli enormi pioppi che si stendevano sopra di lei come delle braccia lunghissime, con i loro tronchi bianchi, per un po' chiuse gli occhi e si lasciò cullare. Il vento tiepido e il sole caldo la facevano sentire a suo agio. Poi sentì un rumore strano. Come di qualcosa che cadeva a terra, un vetro, o qualcosa di simile. Si alzò e corse verso la capanna.

Lorenzo era arrivato e con una furia incredibile aveva cominciato a scagliare a terra le tazze da tè, una dopo l'altra. Lei aveva cercato di fermarlo, ma lui l'aveva scansata, allontanandola con un braccio.

Agnese era rimasta immobile a fissare i pezzi bianchi che saltavano sulla terra. Immaginò che i suoi genitori avessero litigato di nuovo ed ebbe la sensazione che la zia Aurora c'entrasse qualcosa. Del resto tutti i supereroi hanno un punto debole. Se il padre di Lorenzo era Superman, la zia Aurora era la sua kryptonite.

Poi, finalmente, Lorenzo si calmò.

Si era voltato a guardarla e lei aveva rivisto quel lampo di terrore che aveva incrociato nei suoi occhi quando aveva colpito l'anatroccolo. Poi era scappato.

In silenzio, come un ciclone, che arriva, distrugge tutto e se ne va.

Lorenzo aveva dentro la furia dell'uragano e Agnese lo aveva visto per la seconda volta.

Il giorno dopo Agnese portò fuori la rondine.

La mise a terra e la vide camminare all'inizio con un po' di timore, muovendo sbilenca le zampette a destra e a sinistra nel tentativo di tracciare un piccolo percorso.

Poi all'improvviso si fermò. Sollevò il becco un paio di volte. Aprì le ali. Una, due volte. Alla terza si sollevò e spiccò il volo.

Agnese d'istinto corse verso il cancello della villa. La rondine volava in quella direzione. Forse era ancora in tempo, per vederla insieme a Lorenzo.

Ma quando giunse di fronte all'entrata, il cancello era chiuso con un grosso lucchetto e la Mercedes dentro non c'era più.

Se n'erano andati.

Come dei ladri, in piena notte.

I ricchi non pensano come gli altri, decidono cose strane.

E Lorenzo era come loro.

Agnese ebbe voglia di piangere e decise che sarebbe rimasta arrabbiata con lui per sempre.

Perché se n'era andato senza salutarla.

PRE-ADOLESCENTI

Mucillagine

Agnese mantenne il punto per tre anni.

Anche perché non ebbe più occasione di vederlo.

Lorenzo non venne più in vacanza nella villa in Romagna.

Dalle zie giungevano voci di tutti i generi sulla sua famiglia: a sentir loro, i genitori di Lorenzo, i super eroi dell'amore, si erano separati, all'improvviso, alla fine dell'inverno di quello stesso anno. Nessuno però, nemmeno la nonna, accennava al motivo della separazione.

E il *motivo* durante quei discorsi taceva o se ne andava in un'altra stanza.

Solo in assenza di Aurora, la zia Claudia si faceva coraggio e bisbigliava alla nonna:

«La moglie s'è messa con un altro, un pezzo grosso, dicono che lui sia impazzito… ha fatto scenate, ha cercato di riprendersela, ma lei a quel punto aveva già chiesto il divorzio».

«Certo, prima fanno come gli pare e poi pensano che tutto torni come prima».

Nonna Adriana era piuttosto rigida in generale, ma soprattutto sulle questioni di cuore.

Aveva una serie di regole che secondo lei bisognava rispettare alla lettera, pena il completo fallimento di un amore o di un matrimonio.

Regola numero uno: mai andare a letto (che cosa significasse allora per Agnese quell'espressione era un mistero), con un uomo al primo appuntamento, o comunque prima del matrimonio.

Regola numero due: mai concedersi anche solo per un bacio troppo presto, ma aspettare sempre almeno un paio di mesi, per conoscerlo, per capire chi è, se può piacere veramente o se è solo un passatempo.

In quest'ultimo caso, qualora l'essere umano in questione si riveli poco interessante, cercare un'occupazione più redditizia per sé, invece di regalare attimi preziosi di vita a uno sconosciuto che in linea di massima ha cattive intenzioni e rischia solo di confondere le idee.

E poi c'era la regola numero tre, la regola aurea, che in qualche modo racchiudeva in sé anche le altre ed era uno dei capisaldi della sua educazione sentimentale: l'amore di lui deve essere grande, totale, incondizionato, è lui che deve essere disposto a fare qualunque cosa per la coppia, non viceversa. Dare la sensazione a un uomo di essere disposte a tutto lo autorizza a trattarci come non dovrebbe, senza rispetto per la nostra posizione e per il nostro ruolo all'interno del nucleo familiare che non può essere solo quello di mamma e donna di casa.

Agnese negli anni successivi si ricordò i precetti di nonna Adriana e le parvero molto libertari ed emancipati per una donna della sua età, che aveva vissuto gli stenti della seconda guerra mondiale.

A dodici anni però non capiva davvero perché le donne di casa dedicassero tanta attenzione agli uomini.

Le uniche cose che riuscivano a occupare la sua mente e avrebbero potuto occuparla per ore erano la matematica, le operazioni, la trigonometria.

Non era solo il mero calcolo ad affascinarla, piuttosto le piaceva applicarlo alla natura, alla realtà concreta. Rintracciava nelle forme degli oggetti le espressioni matematiche, analizzava le spirali del guscio delle lumache, le ramificazioni nelle venature delle foglie, la quantità di buchi delle rocce porose.

Entrava nel pollaio per contare quante uova le galline avessero prodotto al giorno e quanti voli fossero in grado di spiccare i passerotti in un'ora.

Amava guardare gli uccelli mentre apparivano in volo e da uno diventavano cento, duecento, mille, impossibili da contare, troppo lontani, fino a che restavano puntini nel cielo. Come se un volo ne attirasse un altro e poi un altro e un altro ancora e via dicendo, all'infinito.

Chissà se lo stesso principio valeva anche per gli esseri umani.

Sarebbe stato bello, per un processo simbiotico, che il volo di qualcuno si portasse dietro a catena anche quello degli altri. Spontaneamente, le rondini si seguivano a vicenda nel loro flusso continuo di movimento, senza sapere chi avesse cominciato o chi avesse scelto di andare da una parte o dall'altra. Se fosse stata anche lei una rondine, i suoi genitori l'avrebbero portata con loro, non si sarebbero mai separati, per una gita in macchina sulle pendici degli Appennini.

Se chiudeva gli occhi, Agnese era in grado di sentire le loro voci, il frusciare ruvido delle ali e quei cuori che vivevano insieme, all'unisono, amalgamandosi in un unico battito.

Il cuore. Un piccolo pugno scuro che teneva insieme le fila di ogni essere vivente.

Il suo organo preferito, la cui forma la ossessionava, manifestandosi di continuo davanti ai suoi occhi.

Questi pensieri facevano di Agnese una dodicenne non del tutto socievole e spesso persa nelle sue riflessioni.

Gli esseri umani non erano ancora diventati suoi oggetti di studio e quindi in qualche modo erano superflui. O comunque non così rilevanti.

Fino a che un giorno tutto cambiò.

Era un pomeriggio più caldo degli altri. L'ora della siesta, in cui le zie si sdraiavano sui letti freschi e si abbandonavano a sogni che non si sarebbero mai avverati.

Il casale era silenzioso e le presenze di tutti quelli che lo abitavano a quell'ora del giorno divenivano leggere, evanescenti, gli spazi vivevano di un solo respiro, a intervalli regolari, di un sonno profondo e precario, che poteva essere interrotto da un momento all'altro.

Al piano di sotto aleggiavano nell'aria le note della sigla di *Quando si ama*, la nonna la seguiva pur amandola molto meno di *Capitol*, che era finita all'improvviso gettando nel panico milioni di telespettatori in tutto il mondo.

Agnese la guardava con lei fingendo di non annoiarsi solo per farle compagnia.

Fu proprio nel bel mezzo di una scena in cui Trisha era stata appena abbordata da Nick in un casinò dell'immaginaria cittadina di Corinto, che Agnese sentì una voce sotto la sua finestra.

All'inizio pensò di aver avuto un'allucinazione, anche se di allucinazioni sonore non aveva mai sentito parlare.

Pochi istanti dopo la sentì di nuovo e stavolta ebbe una sensazione acuta, fisica, come una morsa che le afferrava la bocca dello stomaco e la tirava giù a terra, con una forza incredibile.

Eppure non fece niente. Non un'espressione, non un movimento.

Poi risentì quella voce per la terza volta.

Sua nonna a quel punto la guardò infastidita: «Ma chi è che strilla?».

Agnese sentì di non avere scampo.

Si alzò e camminò lentamente verso la finestra. La voce gridava una sola parola, che riecheggiava nitida nell'aria:

«Nina!».

Agnese aprì le pesanti serrande di legno.

Sotto la finestra c'era un ragazzo, magro ma con le spalle larghe, i capelli scuri un po' lunghi che si muovevano nel vento.

Lo guardò negli occhi ed ebbe la conferma: quegli occhi grandi, enormi, baciati dalla luce del sole, leggermente più chiari di come li ricordava. Fece un rapido calcolo con le dita e capì che quel ragazzo che aveva davanti e che ricordava poco più di un bambino, aveva quindici anni.

Mentre era ancora sotto shock, sentì la voce di sua cugina Gilda alle spalle:

«Chi è quel fico pazzesco?».

"Fico" era un'espressione che Agnese aveva conosciuto dalle sue nuove compagne di scuola di Cinecittà.

Daniele Masci, un ragazzino alto, biondo, con gli occhi verdi, era considerato il più fico di tutta la scuola. Tutte le ragazzine dalla prima alla terza media facevano sospiri e risatine ogni volta che lo vedevano passare in corridoio. Agnese era in pratica l'unica a non fare caso a lui, in realtà non lo trovava nemmeno così bello.

Invece la vista inaspettata di Lorenzo, il magnetismo dei suoi occhi enormi che sembravano parlare sempre e solo a lei, fu piuttosto devastante.

Per la prima volta, dopo anni in cui non l'aveva degnata di uno sguardo, sua cugina Gilda le prestò un briciolo di attenzione:

«Lo conosci?».

Annuì con la testa.

«E non vai a salutarlo?».

Agnese deglutì e rimase in silenzio. L'aveva immaginato a lungo, di poter parlare, ridere, andare al mare con Lorenzo, eppure adesso che lui era lì ed era così cambiato, avvertiva una sensazione come di paralisi.

«Se non vai tu, ci vado io», disse Gilda con una punta di malizia nello sguardo e Agnese decise che quella cosa strana che le faceva male allo stomaco e aveva il potere di scuoterla in tutto il corpo, andava affrontata.

Scese la scalinata di marmo cadente del casale con il cuore che le batteva fortissimo.

Aprì la porta e se lo trovò davanti, lui le venne incontro e prima che lei potesse dire o fare o pensare qualunque cosa, la sollevò in braccio e le fece fare un mezzo giro. Agnese sentì il respiro fermarsi.

Poi un'ondata di rabbia la travolse e si dimenò per uscire dalla sua stretta.

Lorenzo la rimise a terra e lei lo gelò con lo sguardo:

«Non si scompare per anni senza nemmeno salutare».

«Non sei contenta di vedermi?», chiese lui, con aria innocente.

«Veramente speravo di non vederti più», ribatté lei, con tono lievemente altezzoso.

«Dopo quel giorno in piscina mia madre ha cominciato a fare le valige e mi ha impedito di uscire. E poi all'improvviso siamo partiti, di notte... Anch'io volevo salutarti».

Agnese non sembrava soddisfatta della risposta. Lorenzo la guardò meglio: era diventata più alta e il suo corpo si era slanciato assumendo delle forme prima di allora sconosciute. Qualche lentiggine le era comparsa sul naso e sulle guance e i capelli erano lunghi, sciolti, striati di rosso; ma negli occhi Nina era rimasta Nina.

«Sei diversa...».

Agnese per un attimo s'imbarazzò e sentì che stava per arrossire. Il vizio di mostrare all'istante le sue emozioni doveva averlo ereditato dalla zia Aurora.

Non ebbe neppure il tempo per rendersene conto, che Gilda comparve alle sue spalle e s'intromise, con la sua voce leggera e sicura:

«Io sono Gilda», disse, stringendo la mano a Lorenzo, che le fece un sorriso e a sua volta le strinse la mano: «Lorenzo».

Solo allora Agnese si accorse che Gilda lo stava fissando; in un modo in cui di solito non si fissano le persone, la nonna le aveva sempre detto che guardare così dritto negli occhi con insistenza era da maleducati.

«Non ci siamo mai visti, è la prima volta che vieni qui?»

«Veramente ci venivo in vacanza da piccolo, con i miei. Era un po' che non ci tornavo».

Poi troncò il discorso guardando di nuovo Agnese. «Ti devo far vedere una cosa».

«Ci vediamo in giro allora», disse Gilda fissando di nuovo il ragazzo e andando verso casa.

Agnese guardò la cugina e lesse sul suo volto un'ombra di delusione, doveva essere impensabile per lei che un ragazzo potesse avere attenzioni per la sua cuginetta più piccola. Ma in fondo lei lo aveva aspettato per anni.

Lorenzo la fece entrare nel giardino della villa dal retro.

Agnese si guardò intorno costatando lo stato di abbandono della casa che un tempo le era sembrata una reggia. L'erba del giardino era molto alta, i cespugli di rose rigogliosi adesso erano scheletri rinsecchiti dal sole e sulla superficie della piscina galleggiava un alone verde scuro poco invitante. Anche la vernice qua e là aveva delle macchie, in alcuni punti era scrostata, e le persiane delle finestre erano di un colore sbiadito.

Eppure quell'aria di decadenza la rendeva più misteriosa, quasi affascinante.

Camminarono fino a una sorta di garage, che Agnese non aveva mai visto.

Lorenzo tirò su la saracinesca e un odore di chiuso e benzina che stagnava nell'aria li investì. Agnese amava l'odore di benzina, così come quello dello smalto per le unghie o dell'alcol denaturato. Le tornò in mente l'immagine di sua madre che si metteva lo smalto fucsia sulle unghie dei piedi; lo faceva tutte le settimane, la domenica, prima di pranzo e le dava il permesso di stare a guardare. Delle poche immagini che aveva di sua madre, quella di lei, seduta a gambe nude sul parquet del salotto, era molto vivida. Forse perché si accompagnava alle lamentele di suo padre, che invece detestava l'odore dello smalto ed era convinto che la moglie se lo mettesse in salotto solo per dargli nausea. Un giorno anche lei se lo sarebbe messo, per dare fastidio a un uomo e soprattutto per aspirarne il profumo.

Lorenzo sollevò un panno grigio impolverato da un oggetto non ben definito che, coperto, sembrava un piccolo pony. Spostò la tenda che copriva l'unica finestra della stanza e Agnese finalmente vide che si trattava di un motorino, di quelli a pedali: rosso, la carrozzeria un po' ammaccata, la sella lunga e stretta, e le ruote alte. Lorenzo sussurrò a voce bassa:

«È di mio nonno...ma a quest'ora dorme».

Saltò a cavallo della sella e pedalò verso l'uscita.

Una volta fuori dalla villa fece un paio di giri nel giardino.

Agnese lo guardava divertita sudare e affannarsi nel tentativo disperato di accendere quel coso che a prima vista non voleva saperne.

Altri due giri e il rombo scoppiettante del motore risuonò nell'aria.

Lorenzo fece un altro giro soddisfatto e si avvicinò a lei.

«Sali».

«Non ci penso neanche», rispose Agnese, forte degli insegnamenti della nonna.

Nel frattempo il rumore del motore acceso aveva richiamato l'attenzione dei caseggiati. La testa della zia Claudia già spuntava dalla finestra del primo piano e Gilda si stava avvicinando a piedi con un gruppetto di ragazze più grandi. Agnese volutamente gli dava le spalle e teneva le braccia incrociate a simulare un broncio perfetto.

«Faccio salire una di quelle?», chiese lui, pensando di provocarla.

«Fai come ti pare», fu la risposta di Agnese, che con la coda dell'occhio vedeva il gruppo di ragazzine avvicinarsi.

«Che cosa vuoi in cambio?».

Alla domanda Agnese si voltò, prendendo rapidamente in considerazione ciò che Lorenzo avrebbe potuto fare per lei.

«Puoi farmi da cavia».

«Per cosa?».

Lorenzo si voltò e vide dall'altro lato del giardino suo nonno che si avvicinava a grandi passi, l'aria tetra sotto il cappello e il solito, minaccioso, fucile a spalla. Si sarebbe risparmiato una punizione solo se lo avesse visto andar via con una ragazza.

Lorenzo non perse altro tempo: afferrò Agnese con un braccio, le prese le mani e se le mise intorno alla vita, assicurandosi che non cadesse. Imbracciò la strada sterrata e partì, lasciandosi alle spalle un nugolo di polvere bianca, mentre Agnese chiudeva forte gli occhi.

Quell'estate aveva il potere di appiccicare non solo i vestiti, ma le braccia, le gambe, la nuca, i capelli, era fatta di una cappa chiusa che sembrava affossare la terra, perfino il cielo sudava, bianco o terso che fosse.

Agnese ammise che andare in giro in motorino aveva l'enorme vantaggio di prendere il vento dritto in faccia e si aveva la sensazione di respirare.

Il mare quell'anno era coperto da un mantello di strane alghe color giallo paglierino, che nei giorni più caldi deviava verso il marrone. Lo chiamavano *mucillagine*.

L'Adriatico sotto assedio non era più un mare limpido e cristallino, bensì un ricettacolo di alghe che si stendevano a perdita d'occhio.

Un fenomeno fino allora sconosciuto per l'azzurra costa riminese.

All'inizio si era presentato per tutti, gente del posto e avventori, come una tragedia di proporzioni immani. Nessuno aveva il coraggio di avventurarsi in nuotate in mezzo a un mare di quel colore, nello strato denso e vischioso. Ma ormai la stagione era cominciata e moltissime famiglie avevano prenotato, come ogni anno, fino a settembre.

Gli stabilimenti stavano facendo di tutto pur di tenersi i clienti e di tenerseli felici e ovunque spuntavano tornei di volley ball, calcetto, gare di biliardino, lezioni di aerobica gratuite, nonché sconti sui cremini e distribuzione gratuita di piadine a mezzogiorno.

La spiaggia senza la bellezza del mare si era trasformata in un enorme luna park.

Tutte le ragazze facevano la doccia almeno quattro volte al giorno e i ragazzi stavano lì, in fila, in una specie di processione per lo spettacolo più emozionante delle loro giovani vite.

Gilda sembrava non vergognarsi più del costume a due pezzi, anzi. Lo esibiva in modo spavaldo e sicuro, sul campo di pallavolo, durante il corso di aerobica e soprattutto sotto la doccia, lanciando sguardi languidi ai due terzi della spiaggia.

In breve il suo nome aveva cominciato a rimbalzare sulle bocche di tutti e Gilda era diventata una delle ragazze più ambite dell'estate, anche perché sembrava non concedersi a nessuno di tutti i ragazzi che morivano al suo passaggio e le facevano trovare regali sotto l'ombrellone.

La nonna non approvava quei comportamenti e fulminava con gli occhi tutti quelli che giravano intorno alla sua postazione. La zia Claudia non era affatto sorpresa, la bellezza di Gilda era sbocciata quell'anno all'improvviso, proprio com'era accaduto a sua madre, Aurora, tanti anni prima.

«Non c'è niente di più pericoloso di una donna consapevole della propria bellezza», sosteneva saggiamente la nonna. Argomentava di ragazze che aveva conosciuto, a volte nemmeno così belle, eppure in grado di far sentire al resto del mondo una certa sicurezza nell'esibire non solo gambe, seni o bei lineamenti ma anche portamento, sguardi, espressioni.

«Il fascino è un insieme di fattori imperscrutabili, perfino una brutta voce può essere un elemento d'attrazione, se usata nel modo giusto».

Claudia sperava soltanto che anche lei non incontrasse gli uomini sbagliati e non soffrisse come era successo alla madre, la quale aveva sempre avuto una specie di calamita per quelli meno affidabili.

Agnese aveva ereditato il costume rosso ciliegia a pois bianchi, ma non riusciva a riempirlo, soprattutto nella parte di sopra.

La nonna l'aveva convinta che poteva tranquillamente portare quel costume, ma dopo i primi giorni Agnese aveva capito che portare il costume intero significava essere automaticamente esclusa dal concetto di "ragazza attraente" e nonostante lei non si considerasse tale neanche con il due pezzi, non voleva far sfigurare Lorenzo.

Era impossibile non accorgersi dell'effetto che il passaggio di Lorenzo faceva sulle ragazze.

Alto, muscoloso, con gli occhi torvi e l'abbronzatura dorata che gli si era posata sulle spalle, insieme a quell'aria distratta e indifferente, esercitava un fascino notevole su una buona parte della popolazione da spiaggia.

Eppure lui non socializzava con nessuno, non amava giocare a calcetto e trovava ripugnanti le file alle docce.

Preferiva passare il suo tempo con Agnese e lei ne era talmente felice da aver paura di chiedergli il perché.

Arrivavano all'entrata degli stabilimenti in motorino, e, come due pistoleri del vecchio West, da sotto i cappellini con la visiera, scrutavano l'arenile affollatissimo, la calura densa faceva vibrare gli ombrelloni come i miraggi nelle dune del deserto. Poi saltavano il recinto sulla piccola parte destinata alla spiaggia libera e correvano rapidi sulla sabbia rovente fino alla scogliera, un mucchio di sassi neri dalle forme più disparate, sistemati lì per controllare la marea.

Il loro scoglio era piatto e abbastanza grande da farci entrare i due asciugamani, lo zaino, i libri e tutto quello di cui avevano bisogno.

Lì si sentivano protetti, al sicuro da gavettoni, insegnanti di aerobica e musica dance. Quello era il loro posto: un'isoletta nera in mezzo alla mucillagine.

Isole

«Senti questa».

Lorenzo le mise le grandi cuffie sulle orecchie e Agnese fu sopraffatta dalle note di una musica rock estrema, mescolata alla voce di un tizio che più che cantare urlava, distorcendo al massimo le corde vocali. Ascoltò ancora un po' per non deluderlo, poi gli ripassò le cuffie.

«Forte, eh?».

Agnese lo guardò perplessa, poi Lorenzo proseguì ispirato:

«*Cowboys from Hell*, uno dei pezzi migliori degli Iron».

La ragazzina lo guardò ancora più perplessa.

«Chi è che urla così?», chiese con aria innocente.

Lorenzo rispose piccato, colto nel vivo.

«Nessuno *urla*, al massimo esprime la sua rabbia».

«Gli devono aver fatto delle cose orribili...», rispose pensierosa Agnese.

«Ma che dici? Quello che stanno cercando di esprimere è il loro disagio, un insieme di frustrazione, dolore per le ingiustizie, rabbia contro il sistema...».

«Che sistema?»

«Economico, politico, sociale anche...».

«Che c'entra l'economia con un tizio che urla?»

«Lo stai facendo apposta, fai la finta scema perché non vuoi starmi a sentire, non va bene, non puoi chiuderti così, dovresti voler conoscere cose nuove...».

«Io voglio sempre conoscere cose nuove».

«E allora? Non sei curiosa?»

«Mi interessa altro».

«Tipo?»

«La fotosintesi delle piante o... gli organi interni dei mammiferi».

«Sei proprio una secchiona. Hanno ragione i tuoi compagni di classe...».

Agnese lo colpì con l'asciugamano e Lorenzo rise, attento a non perdere l'equilibrio, cosa che avrebbe significato un tuffo nella mucillagine.

Agnese si sdraiò sullo scoglio, voltandosi dalla parte opposta.

«Ti sei offesa?»

«No».

Agnese guardò con la coda dell'occhio Lorenzo che iniziava a sudare sotto il sole di mezzogiorno e ostentò un falso sorriso. Farsi offendere era già umiliante, ma ammettere di essere stata offesa lo era ancora di più.

«Dai, l'ho detto così, per dire... e poi secchiona non è un insulto, mia madre sarebbe contenta se i prof mi ci chiamassero ogni tanto!».

Lorenzo si tamponò la fronte con l'asciugamano e tornò ad ascoltare la musica assordante degli Iron Maiden.

Agnese si chiuse di nuovo nel suo mutismo e le venne in mente l'unico prof che non l'avrebbe mai chiamata secchiona: Francesco Gori, professore di Lettere, illuminato e con idee stravaganti, che ricordava il personaggio di Robin

Williams nel film *L'attimo fuggente*. Al posto del tema li obbligava a scrivere pagine di diario personale, invece di insegnare latino li portava fuori a seminare piante che avrebbero reso meno spoglio l'edificio scolastico e li obbligava ogni settimana a pubblicare articoli sul giornale di quartiere.

Forse era stata la novità di avere finalmente un insegnante diverso dagli altri, a ogni modo quell'uomo li aveva conquistati. Perfino Daniele Masci, il più recalcitrante a prestare attenzione a qualunque cosa accadesse fra le quattro mura dell'aula, si era lasciato trasportare. Agnese adorava le sue lezioni. E rimase sconvolta quando per Natale l'intera classe, votata alle trasmissioni di Gianni Boncompagni e ai comizi di Alleanza Nazionale, mise in scena un recital di poesie contro il razzismo e l'antisemitismo.

Agnese non si era ancora del tutto inserita nella nuova scuola e nel nuovo quartiere. Dopo che la zia Aurora aveva lasciato l'appartamento della nonna per l'ennesimo marito, un maestro di karate giapponese, noto per le instancabili capacità amatorie, la casa era diventata troppo grande per loro e così Agnese, la nonna e la zia Claudia avevano cambiato appartamento. Si erano spostate solo di un paio d'isolati, da Centocelle a Cinecittà, ma Agnese si era sentita catapultata in un nulla di cemento con al centro una chiesa.

Le ragazze del nuovo quartiere portavano i jeans rigirati sulla vita due volte in modo che fossero completamente aderenti, top striminziti traforati arancio o rosa shocking, che lasciavano intuire il reggiseno e giacchetto *bomber* nero o color ghiaccio. Ogni giorno imperversava alle due del pomeriggio su tutti i televisori della zona *Non è la Rai*, modello sociologico ed estetico fondamentale, cui fare riferimento. Osservando le sue compagne,

Agnese si chiedeva come facessero a uscire conciate a quel modo, la pelle colorita da una quantità esasperata di fard, la riga nera sugli occhi e il rossetto mattone sulle labbra.

La mattina a casa sua la zia Claudia e la nonna passavano al vaglio il suo guardaroba come in un'ispezione militare. Agnese portava solo pantaloni larghi, dal taglio maschile, e camicie a quadri in grado di inghiottire qualunque accenno di forma; era «ancora una bambina e doveva potersi difendere da se stessa», almeno su questo la zia e la nonna erano sempre d'accordo.

Così conciata non era per niente appetibile per i maschi e poiché studiava, era detestata dalle femmine. L'arrivo del prof Gori non fece che peggiorare la situazione. Agnese divenne la sua allieva preferita. Spesso la citava come esempio per tutti gli altri, nel comportamento, nello studio, nella prontezza e rapidità di pensiero. Ogni volta che faceva questo genere di elogi, Agnese sprofondava nel suo banco. Si chiedeva se lo facesse per mettere i suoi compagni alla prova, per spronarli, o solo per farla vergognare.

Dopo mesi di elogi e frustrazioni, il risultato non si fece attendere.

Tutto cominciò con l'interrogazione di matematica di Irene Andreoli, che non ebbe la prontezza immediata di rispondere alla domanda di un semplice calcolo.

Agnese ci mise meno di tre secondi a indovinare la risposta e alzò la mano al primo tentennamento dell'interrogata per verificare la correttezza della sua operazione mentale.

Irene si voltò verso di lei raggelandola con lo sguardo e contemporaneamente fece lo stesso anche Fabiana, la sua compagna di banco. Agnese avvertì un'ondata di disappunto generale per la sua risposta, che ovviamente era esatta.

Un attimo dopo Irene uscì dalla classe sbattendo la porta, immediatamente seguita da Fabiana con una classica richiesta di andare in bagno.

Agnese distinse con chiarezza l'ondata d'odio che stava per riversarsi contro di lei.

Al suono della campanella aveva atteso che l'edificio si svuotasse ed era uscita per ultima, dopo essersi nascosta in bagno per un pezzo.

Quando si sentì al sicuro, di fronte al deserto desolato del cortile, s'incamminò, col cuore che le batteva forte.

Prese il sentiero in mezzo ai prati che tagliava in due il quartiere e che le offriva una scorciatoia di salvezza verso casa.

Poco dopo si trovò circondata da tutti, Irene, Fabiana, Daniele Masci e il suo gruppo, celebre per i fenomeni di bullismo che lo avevano reso protagonista nel circondario. All'inizio non pensò davvero che fossero lì per lei e abbassò la testa, tentando di sfilare via come se niente fosse. Accadde tutto insieme, all'improvviso. Qualcuno le tolse lo zaino scaraventandolo a terra e due ragazzi la immobilizzarono afferrandole entrambe le braccia. Altri due le svuotarono lo zaino a terra sotto i suoi occhi, prendendola in giro per tutto quello che c'era dentro, incluso il suo Ventolin.

Vide la faccia di Masci oscillare a un centimetro dalla sua, mentre un coltellino nelle sue mani le sfiorava la camicetta. Sentì il freddo della lama vicino alla pelle e il respiro si fece più corto. Agnese sentì salire nel petto il fischio che precedeva i suoi attacchi d'asma.

Lui affondò il coltello tra i fili e le strappò la camicetta, poi la gettò via, facendola restare in reggiseno davanti a tutti.

Irene la fissava a distanza con soddisfazione.

Masci fece scorrere un dito sulla sua pancia nuda e le afferrò la cinta dei jeans.

Solo a quel punto Agnese si decise e lanciò un urlo, con quel poco di fiato che le era rimasto. Pochi istanti dopo, due donne, richiamate dagli schiamazzi, giunsero in suo soccorso.

Quel pomeriggio invece di studiare scese al parco sotto casa; un luna park con la giostra che gira su se stessa, qualche scivolo divelto, la piscina delle palline colorate, il tutto poggiato su una ghiaia abbastanza fitta da coprire il cemento sottostante.

Quando oltrepassò la scritta illuminata lampeggiante, rossa e rosa, che annunciava festosa "Carosel Park", ebbe l'illusione di essere tornata bambina.

Vagò con lo sguardo sulle varie opportunità che quel mondo luminoso d'infanzia le offriva e scelse l'altalena.

Agnese fece su e giù un'infinità di volte, ma senza contarle.

La radice quadrata di trecentoventi le era costata abbastanza.

Questa parte della storia non la conosceva nessuno, nemmeno Lorenzo. Nonostante percepisse l'ingiustizia di quello che le avevano fatto, si era in qualche modo convinta che avessero ragione loro. Era lei quella sbagliata. Loro si muovevano in branco e avevano codici e regole non scritte che tutti erano in grado di decifrare e rispettare.

Agnese non era in grado di appartenere a nessun gruppo e non riusciva a omologarsi alla leggerezza di quelle ragazzine che pensavano solo a esibire i loro corpi appena sbocciati.

In ogni caso lei non aveva niente da ostentare.

Adesso però era diverso. Non era più sola; Lorenzo era lì, con lei.

Si voltò a guardarlo e in quel momento gli fu grata, per il solo fatto di esser tornato. In qualche modo lui le somigliava. Erano entrambi pesci fuor d'acqua, che avevano scelto uno scoglio nero al posto della sabbia dorata.

Anche lui aveva passato un anno orribile. E non solo socialmente.

I suoi genitori avevano divorziato l'inverno successivo alla sua ultima estate in Romagna.

Era stato un processo rapido e inesorabile, di cui era impossibile per Lorenzo ritrovare le tracce; non riusciva a capire quando con esattezza era cominciato e le cause rimanevano avvolte nell'ombra.

Naturalmente, quando si era trattato di scegliere con chi passare gli anni della sua adolescenza, aveva preferito sua madre.

Perché era lei ad essere stata abbandonata, ma anche perché il loro rapporto era sempre stato simbiotico, quasi indissolubile.

Quando suo padre aveva lasciato il loro meraviglioso attico in centro a Milano per trasferirsi a Roma, gli aveva detto che si trattava di un cambiamento temporaneo, di lavoro.

Il trasferimento c'era stato, ma era stato lui a voler traslocare in uno degli studi legali più affermati della capitale.

Tutti sapevano che a Roma aveva un'altra donna, la cui identità continuò a essere segreta per anni.

Lorenzo tentava di immaginarla, anche se era difficile per lui pensare a una donna più bella o più interessante di sua madre; creatura strana, in apparenza lieve e fragile, che tuttavia rivelò una natura profondamente diversa dopo la partenza del marito. Marie Helène aveva percepito a distanza l'arrivo del dolore e lo aveva scacciato imponendo a tutto il suo corpo e alla sua mente una volontà inesauribile.

Era tornata a lavorare come insegnante di pianoforte in una scuola privata e ogni tanto dava delle lezioni anche a casa.

Il giorno che suo padre se ne andò, Marie Helène si sedette al pianoforte.

Lorenzo si era chiuso nella sua stanza.

Dopo il rumore della porta, che suo padre aveva sbattuto con troppa forza, a suo parere, ci fu un silenzio prolungato e serio.

Quando le note lo raggiunsero, uscì nel corridoio, fissando il parquet chiarissimo bagnato dalla luce di ogni camera. A ogni passo sentiva che un pezzo della sua vita, quella con i genitori insieme, rimaneva indietro, alle spalle.

Nel salotto sua madre era seduta al piano, le mani saltavano leggere, senza peso, sui tasti, le unghie laccate di bianco illuminate dal sole del pomeriggio.

Marie-Helène, anzi Melène.

Lorenzo la chiamava così.

Aveva imparato a pronunciare in quel modo il suo nome da piccolo e poi era rimasto così, accorciato, un vezzo che la madre permetteva soltanto a lui. Se il marito l'avesse chiamata in quella maniera, l'avrebbe sbattuto fuori di casa molto prima.

Melène non si voltò subito.

Continuò a suonare sapendo di essere osservata, fino all'apice del pezzo.

Lorenzo stava immobile, sulla soglia, impeccabile; aveva compiuto da poco i dodici anni e un accenno di adolescenza gli aveva riempito le guance.

Melène si era voltata e l'aveva riconosciuto, un bambino che iniziava appena a diventare ragazzo e che presto sarebbe stato un uomo.

Lorenzo fece in tempo a vedere la luce delle lacrime brillare nel suo sguardo, ma non scendevano, restavano lì, congelate nel celeste chiaro dei suoi occhi, mentre la bocca si apriva in un grande, rassicurante sorriso.

Sua madre era stata lasciata per un'altra donna.

Eppure sorrideva.

Ed era tornata a suonare il pianoforte.

Lorenzo sentiva di non poterne parlare con nessuno.

Aveva sublimato la sofferenza per la fine del sogno d'amore dei suoi genitori on la musica degli Iron Maiden, dei Pantera, e nei momenti più duri dei Sepultura.

Sua madre definiva quella musica «un rumore assordante nocivo alla salute mentale», in grado di produrre ed esprimere un unico sentimento: la rabbia.

Per fortuna di tanto in tanto apriva la sua selezione musicale anche ai Nirvana e ai Metallica, tuttavia nessuno di questi gruppi aveva una vocazione veramente melodica.

Agnese stava cominciando ad apprezzarli, se non altro perché erano diventati la colonna sonora della loro estate. Avendo una memoria che rasentava i confini dell'autismo per la quantità sproporzionata di dati che riusciva a immagazzinare, aveva rapidamente imparato tutti i testi.

Aveva scoperto con sorpresa che le canzoni avevano dei significati, che tentavano davvero di trasmettere qualcosa.

Tornando dal mare in motorino cantavano insieme sulle note di *Smells Like Teen Spirit* e il vento soffiava forte contro di loro come un phon acceso in mezzo al nulla.

Da quando era arrivato Lorenzo, la vita aveva ripreso senso.

Quando rimaneva in casa, nelle rare occasioni in cui lui arrivava in ritardo, se ne stava seduta al tavolo della cucina a parlare o a contemplare la sua bisnonna, Lisa. Più andava avanti con gli anni, più il viso assumeva un'espressione dolce, gentile. I suoi capelli lisci, bianchi, adesso arrivavano in fondo alla schiena ed erano sempre legati in una treccia infinita e sottile.

Aveva compiuto novant'anni da poco.

Un giorno, poco prima che Agnese uscisse, l'aveva guardata seria negli occhi e le aveva chiesto:

«Quand'è che te sposi, te?».

Agnese le aveva sorriso e sebbene il matrimonio fosse l'ultimo dei suoi pensieri, le aveva risposto:

«L'anno prossimo, nonna».

La vecchina l'aveva guardata con i suoi occhi scuri, che avevano cominciato negli ultimi tempi ad assumere un'aria sempre più vaga, sempre meno presente, nonostante invece la sua mente fosse completamente sveglia e ancora del tutto lucida:

«L'anno prossimo? Ma l'anno prossimo io non ci sto, stellin...».

Agnese non aveva compreso subito il senso di quella frase, aveva dovuto rifletterci un istante prima di sporgersi verso di lei e darle un abbraccio.

«E invece sì, ci devi essere, non ti azzardare...».

Le aveva detto alla fine, con un velo di lacrime sugli occhi.

In quel momento per fortuna Lorenzo aveva suonato il clacson.

E Agnese era corsa fuori.

Crepacuore

«Senti qualcosa?»

«Shh! Se non sentissi niente saresti morto...», lo fulminò Agnese con lo sguardo un attimo prima di tornare con la testa sul suo petto, premendo leggermente di più l'orecchio per cercare di sentire meglio. Fissando l'orologio Swatch che aveva al polso, attese che le lancette finissero un giro completo. Poi sollevò la testa e Lorenzo si mise a sedere osservandola incuriosito mentre scriveva sul suo quaderno.

«Allora, come sto?»

«Settantacinque battiti al minuto».

«Che vuol dire?»

«Sei perfettamente nella norma...», rispose Agnese con tono lievemente scoraggiato.

«Perché fai quella faccia? Speravi che fossi malato?»

«Speravo di trovare in te un'anomalia interessante».

«Un'anomalia interessante? Ma sei impazzita?»

«Sei tu che hai accettato di farmi da cavia. Comunque, tranquillo, sei sano come un pesce... o almeno, i tuoi battiti sono regolari».

«Magari non hai sentito bene, così a orecchio, ti servirebbe quel coso, come si chiama...».

«Lo stetoscopio...».

«Ecco, brava...».

«Prima o poi lo avrò», concluse Agnese riponendo il quaderno nello zaino e sdraiandosi a pancia in su verso il sole. Lorenzo rimase un istante a guardarla, la pancia piatta che si sollevava piano, a intervalli regolari, il costumino ciliegia reso più scuro dalla doccia. Agnese socchiuse poco le labbra di un rosso acceso, di nuovo assorta nei suoi pensieri. Lorenzo le avvicinò la testa al petto e lei aprì gli occhi di colpo avvertita dallo spostamento d'aria.

«Che fai?».

«Volevo provare a sentire i tuoi».

«Non se ne parla nemmeno, io sono il dottore e tu sei la cavia. Invertire i ruoli è proibito».

«Perché?»

«Come perché? Se poi tu scoprissi che sono malata non avresti più fiducia in me. Nessuno si fida di un dottore che sta male».

Agnese troncò il discorso e si spostò di qualche centimetro dal corpo di Lorenzo, che dopo tutte quelle ore di sole iniziava a essere incandescente. Lui lanciò un sasso in mezzo alle alghe e cambiò argomento, deviando lo sguardo dal costume di Agnese, che negli ultimi giorni aveva attirato sempre di più la sua attenzione. Nemmeno lei era più una bambina, anche se si ostinava a comportarsi come se lo fosse.

«Che fine ha fatto quell'altra tua zia?»

«Quale?»

«Quella molto bella, con gli occhi chiari… che aveva sempre quella strana pettinatura…».

«Una treccia non è una strana pettinatura…».

«Dai, hai capito».

«Sono un po' di anni che non viene, ma non so dove sia. In vacanza da qualche altra parte, credo. Ha un nuovo marito adesso».

Lorenzo non disse nulla e fra loro s'insinuò lo sciabordio leggero delle onde. Incredibile che sotto quella massa gialla e densa potesse esserci ancora dell'acqua.

«Per un po', dopo la separazione dei miei, ho pensato che l'altra donna di mio padre fosse lei».

Agnese rimase in silenzio e non ebbe il coraggio di guardarlo. Sentiva invece che lo sguardo di lui si era posato su di lei, intenzionalmente, quasi le stesse facendo quella domanda che Agnese aveva schivato così a lungo che ormai non aveva neppure il coraggio di formulare.

Rivide l'immagine di Aurora e del padre di Lorenzo avvinghiati l'uno all'altra vicino al cespuglio di rose, sotto la pioggia che cadeva incessante. La pelle bianca del viso di lei, su cui si posavano le gocce si pioggia e quel bacio che sembrava togliere il respiro a entrambi.

«Come ti è venuto in mente?»

«Non lo so, mi ricordo di averli visti parlare una volta, accanto al vostro pollaio. Sembrava un incontro segreto, parlavano a voce talmente bassa che non riuscivo a sentirli».

«Che facevi, li spiavi?»

«Ma no, ero capitato lì… non so cosa stessi cercando…».

Lorenzo vagò un istante nella memoria.

«È stato poco dopo che ho visto quell'anatroccolo…».

Agnese al ricordo ebbe una fitta al cuore e lo prese a sberle con l'asciugamano, Lorenzo si alzò e cominciò a correre, saltando da uno scoglio dall'altro.

Piombarono sulla striscia sottile di sabbia vicino alla riva e proseguirono, senza meta.

Lorenzo sentiva i muscoli della faccia distendersi e un sorriso involontario gli si affacciava sulle labbra. Sentì che non c'era niente che desiderasse di più che essere rincorso da Agnese arrabbiata sulla spiaggia.

Lei gli arrancava dietro, ma non demordeva.

E quando lui si fermò esausto, voltandosi e allargando le braccia a mo' di resa, lei gli saltò al collo e lo fece cadere a terra.

Si rotolarono un paio di volte prima di rendersi conto di quanto fossero vicini i loro corpi.

Fu lui a farglielo notare lasciando cadere involontariamente lo sguardo sui suoi seni.

Agnese, ansimante, ci mise un po' a capire quello sguardo, abbassò gli occhi e si ritrasse subito, allontanandosi di colpo.

Si fermarono seduti sulla spiaggia, trafelati. Lui rise e lei gli tirò un mucchietto di sabbia, facendo attenzione a non colpirlo negli occhi.

Solo allora si accorse che Lorenzo la stava ancora guardando. Fissava i suoi capelli lunghi, che le ricadevano scompigliati sulla schiena.

Restarono in silenzio a contemplare quel mare giallo estendersi davanti ai loro occhi.

«Ci vorrebbe un bagno», disse Lorenzo.

«Eh già. Ma dove?».

L'acqua era gelida, come sempre.

E come sempre Lorenzo non aspettò nemmeno un secondo, arrivò sulla riva correndo e si gettò a capofitto nel fiume rischiando di andare a sbattere contro le rocce come faceva da piccolo. Agnese gli aveva gridato: «Attento!», ma lui era già sparito sott'acqua.

Si guardò intorno, poi anche lei prese la rincorsa.

L'acqua pulita e ghiacciata del fiume la trascinò. Agnese aprì gli occhi e ammirò i sassi colorati sul fondo frastagliato di grandi rocce. Nella trasparenza completa vide Lorenzo che era ancora con la testa sotto e la stava guardando. Nuotò verso di lui. Era impossibile che stesse sotto da tutto quel tempo. Arrivò con il viso a un centimetro dal suo e con un dito gli toccò il naso, lui scosse la testa e risalirono.

«Sei fiera di me?»

«Non eri lì da quando ti sei tuffato!».

«Certo che sì».

«Non sei mai stato forte in apnea».

«E come pensi che sia sopravvissuto al divorzio dei miei genitori?».

Agnese scoppiò a ridere, poi lui si fece serio.

«Mi sono allenato, davvero».

«Andiamoci a nuoto allora».

«Dove?», le chiese, ma non ebbe bisogno di attendere la sua risposta.

La sorpresa più grande per entrambi fu nel costatare che la casa era ancora in piedi.

C'era un buco nel tetto, provocato dalla caduta di un paio di assi di legno, e parte delle pareti dovevano aver assorbito molta acqua perché si erano leggermente arrotondate piegandosi su loro stesse. Sulla brandina c'era ancora la piccola coperta di seta che Lorenzo aveva rubato da casa.

L'odore era intenso, un misto strano di umido e legna bruciata.

Ad Agnese piaceva. Mentre si guardavano intorno in quella che adesso sembrava più una capanna che una vera e propria casa, come l'avevano percepita da bambini, era piombato fra loro un silenzio strano. Agnese gli dava le spalle e avvertiva la sua presenza improvvisamente come poco rassicurante.

«Secondo te ci ha dormito qualcuno?»

«Non mi sembra», disse Agnese, «non ci sono tracce di resti umani».

«Grazie Willis».

«Chi ti ha detto che sono il tuo assistente?», fece lei ridendo e voltandosi.

Si trovò il suo viso a pochi centimetri dal suo.

«Infatti non lo sei», rispose lui, serio. Poi senza chiedere il permesso, le accarezzò il viso con una mano e con l'altra le afferrò la nuca, attirandola a sé.

Agnese sentì il calore umido della sua bocca che premeva sulla sua e la prima sensazione che ebbe fu terrificante. Non era per quello che erano andati fin lì.

Si sentì presa in un vortice in cui ebbe la certezza, come la prima volta che l'aveva visto, che se si fosse lasciata andare sarebbe arrivata a un punto di non ritorno.

Il suo corpo vacillò un istante prima di allontanarsi da lui.

D'istinto lo guardò negli occhi con aria molto seria e gli diede uno schiaffo.

Lorenzo si mise a ridere.

«Ma che ti prende? Sei pazza?».

Agnese non rispose e cominciò a correre.

Attraversò di corsa tutto il bosco, nonostante sentisse la voce di lui, che la chiamava, con quel nome che solo loro conoscevano.

Lorenzo aveva rovinato tutto.

Dopo l'episodio di quel pomeriggio Agnese si chiuse in casa.

Finse con tutti un mal di testa costante e una stanchezza da insolazione estiva.

In effetti, di sole ne aveva preso parecchio.

La sua pelle, d'inverno bianca come il latte, era diventata prima rosso fuoco e poi aveva assunto una graziosa tonalità ambrata, che le dava un'aria in effetti molto più sana.

Nonostante l'aspetto radioso, la sua angoscia trapelava a ogni suo movimento.

Lorenzo non aveva smesso di andare sotto casa sua nemmeno un giorno.

Puntualmente la mattina si piazzava sotto la finestra della ragazza e la chiamava:

«Nina!».

Poiché non otteneva risposta, faceva passare un po' di tempo e poi suonava il clacson.

Ma Agnese non si lasciava corrompere dal pensiero del motorino e di tutta l'aria fresca che avrebbe potuto prendere sulla faccia.

Né riusciva ad avere un moto di tentazione verso i cremini, le piadine della spiaggia o lo scoglio in mezzo alla mucillagine.

La verità è che era terrorizzata. Quello che era successo alla capanna quel pomeriggio aveva cambiato il loro rapporto. Lo aveva letto nei suoi occhi, la serietà con cui l'aveva guardata prima di darle quel bacio.

Le mani che gli tremavano mentre le accarezzava il viso.

Non era quello il Lorenzo che conosceva.

Per la prima volta lo aveva visto uomo, era stata costretta a riconoscerlo come essere diverso da sé e invece loro due stavano insieme proprio perché erano molto simili. Se si fossero lasciati andare a ciò che voleva Lorenzo, sarebbe cambiato tutto.

Agnese pensò alle coppie adulte che conosceva: i genitori di Lorenzo, che si erano separati, la zia Aurora con lo zio Enzo che se n'era andato in India ed era stata costretta a diventare un'amante, la zia Claudia che era stata lasciata a vent'anni e non si era mai più ripresa (non avrebbe dovuto saperlo, ma una volta aveva origliato una conversazione tra la nonna e la zia Aurora). Solo i suoi genitori erano rimasti insieme, ma chissà dove.

E poi c'era un altro motivo. Lorenzo era quello che sua nonna definiva una pecora nera, un bambino diabolico che si stava trasformando in un ragazzo problematico e sarebbe diventato prima o poi un uomo da cui tenersi davvero alla larga. Oltretutto era ricco, quindi apparteneva a priori alla categoria degli uomini che fanno soffrire, «perché hanno molti più mezzi per farti innamorare e quando ti lasciano ti spaccano il cuore». Era impossibile non sentire dentro di sé la voce della nonna che pontificava questo genere di massime. Adriana avrebbe dovuto scrivere un manifesto, con tutte le convinzioni che aveva sui rapporti tra uomo e donna. Pur non avendo l'esatta consapevolezza di quello che le passava per la testa, Agnese aveva il sentore che quella sua decisione di fuggire da Lorenzo, al momento era la cosa migliore che potesse fare.

Aveva ricominciato a contare le rondini degli stormi che si muovevano osmotiche nel cielo come un solo corpo e a fare calcoli matematici impossibili a mano, da verificare con la calcolatrice.

Un pomeriggio mentre guardavano *Quando si ama*, durante la scena di un bacio appassionato tra Nick e Trisha, Agnese fu costretta ad alzarsi. Sua nonna la osservò andare alla finestra con aria smarrita e le chiese: «Che hai fatto bellin di nonna?».

Agnese si girò a guardarla, cercando le parole, ma una sorta di nodo inespugnabile le aveva bloccato la gola, impedendole di far uscire la voce. La nonna la conosceva troppo bene per non aver capito.

«Lascia perder quello lì. Magari ti vuole anche bene, non dico di no, però... te lo ricordi come vi siete conosciuti?».

Agnese si lasciò abbracciare da sua nonna, cosa che non faceva mai, non era da lei farsi consolare. Se avesse avuto qualcosa che non andava, sarebbe guarita da sola, altrimenti come avrebbe potuto curare gli altri?

Fu in quell'esatto momento, alle tre del pomeriggio, un minuto prima dell'inizio della sigla, mentre Trisha entrava in clinica e lanciava uno sguardo pieno di malinconia a Nick sdraiato sul letto infermo, che Agnese ebbe la rivelazione: era quello lo scopo della sua vita. Prendersi cura degli altri.

Guardò sua nonna con una convinzione estrema negli occhi e le disse, risoluta:

«Nonna, io voglio fare il medico».

Adriana la guardò perplessa, era strana quella ragazzina, i cui pensieri saltavano da un discorso a un altro, mai che si potesse prevedere cosa frullava in quel suo cervello. Era intelligente e sicuramente la sua strada l'avrebbe trovata, se avesse schivato gli ostacoli che la vita le avrebbe messo davanti.

Lorenzo era uno di quelli.

Ma Agnese stava già cominciando a elaborare strategie per raggirarlo.

Purtroppo in questo caso l'ostacolo aveva mani, occhi, denti e un fisico davvero invidiabile.

Agnese se lo immaginava incedere sulla spiaggia da solo, finalmente libero di ricevere tutti gli sguardi di quelle ragazze nel pieno della loro tempesta ormonale.

La mattina sentiva il rumore della doccia sotto la quale sua cugina Gilda passava una buona mezz'ora e che era soltanto l'inizio della sua lunga, estenuante, meticolosa preparazione. Si sdraiava sul letto con una crema sulle gambe e le chiare d'uovo sulla faccia e passava in quello stato almeno un'altra ventina di minuti. Agnese la osservava a distanza, anche perché era impossibile parlare con lei, poiché le chiare, seccandosi sul suo viso, le tiravano la pelle impedendole di aprire bocca.

Che si potessero fare tutti quegli sforzi per il solo fatto di essere guardata, per Agnese era inconcepibile. Tuttavia doveva ammettere che quando Gilda usciva dalla sua stanza il suo viso era a dir poco luminoso, il corpo splendido e gli occhi, messi in risalto da un filo di ombretto verde, s'intonavano perfettamente ai capelli lunghi striati di rosso.

Intanto si avvicinava come una calamità naturale la notte di Ferragosto.

Agnese sapeva che ci sarebbe stata una festa sulla spiaggia.

Una festa che tutti avrebbero ricordato per anni, o almeno così promettevano i ragazzi che si aggiravano col megafono sul bagnasciuga da settimane. Erano previsti falò, musica revival anni Sessanta e Settanta, cocomeri svuotati ripieni di vodka e naturalmente una serie di giochi con l'acqua, poiché ancora non si poteva fare il bagno.

Quella sera Agnese era seduta a tavola con le zie e la nonna.

Gilda era in preparazione come fosse il giorno del suo matrimonio, rinchiusa da ore nella sua stanza.

Lorenzo si fermò col motorino sotto la sua finestra e la chiamò.

La zia Claudia la vide trasalire e impallidire allo stesso tempo. Ci fu un attimo di silenzio, la nonna non alzò la testa dal piatto di passatelli, la zia Aurora guardò Claudia con aria lievemente preoccupata e solo Lisa, la bisnonna, guardò Agnese.

Poi Claudia ruppe il silenzio.

«È un bel nome Nina…».

Agnese la guardò stupita, non si aspettava un commento del genere.

Ma la nonna ci mise un attimo a smorzare la condiscendenza di Claudia.

«Sì, già la chiama col nome di un'altra…».

«Ma lo fa per gioco… e poi viene tutti i giorni…».

Adriana fece una smorfia totalmente disillusa e proseguì sulla stessa linea contro Claudia:

«Viene tutti i giorni solo perché lei non esce, sennò…».

«Non è vero, anche prima veniva tutti i giorni, mi fa un po' pena vederlo così, sempre da solo…».

Agnese non poteva credere che Lorenzo fosse diventato argomento di conversazione a cena, così all'improvviso.

Forse anche per via di quello che era successo alla zia Aurora con suo padre, di lui nessuno aveva mai detto niente. Le donne di casa avevano accettato pacificamente l'amicizia dei due ragazzi e avevano chiuso un occhio perfino sulla questione del motorino.

Ma adesso che qualcosa era cambiato tra i due, sembravano parecchio incuriosite e soprattutto non volevano veder soffrire Agnese.

Il clacson suonò di nuovo, una seconda volta.

«Almeno vai a parlargli», continuò la zia Claudia.

Ma Agnese non voleva vederlo, gli aveva pure dato uno schiaffo e in generale si sentiva davvero in imbarazzo.

«Non so cosa dirgli».

«Più aspetta e meglio è. Se ci tiene non si stufa mica. Voialtri siete troppo abituati a cambiar tutto appena le cose non vanno come dite voi».

Anche quello era tipico di sua nonna, accusare le nuove generazioni, come una massa incapace di compiere sacrifici, specialmente in nome dei sentimenti.

«Quando c'era la guerra, ci scrivevamo per lettera e mica ci si vedeva...».

«Mamma, la guerra è finita...».

In quel momento la bisnonna Lisa ebbe come un lampo di lucidità e guardò Agnese:

«Stellin, ma tu che vuoi?».

Agnese si sentì accerchiata dagli sguardi di tutte quelle donne su di lei.

Voleva scendere di corsa le scale e salire con lui sul motorino, ecco cosa voleva.

Ma aveva paura di quello che sarebbe potuto accadere. Se l'aveva baciata in pieno giorno nel loro rifugio, per quale motivo non avrebbe dovuto farlo a una festa in cui giravano fiumi di alcol?

Per fortuna un attimo dopo fece il suo ingresso nella stanza sua cugina Gilda e gli sguardi si dirottarono su di lei.

Sembrava un'apparizione.

Il vestito di seta azzurra che le aveva cucito la zia Claudia le avvolgeva il corpo e le risaltava le forme, la scollatura lasciava libere le spalle ambrate e i capelli erano raccolti in un'acconciatura che le faceva ricadere piccoli boccoli rossi sulle guance. Un velo di rossetto sulle labbra la faceva sembrare più grande, ma non solo, c'era qualcosa in lei quella sera che la rendeva misteriosa, diversa, piena di fascino. Fu allora che Agnese comprese appieno il significato della parola *sensuale*.

Gilda sprigionava sensualità da ogni angolo del suo essere.

Per qualche secondo rimasero tutte a bocca aperta.

«Quel vestito non è troppo scollato?», commentò poi la nonna sagace.

Per fortuna Claudia le lanciò un'occhiata eloquente e Adriana per una volta chiuse la bocca.

«Sei bellissima», si limitò a dire la zia Claudia e Gilda le sorrise.

Agnese era pietrificata. Semmai avesse avuto anche solo un pensiero sulla possibilità di uscire, adesso non aveva dubbi. Non avrebbe mai retto il confronto con sua cugina e le altre ragazze della festa.

In quel momento sentì il rombo del motore che partiva e d'istinto corse verso la finestra.

Lo vide allontanarsi sulla strada principale, in direzione della spiaggia.

Sapeva che lo stava lasciando andar via da sé, eppure non riusciva a comportarsi diversamente.

Dopo aver cenato, giocato a carte con la nonna, e visto altre due puntate registrate di *Quando si ama*, Agnese entrò nella sua stanza. Aveva temuto quel momento per tutta la sera.

Era chiaro che non sarebbe riuscita a chiudere occhio.

Si sdraiò sul letto ed era già in preda ai pensieri.

Poteva sentire il rumore delle onde, lo sciabordio dell'acqua vicino agli scogli, con il sottofondo di *Come as You Are* dei Nirvana.

Era strano che Lorenzo avesse deciso di andarci.

Se c'era una cosa che non sopportava, era proprio la musica revival anni Sessanta. Non era un tipo nostalgico, lui, per niente. E non gli piacevano nemmeno le spiagge affollate con gente sudata che si mescola tutta insieme su una pista da ballo.

Magari aveva conosciuto una ragazza, una di quelle con i toppini trasparenti, l'abbronzatura perfetta, l'eye liner stampato sulle palpebre come le sue compagne di classe. Questa ragazza immaginaria stava prendendo forma nella sua mente e aveva un seno invidiabile, anche se il viso era ancora fuori fuoco. Lui le portava da bere della vodka aromatizzata al cocomero in un bicchiere di plastica, lei gli sorrideva e insieme andavano verso il centro della pista, dove gli altri già si dimenavano sotto le note di *Abbronzatissima*. Occhi, mani, petti ansimanti, bocche che si univano l'una all'altra, bracciali di plastica colorati, fermagli della Camomilla, senso di precarietà e brividi lungo la schiena. Le note frizzanti di One di Calvin Klein si perdevano nell'aria aleggiando misteriose nell'odore della notte.

La ragazza gli prendeva la mano, voltandosi sicura verso un punto certo della spiaggia. Attraversava la folla sudata e si lasciava accarezzare dal calore bagnato di quei corpi lisci.

Finalmente erano fuori dalla mischia, lei si toglieva i sandali con il tacco alto che la facevano sembrare più grande e adesso i loro piedi affondavano nella sabbia ancora calda. La musica riecheggiava in lontananza come una nube distante su un cielo terso di silenzio.

Lui camminava due passi dietro di lei che continuava a stringergli la mano, fissava i suoi capelli lunghi sparpagliati sulla schiena, erano due ombre sottili e allungate che vagavano senza meta lontano dalla festa che invece era il centro del mondo.

Poi, a un tratto la ragazza si fermava, davanti a loro la scogliera, che di notte sembrava ancora più nera. Lorenzo le prendeva un braccio e finalmente lei si voltava verso di lui. E lei, quella ragazza, era Nina. Agnese. Tutte e due.

Aprì gli occhi di colpo e si tirò su nel letto.

Si era addormentata senza rendersene conto.

Guardò lo Swatch appoggiato sul comodino, che segnava le quattro del mattino.

Fu poco dopo che riconobbe quel rumore. Lo avrebbe riconosciuto ovunque, il rombo discontinuo e incoerente del vecchio Sì del nonno di Lorenzo.

In preda a uno strano entusiasmo si lanciò verso la finestra.

S'infilò una maglietta e saltò al volo nelle scarpe da ginnastica.

Poi tornò a guardare fuori, quella sagoma che si avvicinava lenta, nella notte.

C'era qualcosa di strano.

Agnese ebbe un attimo d'incertezza, ma rimase inchiodata alla finestra.

Aveva visto bene: c'era qualcuno con lui.

Lorenzo si fermò nei pressi della villa spegnendo poco prima il motore.

I capelli della ragazza si muovevano nel vento e il vestito leggero splendeva nonostante il buio. La ragazza scese dal motorino con un'agilità che Agnese non aveva mai avuto. Lorenzo parcheggiò vicino al cancello e scese anche lui.

Erano immobili adesso, fermi, nel giardino e troppo vicini.

Agnese sentì che il suo cuore avrebbe potuto smettere di battere da un momento all'altro. Com'era successo a Cesare. Il cuore poteva fermarsi all'improvviso. Si poteva morire per un dolore forte, l'aveva letto sulla rivista scientifica «Focus».

Per gli studiosi giapponesi si trattava di una sindrome che colpiva principalmente le donne in età matura in preda a forte dispiacere, un dolore morale intenso e acuto, come la perdita di un amico, la morte di una persona cara, ma talvolta anche ciò che derivava da uno stress di natura diversa: una lite accanita, o una forte delusione, che poteva provocare malessere, svenimento e un dolore intenso al petto simile al dolore stenocardico che si prova nel corso di un infarto. Si chiamava "crepacuore".

Agnese sentì che avrebbe potuto accasciarsi a terra nello stesso modo.

Ma la curiosità la tenne lì, vicino al vetro, senza darle la possibilità di spostare l'attenzione dalla scena che stava per consumarsi sotto i suoi occhi, a pochi metri da casa sua, a meno di un centimetro dalla sua sensibilità.

La ragazza fece un altro passo e mise una mano sulla nuca di lui con una sicurezza invidiabile.

Lo attirò a sé e lo baciò, senza alcuna esitazione, senza incertezza nei movimenti.

Così facendo la sua figura armoniosa guadagnò un po' di luce del lampione della strada.

I capelli striati di rosso, sciolti lungo la schiena, si mossero appena nel vento e il vestito azzurro di seta si materializzò sotto gli occhi di Agnese.

La ragazza era sua cugina Gilda.

Invece di fermarsi, il battito accelerò.

La voce rimase spezzata in un sospiro.

Agnese chiuse la finestra.

Era ancora viva. Ma Nina era morta di crepacuore.

ADOLESCENTI

Okkupazione

«Non possiamo far finta di niente!», la voce del ragazzo con i capelli rasta tuonò amplificata dal megafono e, un istante dopo, un boato di consenso si diffuse nel corridoio pieno zeppo di adolescenti.

«È nostro dovere contrastare con tutte le forze questo nuovo governo, che è un governo di fascisti!».

Grida di approvazione echeggiarono nell'aria e Agnese, seduta a gambe incrociate nelle prime file, guardò con orgoglio il ragazzo che parlava, in piedi sulla cattedra in fondo al corridoio, scambiandosi con lui uno sguardo d'intesa.

«Dopo i fatti dell'ultima settimana, propongo di occupare ancora, un altro mese, in solidarietà con il liceo Mamiani!».

Il boato divenne un applauso scrosciante, raccogliendo un consenso unanime. Nella votazione che seguì subito dopo, si alzarono talmente tante mani che non c'era neppure bisogno di contarle. Agnese però non partecipò al plebiscito e raggiunse Carlo in fondo al corridoio, facendosi largo fra la scia di ragazzi che ormai lo seguivano ovunque, come un fan club esistenziale ambulante.

Quando lo raggiunse, lo tirò a sé per la maglietta: «Ti posso parlare?».

Carlo d'istinto le sorrise, ma la sua gioia si spense un attimo dopo sulla serietà della faccia di Agnese.

«È successo qualcosa?»

«E me lo domandi?»

«C'hai una faccia...».

«Nessuno aveva detto di proporre un altro mese di occupazione!».

«Lo so, ma mi è venuto d'istinto, li ho visti tutti lì, erano così carichi... È grave quello che è successo al Mamiani, sono entrate le guardie, hanno preso degli studenti...».

«La scuola sta cadendo a pezzi, abbiamo già un milione di danni, i computer sono spariti, non possiamo essere così incoscienti!».

«Ti preoccupi troppo, i danni ci sono sempre, è fisiologico, stiamo facendo un atto violento contro le leggi di questo sistema corrotto e reprimente...».

«Non ti rendi conto di cosa stiamo rischiando. Ma non lo vedi che siamo esausti, il comitato promotore è ridotto a pezzi, ieri sera alla riunione qualcuno ha proposto di comprare i bigattini!».

«Chi è stato?»

«Non lo so, però si era sparsa la voce».

Comprare un barattolo di vermi bigattini e metterli nei bagni della scuola era il gesto che da anni segnava la fine dell'occupazione al liceo Tasso; veniva chiamata la disinfestazione e la scuola veniva restituita a preside e insegnanti, con la speranza segreta degli studenti che qualcuno dei vermi restasse in vita. Dopo tre settimane, l'edificio era ridotto piuttosto male; un'incursione di teppisti aveva distrutto ciò che restava del piano superiore, gli armadi erano stati divelti e le cattedre fatte a pezzi. Soprattutto i ragazzi dormivano tre ore a notte, non avevano più forze, e non avrebbero resistito a un altro attacco. Occupare un altro mese avrebbe significato aumentare i danni e correre il rischio di essere processati. Agnese assunse l'aria più decisa del suo repertorio e disse, con fermezza:

«Io mi dissocio».

Carlo la guardò come se avesse visto un alieno.

«Come sarebbe, che vuol dire ti dissoci?»

«Vuol dire che da questo momento qualunque decisione prenderai, la prenderai da solo, non faccio più parte del comitato promotore».

«Agnese non puoi farlo, tu sei fondamentale!».

«Se veramente lo fossi, avresti dovuto parlarmene prima di questa idea geniale, che secondo me è un suicidio!».

«Dai, non essere sempre super responsabile, non è colpa tua se hanno rubato i computer, o se hanno tentato di distruggere la scuola, succede, è così che vanno le cose...».

«Tu lo sai che la colpa di tutta questa storia cadrà su di noi».

«Secondo me te la stai prendendo troppo».

«Fai come ti pare, io mi dissocio».

Agnese si voltò e in un attimo si allontanò camminando a grandi passi nel corridoio.

Carlo rimase lì, a guardarla marciare come un militare verso la trincea.

Agnese restava sempre convinta delle sue idee: quando prendeva una decisione, la difendeva a ogni costo. Era proprio quello che gli piaceva di lei, che la rendeva diversa da tutte le altre. Forse non avrebbe dovuto lasciarla andar via così, ma Carlo la conosceva abbastanza per sapere che non avrebbe mollato la barca durante la tempesta.

Non finché ci fosse stato qualcuno che aveva bisogno di lei.

E Carlo aveva bisogno di lei, ogni minuto della sua vita.

Stretta nella morsa di un cordone umano fatto dagli occupanti all'entrata, Agnese pensò che avrebbe dovuto dissociarsi anche fisicamente e non mettere mai più piede nell'occupazione.

All'entrata, per il servizio d'ordine, piantonavano due ragazzine del quarto ginnasio, che avevano gridato per chiamare i rinforzi, ma nel cortile della scuola c'era un concerto e molti erano lì a ballare e a divertirsi, totalmente ignari del pericolo.

Fuori la folla premeva forte. Erano in tanti, almeno una trentina, ma non erano come loro, erano fascisti, e venivano a distruggere, devastare, rubare.

Pochi secondi ancora, il tempo di vedere la porta cedere definitivamente sotto la spinta dei barbari, e Carlo afferrò Agnese per un braccio trascinandola via dal mucchio; la chiuse in un angolo proteggendola con le braccia mentre il fiume di esseri umani invadeva le scale che portavano al cortile.

Fu in quel momento che Agnese lo vide.

In mezzo al gruppo di ragazzi che avevano spalancato il portone intonando un coro da stadio. Era vestito tutto di nero, i capelli all'indietro, leggermente rasati sulla nuca. Casualmente si voltò proprio verso di lei.

I loro occhi s'incontrarono e per un minuto non ci fu più niente: la scuola, l'occupazione, il concerto.

Lorenzo fece un passo verso di lei e Agnese sentì che stavolta non avrebbe retto.

Per fortuna a tenerla c'erano ancora le braccia di Carlo.

Si era nel vivo degli anni '90 e Berlusconi aveva appena vinto le elezioni.

Nei licei di sinistra di tutta Italia, l'evento era stato considerato motivo fondante della classica occupazione autunnale.

Quell'anno però, grazie alla discesa in campo di Forza Italia, anche diversi adulti avevano appoggiato i figli nella loro consueta e nostalgica forma di lotta.

Non si trattava solo di un'occupazione per saltare la scuola, quanto piuttosto di una forma di dissenso profondo verso qualcosa che stava nascendo e minando le basi della politica e dell'integrità del Paese.

Agnese non si era stupita quando aveva visto alcuni genitori passare la mattina a scuola a lasciare dei viveri, o a sostenere la sottoscrizione con cifre ben più cospicue di quelle dei ragazzi. Si percepiva nell'aria l'odore di un cambiamento temuto e irreversibile, che per Agnese rappresentava l'evoluzione dei balletti di *Non è la Rai* e nei suoi incubi prendeva forma in un'enorme scenografia tutta bianca con le palme sul fondo, in cui l'intero Paese veniva avanti cantando e sculettando. Una sorta di *Quarto Stato* in toppini traforati e pantaloncini aderenti che si muoveva al ritmo di *T'appartengo* di Ambra Angiolini.

Dopo i tre anni di terrore trascorsi a Cinecittà, la scelta di Agnese era caduta sul liceo più serio e politicizzato di Roma, ma anche il più lontano da casa e dal quartiere.

La mattina era costretta a partire all'alba, faceva diciassette fermate di metropolitana e tre di autobus, ma in quella scuola si sentiva finalmente nel luogo giusto al momento giusto.

Tanti ragazzi come lei indossavano la kefiah, in solidarietà alla situazione palestinese, studiavano e non si vergognavano di usare termini appropriati per parlare in pubblico, nessuno esibiva toppini traforati e nessuno ti aspettava fuori dalla scuola per farti la festa. E poi tutti adoravano il suo nome.

Il primo anno trascorse veloce, con nuovi amici e una grande passione per il greco antico. Eppure non si sentiva ancora pronta per buttarsi nella mischia, o esporre in pubblico i propri pensieri. Attese i primi giorni del quinto ginnasio per prendere davvero coraggio e mettere piede nel "Kollettivo" della scuola. Quando aprì la porta dell'auletta C occupata, timidamente, senza bussare, Carlo, gli occhi vivi e il cesto di capelli rasta sulla testa, stava tenendo un discorso contro il rialzo dei prezzi delle merendine a ricreazione, lievitati all'improvviso. Alla vista di quella ragazza, inibita e infagottata in un maglione rosso di due taglie più grandi, Carlo si era interrotto:

«Ragazzi, abbiamo un nuovo membro del Kollettivo. Come ti chiami?»

«Agnese», aveva risposto lei, sforzandosi di non abbassare lo sguardo come faceva nella sua vecchia scuola.

Da quel giorno Agnese aveva preso posto accanto a lui sempre, accompagnandolo in qualunque battaglia e proponendo lei stessa nuove ragioni per cui lottare.

In breve, la sua partecipazione al problema del popolo palestinese, oppresso da più di vent'anni dall'occupazione militare da parte di Israele, e le cause di tutti quelli che soffrono nel mondo, l'avevano elevata a una sorta di eroina popolare, una ragazza che veniva dalla periferia, ma che lavorava sodo per portare avanti le dispute, dentro e fuori dalla scuola.

Una delle prime lotte che aveva dovuto affrontare era stata quella con la nonna, per avere il permesso di dormire all'occupazione. Se avesse potuto, l'avrebbe legata mani e piedi al suo letto; per fortuna era intervenuta la zia Claudia, che l'aveva convinta, dicendole che di tanto in tanto sarebbe passata a scuola a dare un'occhiata. Agnese in quel momento era stata così felice di averla dalla sua parte, che aveva temuto il giorno in cui anche lei si sarebbe trovata un uomo e se ne sarebbe andata da casa della nonna.

La notte in cui aveva visto Lorenzo con sua cugina Gilda, Agnese aveva finto di avere dei vermi intestinali e aveva convinto la zia Claudia a tornare a Roma per una visita d'urgenza.

Da quella notte aveva anche smesso di vedere intorno a sé oggetti a forma di cuore. A quanto pareva, la delusione aveva ucciso definitivamente la sua prospettiva romantica.

Giunte in città, ancora prima di uscire dalla stazione, la zia Claudia le aveva chiesto:

«Lo vuoi un gelato da Fassi?».

Non si era bevuta la storia dei vermi. Agnese aveva esitato a rispondere, ma la zia l'aveva anticipata:

«Ti passerà. Tutto passa. E sappi che i vermi sono peggio di qualunque rifiuto sentimentale».

Insieme si erano incamminate sul binario, lasciandosi tutto alle spalle.

«Ricordati che sono cresciuta con tua zia Aurora. Se non fosse stato per quell'angelo di tua madre, non avrei mai avuto neanche l'ombra di un ragazzo. Era lei che si metteva in mezzo quando c'era qualcuno che mi piaceva. Altrimenti Aurora si sarebbe presa tutto, primo, secondo, e dolce!».

Agnese l'aveva guardata e lì per lì le era venuto da ridere.

Ma la tristezza per Lorenzo era rimasta.

Quando riaprì gli occhi, era nell'aula del Kollettivo, sdraiata su un banco, con un sacco a pelo come coperta. Da lontano arrivava ancora qualche nota sgangherata del concerto. Lorenzo era lì, seduto su un altro banco, appoggiato al muro.

«Come ti senti? Vuoi un bicchiere d'acqua?».

Non era un incubo, quindi: la scuola era stata assalita da un gruppo di fascisti e uno di loro era Lorenzo. Agnese si tirò su e cercò di mettere insieme i pezzi delle ultime ore, senza riuscirci. Si sentiva molto stanca e debole e trovarsi di fronte Lorenzo, dopo due anni, senza il minimo preavviso, era davvero troppo.

«Carlo dov'è?».

«Dici quel tizio con i capelli sporchi e la faccia da matto? Penso che sia andato a fare a botte con i miei compagni di classe».

«Con chi?»

«Sto in un liceo privato, non lontano da qui, la gente è un po'... Insomma sono un po' estremi con quelli che non si lavano i capelli...».

Agnese non riusciva a credere che stesse accadendo davvero.

«Ma che ci fai tu qui? Perché non sei a Milano?».

Lorenzo fece una smorfia e un mezzo sorriso.

«Sono venuto a vivere con mio padre».

«Non mi hai detto niente...».

«Come avrei potuto... l'ultima volta che sono venuto a cercarti mi è stato detto che avevi preso un treno».

Agnese per un attimo fu tentata di dirgli tutto, di quanto l'aveva odiato e quanto aveva sofferto dopo quella notte. Il solo ricordo le faceva venire mal di testa. Ma poi decise di guardare al futuro e non più al passato, la sua vita era diversa adesso, lei era diversa.

«Pensavo che fossi furioso con tuo padre...».

«Lo ero... ma mia madre a un tratto ha smesso di suonare il piano e si è messa a frequentare il suo insegnante di aerobica. Quando hanno cominciato a fare delle lezioni extra nel nostro salotto, me ne sono andato».

Agnese scoppiò a ridere.

«Tua madre, così sofisticata, con un insegnante di aerobica?»

«E d'inverno campione di snowboard. Ho subìto l'umiliazione per tre settimane bianche di fila, poi ci ho riflettuto e ho pensato che magari la mia vita sarebbe migliorata lontano da Big Jim».

Agnese aveva tutti i motivi del mondo per odiarlo, però la faceva ridere.

Lo guardò dalla testa ai piedi: i capelli rasati, il giubbotto di pelle, i pantaloni neri a sigaretta, un cappellino con la visiera sulla testa.

Non era ancora arrivato il momento di polemizzare. Prima doveva capire chi aveva di fronte. Chi o che cosa fosse diventato Lorenzo, in quegli anni in cui non si erano visti.

«Stai meglio?», chiese lui all'improvviso, «sei un po' pallida».

«Sì, non so che mi è preso, mi succede ogni tanto di svenire».

«Beata te, sapessi quante volte negli ultimi tempi sarei voluto essere io privo di sensi... non ci sono mai riuscito...».

Lorenzo si guardò intorno. Nell'aula c'era una scritta rossa sul muro "Il Kollettivo" decorata da un'immancabile falce e martello e tutt'intorno, poster di idoli comunisti.

«Quello chi è?»

«Non conosci Che Guevara?»

«Sai com'è, ho frequentato solo palestre e scuole di preti ultimamente e lui a occhio e croce non è né un atleta, né un monsignore...».

«Mi stai prendendo in giro, lo sai benissimo chi è».

«Va bene, ok, lo so, ma non vedo la necessità di appendere la sua faccia nella mia stanza...».

«È stato un eroe della resistenza, è un simbolo per noi».

«*Voi* chi?»

«Noi che ancora crediamo di poter cambiare qualcosa del sistema attraverso la lotta».

«Non è un po' antico come concetto? Non fa troppo '68?»

«Di certo voi non cercate le stesse cose, non seguite gli stessi ideali, sempre che ne abbiate, di ideali».

«Aspetta, aspetta, guarda che non c'è nessun *voi*... rivendico la mia indipendenza rispetto al pensiero dei miei compagni di classe, che comunque sì, lo ammetto, non sembra essere così profondo».

«Sono dei fascisti di merda».

«Non c'è bisogno di essere così rigidi. A me pare che non sappiano neanche loro chi o cosa dovrebbero essere».

«Non dovrei essere qui, dovrei andare a cercare Carlo...».

«L'ultima volta che l'ho visto stava fumando un cylom alto come un bambino di tre anni accanto alla cassa del palco... non credo che sia sopravvissuto».

Agnese rise e rimasero in silenzio un istante.

«Ce ne andiamo?», propose Lorenzo.

«Dove? Sono le quattro del mattino».

«Appunto, tra un'ora e venticinque minuti esatti sorge il sole. Mica ti vorrai perdere lo spettacolo...».

Fuori c'era una situazione irreale: un'atmosfera sospesa, silenziosa, niente suoni, rumori, nessuno in giro per le strade, o sui marciapiedi.

«Dici che sono morti tutti e noi siamo gli unici sopravvissuti?»

«Se è così, è una tragedia».

«Come? Non saresti contenta di essere rimasta sola con me? Ultimi esemplari della specie umana, potremmo fondare un nuovo pensiero, o collegarci con nuove forme di vita...».

«Preferirei trascorrere il resto dei miei giorni con un essere verde a tre teste».

«Da dove ti viene tutta questa cattiveria? Perché in teoria stavolta sono io che dovrei essere arrabbiato con te... sei tu che sei sparita l'ultima volta».

«Ti prego, non tiriamo fuori l'argomento. Guarda là... una forma di vita».

Agnese indicò un uomo che stava tirando su la saracinesca di un bar e sorrise.

«Bene, il tuo pensiero post atomico è crollato. Dove stiamo andando?».

Camminavano da un pezzo, aggirandosi nei vicoli del centro storico.

«Nel mio posto preferito. Quando sto un po' giù, vado lì e improvvisamente mi sento meglio. Peccato che non ci sia sempre».

«Che vuol dire? Si sposta?»

«No».

«E allora?»

«Non essere impaziente. Ti trovo peggiorata, lo sai?».

«In che senso?»

«Sei molto più aggressiva, più estrema... e poi che fine hanno fatto i tuoi capelli?».

Agnese si accarezzò d'istinto la nuca scoperta, su cui ricadeva un caschetto tinto di nero, che la faceva somigliare a Valentina di Crepax. Dopo le medie, aveva pensato di cambiare look, optando per un taglio più maschile, un caschetto corvino, corto, deciso, ma molto femminile. La rasatura sul collo era stata il tocco finale, andava molto di moda quell'anno e la portavano anche le ragazze con i capelli lunghi.

«Perché? Non ti piacciono?»

«No, sì, cioè, ti stanno bene... però i tuoi capelli erano così belli...».

«Carlo li trova molto sexy».

Lorenzo si fermò esterrefatto, Agnese fece qualche passo in avanti e si voltò quando si rese conto che lui non la stava seguendo.

«Non vai a letto con lui, vero?».

Lorenzo la fissò con occhi all'improvviso innocenti e disarmati. Era bravo, pensò Agnese, a fingersi una creatura indifesa.

«Ancora no».

«*Ancora* no vuol dire che ci stai pensando... stai pensando di andare a letto col rasta?»

«Non è il rasta, ha un nome, e comunque sì, ci ho pensato, perché?»

«Lo hai già fatto? Sei stata a letto con qualcun altro?».

Agnese arrossì senza volerlo e marciò davanti a lui, inviperita.

«Non me lo stai chiedendo davvero».

«Certo che te lo sto chiedendo, che c'è di male, ci conosciamo fin da bambini».

«Questo non ti autorizza a estorcermi informazioni sulla mia vita sessuale».

«Ok, non l'hai fatto».

Agnese osservò indispettita quella sua faccia impertinente, e fu costretta ad ammettere che quand'era così sfacciato era ancora più bello.

«Non sono affari tuoi e onestamente non capisco perché lo vuoi sapere».

«Perché? Ma perché tu meriti di molto meglio... sei intelligente, carina, potresti avere chiunque!».

«Carina è un aggettivo che detesto».

«Infatti, volevo dire bella, anche se ti sei tagliata i capelli».

«Sei tremendo».

«Perché?»

«Non mi faresti un complimento vero neanche morto».

«Questa è una tua idea, che non so come ti sei messa in testa».

«Comunque che t'importa se vado a letto con Carlo?»

«Non capisco cosa ci trovi in uno che decide di farsi venire dei ciuffi impossibili sulla testa per ballare il reggae o per imitare le tribù dei villaggi africani, mi sembra che tu sia su un altro livello, non so come dire...».

«Carlo è molto intelligente, mi considera un pezzo fondamentale del Kollettivo, mi stima ed è molto carino con me».

«Carino non è un aggettivo che detesti?»

«E poi gli piace tantissimo il mio nome».

Quella era una frecciata vera. Lorenzo si fermò di nuovo e poi proseguì, distogliendo lo sguardo da lei, come se la cosa non l'avesse colpito affatto.

«Be' certo, in una scuola di vecchi, i nomi da vecchi vanno forte!».

Agnese gli strappò il cappellino che aveva sulla testa e cominciò a correre.

Ormai erano quasi alla fine del Tevere e la città era immersa in una luce tiepida, rosa e arancio.

Agnese correva e mentre sentiva il respiro pesante di Lorenzo alle spalle, cominciò a ridere. Pensò che non ci fosse niente di più bello che essere inseguita da Lorenzo arrabbiato alle sei del mattino.

Giunse trafelata di fronte a una porta romana e si ritrovò in mezzo a un via vai di gente che si affrettava, a piedi, in macchina, con dei piccoli furgoni e scaricava merce di ogni tipo; all'improvviso la città sembrava essersi risvegliata e brulicava di suoni, colori, odori e soprattutto lingue. C'era gente di tutti i tipi, molti venivano dall'est Europa: in quel punto esatto cominciava il mercato dell'usato di Porta Portese.

Lorenzo si riprese il cappello approfittando della distrazione di Agnese, che iniziò ad aggirarsi tra i banchi.

«Qui ci sono i russi», le disse mentre passavano in mezzo a una fila di tavoli pieni di cianfrusaglie, servizi di porcellana, soprammobili, spille, antichi orologi, vecchi samovar d'argento. Dei tipi robusti con i baffi lunghi e l'alito che sapeva di alcol, sostavano dietro ai banchi e decantavano i pregi di ogni singolo oggetto, per lo più tentando di vendere ai propri connazionali.

«Qui invece i polacchi».

Agnese si lasciò guidare in mezzo a quel vociare indistinto, la gente era aumentata e fluiva lungo la strada stretta in mezzo ai banchi come un'unica massa. Una strana agitazione cominciò a impossessarsi di lei, conosceva bene quel luogo, ma lo aveva sepolto da qualche parte, nella sua memoria.

«Questa è la zona dedicata alla musica, tra un po' comincia quella meccanica, ma prima ce n'è una che è la mia preferita», commentò Lorenzo aggirandosi tra i banchi.

Agnese girò lo sguardo e iniziò a vedere poggiati su tavoli protetti da vetrate di plastica o griglie metalliche, obiettivi, esposimetri e macchine fotografiche. Era cresciuta tra scatole di macchine fotografiche imballate in rotoli di pluriball e accatastate nel salotto di casa. Agnese sentì i battiti del cuore aumentare a ogni passo. Poco dopo, confuso tra la gente che andava e veniva nel mercato, lo vide: suo padre, dietro uno di quei banchi, che parlava e rideva con i clienti, la sigaretta poggiata su un lato della bocca, che si fumava da sola.

Rimase immobile, sommersa dalla folla che le scivolava accanto, imbambolata da quella visione. A un tratto sentì un paio di occhi addosso, uno sguardo insistente che la studiava da capo a piedi.

Ebbe la strana e spiacevole sensazione di essere spiata, studiata da uno sconosciuto. Da lì a poco, un uomo con la carnagione olivastra e i baffetti neri, la chiamò per nome, con un pronunciato accento siciliano.

«Agnese! Sei Agnese, la figlia di Paolo!».

Lorenzo si voltò incuriosito verso di lei, che abbassò il viso imbarazzata. Ma l'uomo sembrava inarrestabile.

«Sono Giovanni! Giovanni Cicala, ma non ti puoi ricordare di me, eri così piccola...Guarda come sei cresciuta, sei una signorina, adesso, come stai?»

«Bene...», disse Agnese, quasi balbettando, mentre Lorenzo curiosava tra la merce dell'uomo esposta sul banchetto.

«Vai a scuola, che fai?»

«Il liceo classico».

«Brava, studia... ci somigli proprio a tuo padre, due gocce d'acqua siete, è impressionante!».

Lorenzo nel frattempo era stato attratto da una macchina fotografica e la stava studiando. Il Cicala notò la passione con cui guardava l'oggetto e lo incoraggiò.

«Bella scelta, quella è una Leica R6. Non è solo un'ottima macchina fotografica, è anche un bell'oggetto.Guarda l'ottica, guarda che lente... Questa fa delle foto eccezionali».

«Quanto costa?», chiese Lorenzo, interessato.

«Questa costa, caro mio...», rispose l'uomo evasivo, poi guardò Agnese.

«Chi è? Il tuo ragazzo?».

Agnese impallidì.

«Sì, ci conosciamo fin da bambini», rispose Lorenzo tempestivo.

Le mise un braccio intorno alle spalle e Agnese avvampò di rabbia, ma non riuscì a formulare una risposta adeguata in tempo reale. Cicala guardò di nuovo il sorriso di Lorenzo e iniziò a imballare la macchina fotografica.

«Questa macchina me la diede tuo padre, anni fa. Forse è arrivato il momento di restituirla al legittimo proprietario».

Agnese guardò l'uomo sorpresa e tentò di fermarlo:

«Ma no, davvero, non c'è bisogno, non saprei usarla, non so nemmeno come si maneggia».

Cicala guardò il ragazzo.

«Magari lui la sa far funzionare».

«Ma certo che lo so, te lo posso insegnare, se vuoi».

Lorenzo sembrava così contento che Agnese non trovò la forza di opporsi e pensò che avrebbero fatto i conti più tardi.

«Come ti è venuto in mente di dire che sei il mio ragazzo?»

«Magari un giorno lo divento, che ne sai».

«Te ne sei approfittato solo perché volevi la macchina fotografica».

«Invece di protestare, perché non ti lasci fare una foto?»
«Non ci pensare neanche».
«Fermati lì, vicino al muretto, così inquadro anche il fiume».
«Ti ho detto di no».
«Ti regalo il mio cappello».
«Bell'affare».
«Me l'hai appena rubato. Nessuno ruba qualcosa che non gli interessa».
Niente da fare, ormai Lorenzo la guardava solo attraverso l'obiettivo.
Agnese si appoggiò al muretto, guardando il fiume che scorreva placido sotto di lei, senza sosta. Si calcò il cappello sulla fronte coprendosi completamente gli occhi, sperando di fargli passare il desiderio di fare quella foto.
«Bellissima, non ti muovere», sentenziò Lorenzo, poi caricò il rullino e premette il pulsante dello scatto. Agnese lo fissò minacciosa attraverso il mirino, arginando un sorriso.
Era il 24 novembre del 1994.
Berlusconi aveva vinto le elezioni, c'era la guerra in Ruanda ed era morto Kurt Cobain. Stava per chiudersi un anno per diversi motivi più intenso di altri.
Nonostante tutte le tragedie, qualcosa di grande era successo.
Lorenzo adesso era di nuovo nella sua vita.

Cambiamenti

Per tre mesi Agnese e Lorenzo continuarono a sentirsi e a vedersi saltuariamente, spesso di domenica, quando lei non doveva studiare. Poi un giorno, lui si materializzò nel cortile della sua scuola, a ricreazione.

Agnese stava discutendo con Carlo del processo che avrebbero dovuto affrontare di lì a un mese per via del geniale prolungamento dell'occupazione, che si era rivelato utile solo alla maggiorazione dei danni.

Qualcuno aveva addirittura lanciato nel cortile una cattedra dal terzo piano, per fortuna in un momento in cui sotto non c'era nessuno.

Carlo smise di parlare, vedendo Lorenzo comparire in cortile e avviarsi verso di loro.

«C'è il tuo amico d'infanzia, il fascista», le disse sarcastico.

Agnese lo cercò tra i ragazzi e lo vide.

«Manca di coscienza politica, ma non è fascista, te lo assicuro», cercò di difenderlo.

Carlo gli si parò davanti e non perse tempo:

«Che sei venuto a fare? Non vi basta il casino che avete combinato quella notte?».

Lorenzo fu tentato di rispondere che quella notte lui l'aveva trascorsa con Agnese, ma dallo sguardo che lei gli fece, intuì che non era proprio la cosa giusta da dire.

«Non sono qui per sbaglio. Mi sono fatto trasferire. Sto in primo C».

Agnese sapeva che avrebbe potuto farlo, ma non credeva che si fosse spinto a tanto.

«Lore, sono felice che tu sia qui, ma noi stavamo parlando di una questione molto importante».

«Una questione che riguarderebbe più i tuoi amichetti che noi, in verità. Io ho bisogno di farmi una canna adesso, del processo ne parliamo dopo», disse Carlo.

«Impossibile, dobbiamo parlarne adesso!», rispose Agnese alterata.

«Non si può fare sempre tutto quando lo dici tu».

«Su questo sono d'accordo con lui», s'intromise Lorenzo.

Agnese li guardò entrambi esterrefatta, poi si rivolse a Carlo:

«Non possiamo mica difenderci da soli! Siamo tutti minorenni!».

«Non avete un avvocato d'ufficio?»

«Sì, ma molti di noi non hanno i soldi per pagarlo, inclusa me».

«Mio padre è avvocato. Potrebbe darvi una mano lui».

Sia Agnese che Carlo lo guardarono sorpresi. Agnese si fece improvvisamente seria.

«Potresti parlargliene, davvero?»

«Posso far leva sul suo senso di colpa».

Carlo colse la palla al balzo e gli diede una pacca sulla spalla.

«Grande, grazie. Vedi che tutto si risolve?», disse ad Agnese e poi sparì nella folla.

Agnese osservò Lorenzo con una punta di diffidenza.

«Guarda che è una cosa seria, succede un casino se non abbiamo un bravo avvocato. Tuo padre forse è fin troppo... noto».

«Mio padre non è esattamente favorevole all'occupazione in quanto forma di lotta, te lo puoi immaginare. Non è nelle sue corde».

«E come pensi di convincerlo?»

«Un genitore separato si sente sempre in debito con suo figlio. Qualcosa m'inventerò».

Davanti alla vetrina scintillante di Hausman in via del Corso, suo padre sembrava tornato un adolescente, emozionato e titubante.

«Io avrei preferito un diamante, però lei adora il verde, forse dovrei prenderle un anello con uno smeraldo».

«Buttati sul classico, le donne amano il corteggiamento standard, almeno prima del matrimonio».

«Big Jim le ha comprato un diamante?»

«Sì, perfino lui ci è arrivato».

A volte aveva la sensazione che i suoi genitori si muovessero tra i sentimenti come in una partita a scacchi. Ciascuno aspettava la mossa dell'altro per prendere tempo e capire che strategia adottare. Adesso che sua madre stava per sposarsi, finalmente suo padre si era deciso a comprare all'amante l'anello di fidanzamento. L'orribile presenza di Big Jim aveva avuto il potere di riavvicinarli. Lorenzo, da quando il padre se ne era andato, l'aveva sempre incolpato del fallimento del matrimonio e del suo ideale di famiglia modello.

Quando uscirono dal negozio, con la scatoletta blu avvolta in una confezione regalo gigante, notò l'espressione soddisfatta sulla sua faccia e decise che era arrivato il momento di affondare il colpo.

«Devo chiederti un favore».

«Chiedi quello che vuoi, a patto che non riguardi tua madre».

«No, non è per lei. Si tratta di una cosa per me... per dei miei amici...».

Lorenzo s'interruppe e si chiese come avesse fatto a infilarsi in quella situazione. Erano anni che non chiedeva nulla a suo padre e si era ripromesso di non chiedergli mai più niente in vita sua, se non fosse riuscito a riconquistare la fiducia di sua madre.

«Ecco, la nuova scuola, in cui mi sono trasferito... quest'inverno è stata occupata dagli studenti e...».

«Non hai preso parte all'occupazione, vero?»

«No, certo che no».

«Bene».

«Però, dato che non c'erano maggiorenni, hanno firmato solo minorenni per la responsabilità di quello che è successo, sono quaranta ragazzi e adesso vogliono... processarli».

«A quanto ammontano i danni?»

«Circa un milione, più o meno».

«E tu che c'entri in tutto questo?»

«Sono miei amici e mi hanno chiesto di... insomma loro... hanno bisogno di un avvocato».

Suo padre si fermò in mezzo alla strada e lo guardò stupefatto.

«Mi stai chiedendo di difendere in aula quaranta minorenni che hanno partecipato a un atto violento contro un'istituzione, sapendo che non sono d'accordo?»

«Esattamente».

Lorenzo guardò suo padre accigliarsi in silenzio mentre ricominciava a camminare.

«Potrebbe essere un bel gesto da parte tua...».

«Mi dispiace, non posso, è fuori discussione».

Lorenzo prese una pausa teatrale prima di affondare definitivamente il coltello nella piaga.

«Peccato. Da piccolo eri il mio eroe preferito. Ero convinto che avessi il potere di salvare chiunque».

Alzò il viso su di lui e lo fissò negli occhi sapendo benissimo che stava giocando sporco. Far leva sul senso di colpa di un genitore divorziato era fin troppo facile. Ma di solito funzionava. Suo padre fece altri tre passi in avanti, poi si voltò e tornò indietro.

«Va bene, lo farò. Ma solo se mi dici il motivo vero. È una ragazza?».

Lorenzo annuì con la testa pensando agli occhi innocenti e imbronciati di Agnese.

«Chi è?».

Il ragazzo si mise una mano nella tasca e tirò fuori la foto in bianco e nero che aveva sviluppato il giorno prima. Suo padre si rigirò la foto fra le mani, studiandola con attenzione.

«Ho la sensazione di averla già vista».

«Era la nostra vicina di casa, al mare. Stava nel casale di fronte, ma forse era troppo piccola, per questo non te la ricordi. Ci conosciamo da una vita».

Suo padre soppesò un istante quell'informazione e sorvolò sul fatto che il suo pensiero era corso immediatamente ad Aurora. La prima delle sue tante infedeltà coniugali. Chissà, forse se non avesse ceduto a lei, lui e Marie Helène non si sarebbero separati.

«Ed è… solo una tua amica?»

«Certo».

«Quello che mi stai chiedendo non è uno scherzo. E conoscendoti mi sembra difficile che tu possa farlo per un'amica».

«Che vuoi dire?»

«Non c'è niente tra voi?»

«No, vostro onore».
«Forse lei è innamorata di te...».
Lorenzo si mise a ridere al solo pensiero.
«Agnese? Certo che no...».
«Gliel'hai chiesto?»
«Che cosa?»
«Se è innamorata di te!...».
«No, perché? Non sono cose che si chiedono così di punto in bianco a una ragazza che conosci da sempre».
«Se siete veramente amici non dovrebbe esserci nessun problema».
«Agnese non è innamorata di me, anzi a volte ho la sensazione che non mi sopporti».
«E tu invece?»
«Io?»
«Sì, tu».
Nessuno gli aveva mai rivolto quella domanda in modo così diretto. E quel qualcuno oltretutto era suo padre, un uomo che lui non considerava più tale da quando si era arreso, lasciando che sua madre si fidanzasse con un menomato mentale armato di pettorali.

Grazie all'aiuto di suo padre, i quaranta minorenni processati per l'occupazione del Tasso furono prosciolti e in cambio Agnese organizzò una festa in suo onore nell'aula del Kollettivo.
A Milano Lorenzo era stato bollato in fretta come "sciupa femmine" dopo i primi mesi del ginnasio. Aveva avuto le ragazze più ambite di tutto il liceo, ma erano durate al massimo tre mesi, poi si era annoiato e le aveva mollate, in cerca di qualche altra vittima. Era talmente facile farle innamorare che non c'era gusto.

Ma a Roma era tutta un'altra cosa. Bisognava conquistarsi un ruolo sociale, al Tasso poi chi stava fuori dalla politica non aveva chance di avere un seguito. Era uno dei valori cardine della scuola.

La festa aveva avuto più affluenza del seminario sui poeti maledetti e perfino del workshop sull'uso delle droghe leggere. Ogni volta che Agnese tentava di muoversi, era obbligata a fermarsi e a salutare qualcuno; la densità di popolazione era la stessa di un vagone della metropolitana alle otto del mattino, ma pieno di fumo.

Lo aveva perso di vista da solo mezz'ora e già cominciava ad agitarsi.

Lo cercava dappertutto. Per una smania di controllo probabilmente. Per paura che Viola Masi lo attirasse a sé con i suoi occhioni azzurri e le sue citazioni letterarie. Viola era una ragazza dell'ultimo anno, carina, non appariscente, ma molto determinata e dotata di una grande intelligenza. Agnese l'ammirava e sperava che un giorno le avrebbe assomigliato.

La scuola era piena di ragazze interessanti, molto più di lei. Ma poi si diceva che in fondo Lorenzo aveva già scelto un'altra, molti anni prima e lei stessa non si era forse terrorizzata l'unica volta che lui aveva fatto un tentativo di avvicinarsi?

Qualcuno le posò una mano su una spalla e probabilmente si accorse dell'espressione delusa che si dipinse sul suo volto quando vide che non si trattava di Lorenzo.

«Mi stavi cercando?»

«Sì, infatti, non ti trovavo da nessuna parte», rispose Agnese senza guardarlo negli occhi.

Carlo si avvicinò e le diede un bacio sul collo, era già un po' brillo. Lei d'istinto si ritrasse e continuò a cercare con lo sguardo nella stanza.

«Che c'è? Tutto a posto? Sembri distratta...».

«No, è solo che... c'è troppo fumo qua dentro...».

Carlo le diede un altro bacio e le mise una mano sul fianco.

«Vieni da me stasera?».

Agnese deglutì. Sapeva cosa significava quell'invito, il tono e il modo in cui l'aveva detto erano inequivocabili. Non era la prima volta che glielo chiedeva, ma stavolta sembrava molto più determinato delle altre.

La maggior parte delle ragazze della scuola avrebbe dato via un braccio per essere al suo posto. Carlo non era solo un bel ragazzo, affascinante e intelligente, ma era anche il rappresentante d'istituto e aveva un forte spirito organizzativo.

Soprattutto era innamorato di lei. Di questo, Agnese se n'era accorta.

«Vado a prendere un po' d'aria, torno subito», gli disse sorridendo e iniziò a farsi largo tra la folla di magliette a righe e capelli unti che permeava lo spazio.

Quando raggiunse il corridoio, se lo trovò davanti. Fumava una sigaretta appoggiato alla finestra, da solo, dando le spalle alla festa.

Le tornò in mente l'immagine di Lorenzo rannicchiato sullo scoglio nero in mezzo alle alghe; sempre lontano dalla scena, lontano da tutti. Per un istante Agnese ebbe la tentazione di abbracciarlo, ma proprio mentre stava per farlo, lui si voltò e le sorrise.

«Festone, eh? Complimenti, sei stata bravissima».

«L'ho fatto per te».

«Lo so, grazie, infatti».

«Non mi devi ringraziare. Non so come avremmo fatto senza tuo padre».

«Alla fine penso si sia anche divertito. L'ha presa come una giornata insolita, un piccolo diversivo. Che fai?»

«C'è talmente tanta gente che non so con chi parlare, sembra un ossimoro, ma è così, è difficile scegliere a chi dare attenzione».

«Allora sono un privilegiato».

«Perché?»

«Stai parlando con me».

Rimasero in silenzio e l'imbarazzo si mise subito in mezzo.

Agnese evitò di piantare gli occhi nei suoi e si sentì talmente confusa da assecondare un unico desiderio: la fuga.

«Scusa, ma io devo andare. Se vedi Carlo gli dici che non stavo bene e sono tornata a casa?»

«Davvero te ne vai così presto?».

Agnese sorrise, ma con la testa era già fuori.

Sentì la sua voce che echeggiava nel corridoio e che la chiamava.

«Nina!».

Nina forse sarebbe tornata indietro, ma Agnese decise che sarebbe stato meglio non voltarsi.

In macchina con la zia Claudia, tornando verso casa, Agnese rifletté sul fatto che il suo rapporto con Lorenzo stava cambiando.

Adesso che era nella sua città, nella sua scuola, sarebbe stato tutto molto più difficile.

Vivevano di un equilibrio sottile, precario, che andava preservato.

A ogni costo.

Varsavia

Si accorse di lui mentre scherzava con una sua compagna di classe durante la fila al check in. Non era niente di che la ragazza, ma lui le sorrideva spesso.

Lorenzo non l'aveva ancora notata, non la stava neppure cercando, come aveva fatto lei da quando aveva messo piede in aeroporto.

Che la scuola avesse deciso di organizzare un viaggio d'istruzione per la sua classe e quella di Lorenzo sembrava uno scherzo del fato.

Quando si voltò per guardare il tabellone delle partenze, i loro sguardi s'incrociarono. Lorenzo mollò subito la povera ragazza, che rimase sospesa con una frase a metà mentre si era già allontanato. Sembrava particolarmente euforico.

«Finalmente si parte. Che si dice?»

«Che il destino ci perseguita».

«Non sei contenta? Non abbiamo mai fatto un viaggio insieme».

«È un viaggio nell'orrore».

«Non devi sentirti in dovere di mostrare il tuo dolore retroattivo».

Agnese lo rimproverò con un'occhiata e fece per andarsene.

«Va bene, scusa, però ogni tanto potresti anche ridere un po', non andiamo solo ad Auschwitz. C'è Varsavia, Cracovia...».

«Varsavia è stata rasa al suolo durante la guerra. Quello che vedremo è una falsa ricostruzione di stampo comunista».

«Mi hanno detto che si beve con pochissimo. E che hanno una vodka fantastica».

Lorenzo non demordeva, più lei si incupiva, più lui si sforzava di mettere in luce il lato positivo.

«C'è tutta una tradizione di artisti, cineasti, Polanski, e quell'altro, come si chiama... quello che ha chiamato i film con i nomi dei colori?».

Agnese rivide la sua espressione ingenua di bambino ignaro e cominciò a sciogliersi.

«Kieslowski».

«Ecco appunto. Il mio preferito era *Film Bianco*. Lui che si nasconde dentro la valigia, nel portabagagli per attraversare il confine... il padre barbiere con quel negozio anni Cinquanta...».

«Io preferisco *Film Blu*».

«Ero sicuro, è proprio il film per te. Si piange praticamente dal primo minuto».

Agnese finalmente sorrise e lentamente si avvicinò al gate.

«Stiamo facendo rallentare tutti. Non dovresti andare con la tua classe?»

«Forse sì dovrei, ma è impossibile».

«Perché?»

«Non prendo un aereo da due anni e l'ultima volta è stato quando mi sono trasferito da Milano a Roma».

«E allora?»

«E allora? Ogni volta che salgo su un aereo per me è un trauma».

Agnese lo guardò convinta che stesse scherzando, poi si accorse che era serio.

«Non posso prenderlo da solo. Sto male. L'ultima volta sono sceso».

«E io che c'entro?»

«Tu sei la persona che mi conosce da più tempo qua dentro. Sei l'unica che può aiutarmi».

«Non ci credo, mi stai incastrando!».

Lorenzo rimase in silenzio e arrivarono al gate, lui passò attraverso il metal detector e lei lo guardò con una piccola dose di angoscia.

«Ma dici sul serio?».

Quando il rombo dei motori li raggiunse, Lorenzo chiuse la rivista che stava tentando di leggere da un quarto d'ora e si voltò verso Agnese.

«Questo è il momento peggiore. La partenza. La sensazione del distacco, l'allontanamento da mia madre, ci sono una serie di simboli in questa mia paura del volo. La mia "strizza" lo dice sempre».

«Strizza? Cioè una psicologa? Vai da un dottore quindi?»

«Non è un dottore, non è come quando hai mal di gola e vai dal medico che ti dà l'antibiotico. È molto brava... freudiana. Parla pochissimo, ma quel poco che dice... Perle di saggezza. Sul serio, illuminante».

«E che dice questa tizia?»

«Lei sostiene che non è un caso che io associ la paura di volare al distacco da mio padre, poi da mia madre, dalla mia città d'origine... avendo viaggiato in aereo in periodi delicati della mia crescita, non ultimo quando i miei si sono separati e quando mi sono trasferito a Roma, il volo per me rappresenta la presa di coscienza del cambiamento. La fine del giardino d'infanzia».

Agnese scoppiò a ridere.

«Giardino d'infanzia? Sei sicuro che ti stia facendo bene questa cura?»

«Non è una cura, è una terapia. Comunque sì, sto molto meglio da quando ho iniziato».

In quell'istante i loro corpi subirono un leggero spostamento all'indietro incollandosi ai sedili. Lorenzo iniziò ad avere il respiro affannato e posò una mano su quella di Agnese.

«Non ti dà fastidio vero?»

«È solo un po' sudata...».

«Mi dispiace».

«Non fa niente. Perché non leggi quella rivista, ti aveva calmato mi sembra...».

«È in polacco».

«Ah...».

«Senti».

Lorenzo le portò la mano che ancora stringeva sul suo petto.

«Che cosa?»

«Non senti che batte molto più forte di quanto dovrebbe? Prova a contarli. Uno, due, tre, quattro...».

«Non c'è niente di strano, è una tachicardia. Capita nella vita, più spesso di quanto non pensi».

«Quando per esempio? Quando stai per morire?»

«Se muori il cuore si ferma, non aumenta i battiti. La tachicardia è una semplice accelerazione del ritmo delle palpitazioni».

«È quell'anomalia che cercavi di diagnosticarmi qualche anno fa, è arrivata?»

«Ma no, è una leggera alterazione data dalle circostanze».
«E da che dipende?»
«Dalle emozioni, dai pensieri, o da situazioni che ti provocano agitazione. Durante un'interrogazione, per esempio, o... un innamoramento».
«Non mi sembra il caso di scherzare su certe cose», le disse serio Lorenzo, che non sembrava affatto essersi calmato.
«Stai solo avendo un attacco di panico».
«E tu come lo sai?»
«Io leggo riviste scientifiche tutte le settimane».
«E che cos'è ?»
«Proprio quello di cui parli tu: tachicardia, sudori freddi, sensazione di morire da un momento all'altro...».
«Non sono sicuro di sentirmi meglio quando ne parli».
Agnese si rassegnò e decise che forse l'unica cosa che poteva fare era provare a distrarlo.
«Pensi che troveremo la neve a Varsavia?»
«La neve? Ma che dici, è primavera!».
«Ho letto che è possibile, in Polonia può nevicare sempre, anche ad agosto...».
«Sarebbe bellissimo, adoro la neve».
«Me lo dicevi. Io ti invidiavo tantissimo per quei racconti che mi facevi di slittini, pupazzi, discese nei parchi... la neve a Roma non c'è dall'85. Avevo quattro anni, non mi ricordo quasi nulla».
«Non ci sperare troppo. Lo sai che ho un'ossessione per il meteo, ho controllato. La temperatura non dovrebbe scendere sotto i dieci gradi».
«Io non ci credo alle previsioni, sbagliano sempre».
Nel frattempo l'aereo era decollato. Lorenzo girò la faccia verso il finestrino e si trovò davanti ad un tappeto di nuvole bianche.

Poi si accorse che stava ancora stringendo la mano di Agnese e la lasciò.

«Scusa, è passata adesso. Sto molto meglio...».

«Secondo me è la tua strizza che ti fa venire strane idee, in fondo se non le analizzassi, queste cose resterebbero belle tranquille nel tuo inconscio. Hai mai pensato di fare yoga?»

«Troppo zen, non va bene per me. Io sono già zen. Mi serve qualcosa che mi svegli, sennò non c'è cambiamento».

«Tipo?»

«Tipo che ne so... il basket o il calcio».

«Non ti ci vedo».

«Sì, lo sport di gruppo non mi appartiene, anche perché non ho amici».

«Non è vero, ce li hai gli amici».

«A Milano forse. Qui ho te».

Agnese rimase in silenzio riflettendo su quella frase, essere considerata da lui un'amica e basta: in fondo lo era, è chiaro, erano solo quello, però in qualche modo non le faceva piacere. Lui notò quella piccola delusione e aggiunse:

«Ma tu sei un'amica speciale, mi hai appena salvato la vita. Non lo sai che si può rimanere stecchiti per un attacco di panico?».

Aggrappata con le mani alla rete di filo spinato, Agnese a stento trattenne le lacrime.

Tra le poche cose buone di aver frequentato le scuole medie a Cinecittà est, c'era l'avere avuto come insegnante il professor Gori il quale aveva fra le sue ossessioni l'Olocausto.

Prima di organizzare lo spettacolo contro il razzismo e l'antisemitismo li aveva istruiti fin nei minimi dettagli.

Agnese aveva visto talmente tanti filmati sulle fosse comuni, le torture, le file di donne nude, spogliate di tutto, della loro identità, della loro carne… quelle immagini adesso riprendevano vita all'improvviso, a colori, non in bianco e nero, e la trasportavano in un altrove di orrore e solitudine.

Fissava il cielo basso e grigio che sembrava atterrato su quella landa desolata, erano spazi immensi, in cui si respirava ancora l'odore della tragedia. Agnese era in grado di soffrire per le barbarie dell'essere umano e di respingere invece il dolore personale, la sofferenza per la sua solitudine. Era una cosa che suo padre ripeteva di continuo, non bisogna essere egoisti e pensare solo ai propri mali, intorno a noi ci saranno sempre tragedie più grandi, per cui davvero valga la pena tormentarsi.

Si sentì poggiare una mano sulla spalla e sobbalzò, all'improvviso.

«Lo so che ti fa male. Ci andiamo a bere una vodka?».

Per fortuna Lorenzo aveva su di lei lo strano potere di farle esorcizzare il dolore con la sua sola presenza.

Tornati a Varsavia, dopo la cena in albergo a base di *pierogi* e cipolle sparse un po' ovunque, Agnese si alzò per andare a telefonare a Carlo.

Il patto era che si sarebbero sentiti almeno ogni due giorni e Agnese aveva acconsentito solo perché dall'arrivo di Lorenzo, Carlo si era trasformato in una specie di Otello, capace di immaginare cose anche dove non esistevano e di trasformarle in una gelosia ossessiva e paranoica.

Ogni volta che usciva con lui, Agnese aveva la sensazione di avere una relazione con una ventosa più che con un essere umano. La baciava e la teneva stretta a sé di continuo, anche in pubblico, cosa che la metteva in imbarazzo e non aiutava affatto a farla sentire a suo agio.

«Che fate?»
«Siamo andati ad Auschwitz oggi. È stato terribile».
«Immagino. E adesso?»
«Non lo so, niente. Qualcuno vuole uscire».
«Ma tu non esci vero?»
«Non ho ancora deciso, magari invece mi fa bene».
«Io mi sentirei meglio se restassi in albergo».
«Ma non vado da sola, ci sono gli altri!».
«È proprio questo che mi preoccupa».
«Carlo, ti prego, non ricominciare».
«Va bene, fai come vuoi allora, sentiti libera».
La conversazione fu troncata di netto e Agnese non riuscì a capire se era lui che aveva riattaccato o se era solo caduta la linea.
Quando si voltò, Lorenzo si era già blindato con giacca e cappello.
«Nina manchi solo tu».
«No, io non vengo, e non voglio che mi chiami Nina».
«Perché? Che vuol dire non vieni?»
«Sono stanca, è stata una giornata difficile».
«Appunto per quello stiamo uscendo».
Agnese guardò le scale che portavano alle stanze deserte e le venne la tristezza al solo pensiero di salirle da sola.
L'MDM Hotel era uno degli alberghi più "moderni" della città.
Affacciava su Plaz Constitutia, una delle piazze principali di Varsavia, squadrata come il resto, con al centro un obelisco talmente alto che sembrava toccare il cielo.
Fuori l'edificio si presentava come un blocco di cemento grigio e all'interno sembrava di essere ancora negli anni Sessanta, tra lunghi corridoi ricoperti di moquette rossa, porte di legno scuro e un odore di cucina proveniente dalla

sala ristorante che aveva il potere di appiccicarsi dappertutto.

Agnese si voltò verso l'uscita, dove alcuni dei suoi compagni sostavano battendo i denti per il freddo ed ebbe l'impressione di sentire il gelo pungente del vento che si era alzato solo in quel momento.

Era ancora un po' frastornata per la conversazione con Carlo, le sembrava di tradire la sua fiducia. Non stava andando a bere con i suoi compagni di classe, c'era anche Lorenzo. A parte la notte in cui si erano rincontrati all'occupazione non era mai più uscita di sera con lui e il pensiero la terrorizzava. Per qualche strano motivo si sentiva in soggezione, quasi non fosse all'altezza, di sedersi a bere da qualche parte e ritrovare quella leggerezza che avevano gli altri, che Lorenzo aveva sempre avuto.

All'improvviso sentì che era diventata pesante, negli ultimi anni si era occupata solo di politica e cultura e non si era mai veramente goduta i suoi quindici anni.

«Allora che fai?».

Indecisa, scosse la testa.

«Sentiti libera, però… pare che stanotte nevichi».

Agnese alzò gli occhi oltre la figura di Lorenzo e osservò il buio denso della notte.

Il vento era molto forte, scuoteva i capelli e le giacche, trascinava oggetti rimasti a terra, e il cielo era coperto di nubi.

Forse poteva succedere.

La neve in aprile. Lo aveva letto prima di partire.

Quello sì, era un evento che non avrebbe potuto perdere.

I vicoli del centro di Varsavia li trascinavano avvolgendoli in una spirale di vento, freddo e musica.

Le strade grandi, le piazze squadrate, i lunghi viali alberati che ricordavano Berlino, erano scomparsi per lasciar spazio a ponti lunghi e stretti, strade tortuose e palazzi antichi, forse addirittura precedenti alla guerra.

Pur sapendo che si trattava di una ricostruzione, Agnese non poteva fare a meno di osservare quelle case stupita e ammirata.

Case dell'Est, che aveva visto solo guardando le foto del centro di Praga o di Budapest.

Le era sempre piaciuto osservare le abitazioni degli altri e immaginare le loro vite all'interno, dietro le finestre alte, eleganti. Se chiudeva gli occhi poteva sentire il calore del camino acceso, l'odore fermo dei tappeti o delle spezie della cucina.

«Cosa guardi?»

«Quella soffitta, lassù, quella con l'oblò».

«Molto bohémien. Di sicuro ci abita qualche studente, che ogni sera si porta a casa una polacchina diversa».

«Piantala!».

«Io ne avrò una così prima o poi. A Parigi però, o a Londra».

«Ma è tutta un'altra cosa!».

«Appunto. Fa un po' troppo freddo qui, non trovi? E poi la lingua, *Nie movie po polsku prosce pani!*».

«Chi te l'ha insegnato?».

«Ho un ottimo orecchio e una buona memoria. Al contrario di te».

«Non è vero».

«Non ti ricordi niente della tua infanzia. Se non ci fossi io, non avresti idea di chi tu sia».

Agnese lo colpì con la sciarpa ed ebbe come un déjà vu.

Poi l'insegna gialla di un locale li attirò.

La massa di studenti si rivolse verso quella che sembrava l'unica forma di vita di una piazza molto antica, con una statua al centro, che a Agnese ricordò piazza Campo de' Fiori.

All'interno il fumo aveva formato sulle pareti una corteccia grigia dall'odore forte.

Eppure fu piuttosto piacevole essere inghiottiti da quell'aria calda e stantia di bevitori di vodka dopo aver sofferto la punizione del vento gelido sulla faccia e sulle mani. I ragazzi si accalcarono attorno al bancone e Agnese e Lorenzo furono spinti in un angolo, pressati l'uno sull'altra come in una scatola di sardine.

Agnese osservò incuriosita le facce paonazze degli uomini che popolavano il locale.

Donne ce n'erano pochissime: una era seduta a un tavolo con un tizio che fumava un sigaro e dava prova della sua presenza ridendo, aveva una voce così squillante da produrre acuti che facevano vibrare i timpani. I capelli biondi tirati all'indietro in una coda alta, gli occhi chiarissimi, allungati e una scollatura che Agnese giudicò troppo pronunciata per quel freddo. L'altra era una cameriera che stava dietro al bancone, sovrastata da boccali di birra da riempire e bicchierini da sciacquare.

Aveva la pelle diafana, quasi trasparente, così bianca che perfino le labbra di un rosa pallido, spiccavano come gemme scure sul viso stretto e spigoloso. I capelli, al contrario della maggior parte delle polacche, erano neri, lisci e gli occhi avevano un colore che Agnese non aveva mai visto. Oscillavano tra il grigio e il verde e non si sollevavano mai.

La ragazza aveva più o meno la loro età, ma aveva una durezza nel comportamento e dei modi così bruschi che

Agnese ne rimase affascinata. Possedeva una sicurezza di sé che Agnese non avrebbe mai avuto. Lorenzo si accorse di quello sguardo:

«Che c'è? Ti sei innamorata?»

«Trovo che sia bellissima, tu no?»

«Hai sempre avuto uno strano concetto della bellezza».

Un attimo dopo le porse un bicchiere di vodka. Agnese lo guardò titubante.

«Non lo devi guardare. Devi chiudere gli occhi e mandarlo giù tutto insieme. Soprattutto senza pensarci troppo».

Agnese fece come le aveva detto e sentì la vodka scenderle nelle viscere come un liquido incandescente.

Era iniziata una sorta di gara di bicchierini e Lorenzo subito dopo gliene fece scolare altri due senza che potesse rendersene conto.

In meno di un'ora era completamente ubriaca.

Vedeva la stanzetta di legno oscillare e la risata della donna bionda le risuonava nelle orecchie come un'eco lontana e rallentata. L'ultima cosa che vide del locale piccolo e fumoso furono gli occhi della ragazza del bar che si alzavano su di lei e la sua bocca rosa che si schiudeva in un sorriso ironico. Qualcuno le prese la mano e la trascinò fuori.

Il vento non si era fermato, anzi adesso si abbatteva su di loro con maggiore forza.

Le strade che prima avevano percorso in modo normale adesso oscillavano pericolosamente come le sue gambe, che sbandavano da una direzione all'altra.

Quando per un attimo ebbe la sensazione di cadere su un fianco, una mano l'afferrò e solo in quel momento riconobbe quell'odore.

Un odore dolce di vaniglia, mischiato al sapore ruvido di un maschio.

Lorenzo le aveva messo un braccio intorno alla vita e la sosteneva quasi sollevandola lungo le strade di una città improvvisamente silenziosa.

Intorno a loro erano spariti gli altri, non si sentivano voci, non c'era più il chiacchiericcio dei suoi compagni di classe.

Erano soli, lei era ubriaca e la città era deserta.

Quando arrivarono in Plaz Constitutia, Agnese si rianimò di colpo.

Qualcosa di freddo le era passato davanti agli occhi e le si era depositato sulla faccia.

Sollevò il viso e vide migliaia di piccoli fiocchi bianchi venirle incontro dal cielo che tutto a un tratto era diventato grigio, quasi bianco.

Guardò Lorenzo e le sembrò di vederlo per la prima volta.

Lui aveva la faccia arrossata per il freddo, ma i suoi occhi ridevano.

Alzò le mani lasciandosi ricoprire dai fiocchi leggeri.

«Avevi ragione… a Varsavia può succedere di tutto», le disse con una semplicità disarmante.

Agnese rise e si girò su se stessa.

Poi si fermò e se lo trovò davanti, a meno di un passo di distanza.

I respiri cadevano nell'aria come piccole nuvole dense che svanivano in un istante.

L'asfalto sotto di loro e l'obelisco che li sovrastava si tingevano di bianco.

Lorenzo decise di non avvertirla e nemmeno di chiedere il permesso.

Con un solo gesto si avvicinò e le baciò le labbra. Piano, con estrema dolcezza.

Agnese lo lasciò fare.

Tutto sarebbe potuto accadere, ma non questo.

Era l'unico pensiero che le attraversava la mente, ma non aveva la forza di ascoltarlo.

Quando il braccio di Lorenzo si posò sulla sua schiena per stringerla a sé, capì che non c'era più niente da fare.

La neve era arrivata a sorpresa e il destino ancora una volta aveva deciso per loro.

Camminarono barcollanti ridendo nel corridoio dell'albergo e si fermarono davanti alla porta della sua stanza.

«Fa paura di notte quest'albergo».

«È vero, sembra una scena di *Shining*».

«Spunteranno fuori due gemelle ricoperte di sangue alla fine del corridoio?».

Agnese rise forte e lui le mise un dito vicino alle labbra, suggerendole di fare piano.

Poi restarono entrambi in silenzio.

Fino alla domanda che Agnese aveva aspettato e cui sapeva che non sarebbe stata in grado di rispondere. Per un istante sperò che lui non gliela rivolgesse, ma Lorenzo non attese un secondo di più.

«Mi fai entrare vero?».

Agnese non rispose e lui posò la mano sulla maniglia.

Il rumore della porta che si chiudeva dietro di loro le diede la conferma di non aver più scampo.

Si sdraiarono sul letto continuando a baciarsi ed ebbero entrambi la sensazione che non ci fosse niente di più naturale al mondo.

Lorenzo la spogliò piano, con delicatezza, mentre lei fremeva di freddo e desiderio. Quando anche lui rimase senza vestiti, Agnese lo vide ancora una volta in tutta la sua bellezza; il torace liscio e scolpito, lo sguardo serio e avvolgente e quelle mani che l'avevano sempre protetta.

Quando sentì che si stendeva su di lei, Agnese strinse le mani sulla sua schiena e dopo il primo momento di smarrimento, a poco a poco lasciò che il corpo cominciasse a muoversi all'unisono con il suo.

Quello significava fare l'amore. La simbiosi con un altro.

L'immagine dello stormo di rondini le si materializzò nella mente e si disegnò davanti ai suoi occhi, nitida e bella.

Si muovevano, parlavano, palpitavano, come una cosa sola.

Poi la neve fuori si calmò, i fiocchi dietro i vetri della finestra si diradarono e il buio della notte li lasciò così; i respiri si erano calmati, all'istante, all'improvviso, insieme.

La mattina dopo Agnese aprì gli occhi alle prime luci dell'alba.

Lorenzo stava ancora dormendo. Deglutì e una sorta di senso di soffocamento la prese alla gola.

Lentamente si tirò su nel letto, ancora stordita, con il sapore in bocca della vodka della sera prima.

Non poteva credere che fosse successo davvero. E invece i suoi vestiti sparsi a terra, le mutandine ai piedi del letto e la totale, imbarazzante nudità di lui, non lasciavano molto spazio a interpretazioni. Il primo pensiero che ebbe fu quello di andarsene, ma non poteva perché quella era la sua stanza. Guardò l'orologio: erano le sei e mezzo.

Alle sette avrebbe aperto il ristorante dell'albergo e sarebbe potuta andare lì, in attesa dell'inizio di quella nuova, fantastica giornata.

Si mosse al rallentatore, misurando ogni gesto per mantenere il silenzio più assoluto.

Era terrorizzata all'idea di svegliarlo.

Non ricordava molto della notte precedente. Tutto sembrava come avvolto in una nuvola bianca, lui le aveva detto delle cose, poi erano saliti in camera e poi…

All'improvviso Agnese guardò fuori dalla finestra e vide la città imbiancata.

La neve. Ecco cos'era successo.

Quella notte aveva nevicato, in maniera del tutto inattesa: era il 15 aprile.

Poggiò i piedi sulla moquette e sgusciò di corsa fino al bagno, chiuse la porta a chiave e si lasciò invadere dal getto caldo della doccia, sperando che lui non lo sentisse.

Ricordava che Lorenzo non aveva proprio un sonno leggero.

Riusciva a dormire per ore in mezzo al frastuono senza muovere un muscolo.

S'infilò i vestiti in bagno, coprendosi più che poteva, con dei fuseaux e un maglione lunghissimo, quasi alle ginocchia.

Poi, attenta a non far rumore, aprì la porta.

Lorenzo dormiva beato, con un braccio abbandonato sul cuscino, esattamente dove era adagiato il suo corpo pochi minuti prima.

Per un istante rimase a guardarlo: il viso disteso, pulito, le labbra piene, rosse. Aveva una bocca bellissima.

L'istante svanì, appena Lorenzo mosse di poco la testa.

Agnese uscì rapida e chiuse la porta, restando in una sorta di apnea fino alla fine del corridoio, dove l'avvolse un odore nauseante di uova e pancetta fritta.

Come si potesse mangiare quella roba alle sette del mattino, era per lei un mistero.

Il locale era davvero deserto, fatta eccezione per una coppia di tedeschi sulla cinquantina, che addentavano allegramente delle salsicce bollenti bevendo caffè lungo, e per la sua professoressa di Lettere.

Tenendo gli occhi bassi per evitare che la prof potesse fare un tentativo di approccio e conversazione, si avvicinò al buffet e prese un po' di tutto, a caso: yogurt, cereali, frutta e qualunque altra cosa le sembrasse non fritta o ripassata con le cipolle. Riempì una tazza gigante di caffè lungo e tornò a sedersi a un tavolino vicino alla finestra.

L'unica cosa bella di quella sala era la lunga vetrata che dava proprio su Plaz Constitutja.

La piazza inondata di neve era uno spettacolo indimenticabile.

Il bianco avvolgeva l'obelisco, l'asfalto e i tetti delle case che nella prospettiva della piazza si vedevano in lontananza.

Grazie alla lunghezza della via Marszalkowska, la città appariva quasi sconfinata. Tagliata in due da quella lunga linea bianca che avanzava verso l'orizzonte, inoltrandosi nel manto di cemento.

La sala nel frattempo aveva cominciato a riempirsi.

Appena vide Matilde e Beatrice spuntare dalla porta del ristorante, ebbe l'istinto immediato di nascondersi sotto il tavolo.

Rimase in attesa, sapendo che sarebbero arrivate, l'avevano già puntata e adesso si dirigevano verso di lei con i vassoi pieni di roba.

«Che è successo, ti hanno buttato giù dal letto?», chiese Matilde con aria innocente e Agnese non poté fare a meno di arrossire.

«Non ho dormito bene, con tutta quella vodka...».

Beatrice si sedette accanto a lei ed esaminò quello che aveva preso per colazione.

«Come fai a mangiare un pompelmo di prima mattina?»

«No, infatti, l'ho preso per sbaglio, pensavo fosse un'arancia».

«Avete fatto tardi ieri! Non vi trovavamo più...».

«Chi? No, io sono andata via presto».

«Non ti ha accompagnato Lorenzo?»

«Solo per un pezzo...».

Agnese sentiva ogni frase come una falsa verità che non poteva reggere, perché non era realmente supportata da un pensiero, o da una strategia e soprattutto non era stata condivisa con lui. Avrebbe potuto dire qualsiasi cosa e lui avrebbe potuto smentirla subito dopo.

Beatrice era una ragazza magra e nervosa, con un viso tutto occhi e capelli biondi, fini, lunghissimi; aveva uno stile completamente dark, amava i gruppi punk rock e aveva la fama di essere la "radio" della scuola. Qualunque notizia le arrivasse, anche per sbaglio, il giorno dopo era automaticamente sulla bocca di tutti.

Se c'era un segreto da mantenere, era chiaro che bisognava evitare che Beatrice lo venisse a sapere.

Matilde invece era un po' più rassicurante, se non altro perché aveva preso talmente tante droghe sintetiche già all'età di quindici anni da non essere in grado di ricordarsi quasi nulla di quello che le veniva detto. Fu lei a chiederle, come se niente fosse:

«Carlo l'hai sentito?».

Agnese sentì il caffè che le andava di traverso e cominciò a tossire.

Dopo qualche attimo di panico, recuperò un bicchiere d'acqua e lo mandò giù tutto d'un fiato, evitando così di morire per occlusione della trachea.

Carlo era un argomento che ancora non l'aveva sfiorata in quelle ore, dal risveglio con Lorenzo all'incubo della colazione. Ma dal momento che almeno lui non era presente, Agnese decise di rimandare il pensiero al suo ritorno.

«Avete visto che bello?», disse improvvisamente Beatrice guardando fuori.

«Non è incredibile, deve aver nevicato molto tardi stanotte, o magari all'alba».

«No, era ancora notte...», disse Agnese, pentendosene subito dopo.

«Ma quindi tu l'hai vista scendere?».

L'immagine di lei e Lorenzo abbracciati che si baciavano sotto i fiocchi che cadevano fitti le si materializzò davanti.

«No! Io dormivo, solo che... si capisce... guardandola. Si è già un po' sciolta, quindi deve aver nevicato stanotte... se avesse nevicato all'alba ce ne sarebbe di più...».

Le due ragazze si bevvero la pseudo spiegazione scientifica e continuarono a fare colazione.

Poi il momento arrivò. Lo aveva temuto da quando aveva aperto gli occhi e si era ritrovata la testa appoggiata sul suo petto.

Lorenzo entrò nella sala con la faccia stravolta, si guardò intorno e ci mise un po' ad accorgersi di lei. Quando incrociò il suo sguardo, però, lo riabbassò subito e andò a sedersi esattamente dalla parte opposta della sala.

Scelse un tavolo dietro una colonna, in una posizione in cui lei non aveva modo di vederlo.

Agnese non sapeva se esserne sollevata o no.

Probabilmente anche lui non sapeva cosa fare.

Iniziarono a sudarle le mani e Agnese capì che era arrivato il momento di alzarsi. Uscì dalla sala in fretta, cercando di non guardare nella direzione in cui lui era seduto e ci riuscì.

Si rincontrarono solo molte ore dopo, in un corridoio del museo del Palazzo della Cultura.

Agnese aveva fuggito tutti i suoi sguardi fino a quel momento, ma quando se lo trovò di fronte non ebbe la prontezza di una scusa per andarsene.

Lorenzo la mise subito alle strette.

«Mi stai evitando».

«Non è vero, non ti sto evitando».

«Ogni volta che mi giro verso di te non mi guardi, appena senti che mi avvicino, vai dalla parte opposta e stamattina non mi hai nemmeno detto buongiorno. Se questo non ti sembra evitare qualcuno...».

«Non ti sto sfuggendo, sono solo... in imbarazzo».

«Se è per quello che è successo stanotte...».

«Non sarebbe dovuto succedere».

«Sono d'accordo».

Agnese lo guardò stupita, non si aspettava quella risposta, anche se in realtà non aveva idea di cosa aspettarsi.

«Sei d'accordo?»

«Sì, tu sei fidanzata e noi... noi siamo amici, ci conosciamo da sempre».

«Appunto, sì».

«Ma non è un problema per me. Non cambia niente tra noi».

«Certo che non cambia niente».

«Potremmo far finta che stanotte ci sia stato un buco spazio-temporale e non sia successo proprio niente».

«Come no, un buco nero, si chiama così giusto?»

«Esatto».

«Siamo d'accordo allora».

«Siamo d'accordo».

«Non succederà più».

«No, infatti, non succederà più».

«Io però ci tenevo a dirti che…».

Lorenzo s'interruppe cercando le parole giuste e non era facile con lei che si guardava in giro nervosa, preoccupata che qualcuno potesse vederli.

«Cosa?»

«Che sono stato bene. Con te. E tu?».

Agnese ebbe un attimo di esitazione. Era stata bene, fin troppo. Ma non poteva dirglielo, così, apertamente. Prese tempo e sentì dei passi che si avvicinavano nella loro direzione. Agnese colse la palla al balzo per imboccare la via di fuga.

«Penso che ci stiano cercando, forse è meglio se andiamo».

Un'ombra di delusione si posò sul viso di Lorenzo e la loro occasione svanì nel silenzio di quel luogo freddo e impersonale.

Fu l'ultima volta che Agnese e Lorenzo affrontarono l'argomento.

VENTENNI

Single

Agnese si voltò su un fianco e il ragazzo, Paolo, occhi verdi, alto, e con un bel fisico atletico, le poggiò un braccio sulla schiena, facendolo cadere a peso morto.

Dieci minuti di sesso ed era già stremato.

Agnese, senza farsi notare, diede uno sguardo all'orologio poggiato sul comodino e pensò che erano sempre più rari i maschi con cui valesse la pena spogliarsi. Le frequenti delusioni che aveva ricevuto in quegli anni dalle relazioni con l'altro sesso, l'avevano resa piuttosto scettica sull'argomento. Paolo le accarezzò senza troppo impegno la coscia nuda e le sussurrò vicino ai capelli:

«Sei proprio bella...».

Agnese non batté ciglio.

Ormai si era abituata a sentire quel tipo di frasi pronunciate tra le lenzuola che spesso erano sempre le stesse e di solito erano di carattere molto generico, così nessuno dei due si esponeva troppo e le pretese potevano rimanere basse.

Erano vicini, il materasso adagiato su un futon in cima a un soppalco di legno. Paolo aveva un appartamento in centro, dalle parti di Campo de' Fiori, un monolocale che condivideva solo con se stesso e che lei gli invidiava parecchio.

Si mise a sedere poggiando la schiena contro il muro e si accese una sigaretta, Agnese si allontanò strisciando, un po' disgustata dall'odore del fumo appena sveglia.

«Lo sai che ho aspettato sei mesi per chiederti di uscire?»

«Ah sì?»

«Ti vedo tutti i giorni da un anno ormai».

«Io non ti avevo mai notato...».

Paolo rimase in silenzio, cercando di capire se stesse dicendo la verità; era considerato uno dei ragazzi più appetibili del corso di Biologia e aveva un folto gruppo di ammiratrici anche nelle altre facoltà, soprattutto in quelle umanistiche. Agnese era una ragazza interessante, con i capelli rossi, gli occhi verdi striati di giallo e quell'aria decisa con cui marciava nei corridoi della facoltà di Medicina, come se avesse sempre uno scopo preciso e non potesse perder tempo a soffermarsi sugli altri. Semmai era lei, che avrebbe dovuto passare inosservata, non il contrario.

Paolo sputò fuori il fumo, osservando un ricciolo rosso che le ricadeva scomposto sulla guancia.

«Non è una cosa carina da dire».

«È vero, scusa, ma sono così concentrata sullo studio in questo momento...».

Altra frase standard.

Dopo aver collezionato una serie di relazioni pseudo amorose sbagliate e fallimentari, Agnese aveva imparato a destreggiarsi piuttosto bene nel mondo dei single.

Una giungla pronta a inghiottire chiunque non fosse avvezzo alle tecniche di seduzione, o se non altro provvisto di un certo cinismo sentimentale.

Almeno in questo poteva ritenersi fortunata: per Agnese il vero amore poteva essere rappresentato da una sfida di analisi matematica, dallo studio del movimento del ventricolo destro con quello sinistro, o dal calcolo della quantità di battiti cardiaci che potevano essere prodotti in un'ora da un essere umano sotto sforzo.

Aveva altri interessi, che non riguardavano certo occuparsi dei maschi che frequentavano o non frequentavano l'università.

Poiché gli uomini non erano il suo obiettivo principale, Agnese aveva sviluppato di recente una tecnica di abbandono sistematico e a tratti seriale.

Prima ancora di uscire con qualcuno si preparava al momento in cui ci sarebbe stato il distacco, che tanto comunque sarebbe arrivato. Era soprattutto lei a lasciare per prima dopo pochi incontri, tanto nessuno era così interessante da superare in maniera brillante il quarto appuntamento.

Spesso il momento in cui arrivava a spogliarsi e a fare l'amore, coincideva con la perdita immediata del suo interesse.

Così Agnese si ritrovava a fingere influenze terribili, improvvise partenze, problemi di famiglia, ma il suo cavallo di battaglia era l'ex fidanzato, con cui si era lasciata da poco e di cui non aveva ancora superato il trauma.

In qualche modo era vero, di persone in grado di traumatizzare la sua vita emotiva ce n'era stata solo una fino a quel momento. E in maniera neppure consapevole.

Agnese ci pensava spesso, ma ogni volta, nell'istante esatto in cui si abbandonava anche solo per pochi secondi a una fantasia romantica che includesse Lorenzo, lui la chiamava per raccontarle la sua vita a Milano e di fronte a quella concretezza così lontana dalla sua, il sogno svaniva nel nulla.

Questo atteggiamento a volte le si ritorceva contro, specialmente con i ragazzi più carini e sicuri di sé, per niente abituati al fatto che una ragazza potesse desiderare di smettere di vederli, così, di punto in bianco.

Ne facevano una questione di autostima e andavano in pezzi con la facilità di un vasetto di terracotta.

Alcuni avevano continuato a chiamarla anche mesi dopo l'ultimo appuntamento e grazie ai telefoni cellulari, Agnese era diventata vittima dell'annoso problema della reperibilità costante.

Per fortuna in casa sua quell'aggeggio non prendeva e pochissimi avevano il suo numero fisso: la nonna, la zia Aurora e la zia Claudia e naturalmente Lorenzo, che lo aveva preteso fin da quando si era trasferito a Milano la prima volta.

«A cosa pensi?».

La voce di Paolo la riportò in una dimensione di realtà che con la mente aveva abbandonato da un pezzo.

«Niente, solo che tra un po' devo andare. Ho lezione alle nove».

Paolo la costrinse con un gesto a voltarsi verso di lui e quando vide il suo viso, ancora arrossato, immerso nel cuscino, ebbe l'istinto di darle un leggero bacio sulla fronte. Gesto che Agnese detestava. Farsi baciare da un uomo sulla fronte era senza dubbio il gesto meno erotico che si potesse immaginare, ma ad alcuni di loro piaceva tanto e Agnese si era chiesta spesso se lei stessa non ispirasse più protezione che sex appeal.

Non era la prima volta che andava a letto con lui. Con il passare dei mesi, Paolo aveva cominciato a mostrare più dolcezza nei suoi confronti e ogni tanto lei gli aveva perfino creduto.

Per pigrizia, ma facendo attenzione a non aprire nessuna delle sue porte emotive, aveva continuato a frequentarlo. Si vedevano solo il venerdì sera o il sabato, andavano in qualche locale del centro, non lontano da casa di lui, bevevano vodka fin quasi a stare male e finivano a letto così ubriachi da sperare entrambi di non fare una figuraccia.

Paolo scese la scaletta del soppalco rivolgendole lo sguardo più tenero che Agnese avesse mai visto.

«Vestiti con calma, ti preparo un caffè, almeno facciamo colazione insieme».

Per una frazione di secondo, Agnese si sorprese a pensare che forse quel ragazzo potesse meritarsi più attenzioni di quelle che lei gli concedeva con parsimonia. Forse avrebbe dovuto dargli un po' di fiducia, provare a lasciarsi andare e approfondire di più quel rapporto. Si girò dalla parte opposta e cominciò a raccogliere i suoi vestiti sparsi intorno al letto. Fu proprio mentre cercava le mutandine, il pezzo più difficile da trovare, che la custodia aperta di un preservativo Durex Extralarge si materializzò sotto i suoi occhi. Di colore argentato e non arancione, come quelli che usavano loro due di solito. La sua mente matematica impiegò pochi secondi a collegare quella plastica usata a un altro rapporto, con un'altra ragazza, che in maniera lampante non poteva essere lei. Magari si trattava della fidanzata del giovedì, in fondo lei e Paolo si frequentavano solo il venerdì sera.

«Scusa, non ho lo zucchero, non lo bevi amaro, vero?».

Stava chiedendo lui dal piano di sotto.

Agnese rimase in silenzio, indecisa se fare una scenata o ignorarlo del tutto.

In fondo non aveva nessun diritto nei suoi confronti, non avevano preso nessun tipo di impegno l'uno verso l'altra. Era un rapporto senza obblighi e andava bene così, o comunque poteva andar bene così. Eppure, con sua sorpresa, avvertì una specie di tuffo al cuore.

Era chiaro che quella sensazione non avesse niente a che vedere con Paolo, né tantomeno con la recente scoperta del tradimento; proveniva da una ferita antica, e riguardava la questione del confronto con un'altra donna, soprattutto se virtuale. Questione che Agnese ancora non era riuscita a superare. E che con grandi probabilità, risaliva a quella notte in cui aveva visto Lorenzo e sua cugina Gilda insieme. Il tradimento in quel caso era stato duplice e sotterraneo.

Con gesti automatici, raccolse i suoi vestiti e li indossò ancora prima di scendere dal soppalco.

Paolo sentì che c'era qualcosa nei suoi movimenti che non andava e quando se la trovò di fronte, già vestita e con i tacchi mentre lui era ancora in mutande, la guardò senza capire.

«Sei così in ritardo?»

«No. Ma è meglio se me ne vado», disse Agnese senza fare il benché minimo sforzo per controllare la sua reazione.

Poi gli consegnò in mano la plastica aperta del condom, come prova evidente di quello che aveva appena scoperto.

Vide l'espressione del ragazzo tentennare.

«Non è come credi tu».

Agnese lo guardò e si mise a ridere.

«Ah no, e com'è?»

«Questo coso, guarda... sta lì da tre mesi almeno, da prima che cominciassimo a uscire noi due...».

«Magari hai prestato casa a un tuo amico, giusto?»

«Te lo giuro, deve essere finito sotto al letto...».

«Il fatto che tu non abbia pulito casa per tre mesi è quasi peggio del fatto che tu abbia avuto una relazione con un'altra!».

Agnese stava raccattando la sua borsa piena di libri maledicendosi perché non trovava le sue lenti a contatto. La giornata era già cominciata fuori fuoco e non era il caso di continuare a trascinarla nella nebbia.

Il ragazzo continuava a inseguirla.

«Ma dove vai adesso? Te lo giuro, era lì da prima...».

«Tesoro ti prego, fermati, inizi a diventare patetico».

«Sono sincero invece, io ci tengo al nostro rapporto... non possiamo chiuderla qui, è ingiusto... stiamo bene insieme noi due...».

«Non quando siamo abbastanza lucidi da guardarci in faccia».

Agnese si rassegnò al fatto che le sue lenti sembravano essere state inghiottite dalla borsa e decise che tutto sommato non sarebbe stato un peccato non mettere a fuoco la faccia di Paolo considerando che sarebbe stata l'ultima volta che lo avrebbe visto.

«Addio e buona giornata», gli disse, senza guardarlo.

Paolo assunse la posa del disperato poggiando un braccio alla parete, mentre Agnese imboccava la porta.

«E chiama una donna delle pulizie», aggiunse prima di uscire.

Poco dopo, quando fu in strada sotto il sole accecante, per le stradine di Campo de' Fiori, al pensiero di quello che era appena successo, all'improvviso le venne da ridere. Un attacco di riso vero, profondo, per come avrebbe potuto raccontare quella storia a qualcuno che la conosceva bene.

Chissà se Lorenzo aveva mai fatto una cosa del genere. I maschi erano capaci di negare qualunque cosa, anche colti sul fatto, e questo faceva parte della loro stupidità innata. Ma adesso Agnese aveva capito un elemento in più sul sesso maschile. Seminare inconsciamente tracce del proprio reato per farsi scoprire in maniera eclatante, non era altro che una richiesta di attenzione e affetto.

Per fortuna, lei, di affetto da parte dei maschi, in quel momento della sua vita, non ne aveva bisogno.

«Guarda me, così, comunica con l'obiettivo! Brava, più seria... fai una faccia contrita, voglio vederti piangere...».

La ragazza invece si mise a ridere e Lorenzo abbassò la macchina fotografica.

«Così non funziona, devi fare quello che ti dico io!».

«Ma non sono una modella, non è il mio mestiere, non so come si fa!».

«Ti devi calare nel ruolo, stare dentro a quello che il fotografo ti chiede di fare, non sarà poi così difficile!».

«Secondo me devi cercare una del mestiere. Io posso portare il materiale, passarti un flash, o aumentarti la luce, ma sono un tecnico! E vorrei che la mia professionalità venisse riconosciuta».

Vanessa fece il broncio e mise su quel faccino triste che Lorenzo adorava.

Senza pensarci un secondo di più, la prese in braccio. Vanessa pesava forse in tutto quaranta chili compresi i capelli, e la adagiò sul pavimento nero della sala, sollevandole il vestito.

Lei tentò una falsa resistenza.

«Ma roviniamo il set così...».

«No, lo rendiamo solo più... originale...».

Prima che lei potesse rendersene conto, aveva cominciato a baciarla sul collo e dietro le orecchie.

Mentre amoreggiavano sul pavimento dello studio, Lorenzo si sorprese a fissarle con interesse le ossa delle spalle, la loro forma disegnava una specie di trapezio, su cui la pelle bianca, d'alabastro, sembrava appena poggiata. Decise che non poteva aspettare, la sentì gemere e quando fu certo che avesse raggiunto l'orgasmo, in questo ormai era diventato un vero maestro, si staccò da lei, che lo guardò esterrefatta.

«Dove vai?».

Lorenzo, in tutta la sua splendida nudità, riprese al volo la macchina fotografica e puntò l'obiettivo su di lei, con un'ottica più stretta che immortalasse solo alcuni dettagli precisi del suo corpo. Vanessa lo guardò come se fosse impazzito.

«Ehi, non ti ho dato il permesso di farmi delle foto nuda...».

«Tranquilla, sono solo dei particolari... ecco stai ferma così, inarca un po' la schiena... hai delle scapole bellissime!».

Vanessa si prestava al gioco e si divertiva anche.

Lorenzo sapeva che quel suo modo di rifiutare all'inizio era tutta una posa, che poteva durare al massimo un paio di minuti.

Vanessa era completamente in balìa di lui e dei suoi desideri.

Era stata la prima persona a mettere piede nel suo studio.

Dopo il liceo era tornato a Milano e dopo vari tentativi falliti di portare avanti la facoltà di Giurisprudenza, come avrebbe voluto la madre, Lorenzo aveva abbandonato del tutto e suo padre, per premiarlo del solo fatto di andare contro il volere di Marie Helène, gli aveva regalato un set di ottiche Leica per la sua R6.

Poiché la fotografia ormai era una passione consolidata, in breve Lorenzo aveva cominciato a curare dei progetti suoi.

Aveva iniziato con foto di architettura, posti abbandonati nella periferia milanese, capannoni, luoghi isolati, in cui si respirava un'aria di decadenza mista al torpore di una fissità rimasta invariata per anni. Ogni tanto inseriva un soggetto all'interno della foto, spesso un bambino o una giovane donna, collocandolo esattamente al centro dell'inquadratura in primo piano; la carnalità della presenza aveva il potere di esaltare ancora di più la mancanza emotiva di quegli spazi che rimanevano lontani, sullo sfondo, in apparenza ancora più impenetrabili.

Le foto erano piaciute a un paio di galleristi a cui aveva chiesto un parere.

Ed essendo Lorenzo un ragazzo fortunato, aveva fatto colpo.

La sua prima mostra fu allestita nella galleria più importante di Milano dedicata all'arte fotografica. Era uno spazio nato da poco e aveva tutto l'interesse di promuovere il più possibile i suoi eventi.

Quella sera Lorenzo strinse la mano a più persone di quante non ne avesse mai conosciute nella sua vita.

Dopo due ore già gli girava la testa, per i fiumi di champagne e per tutti i complimenti che aveva ricevuto.

La mattina dopo si era ritrovato nel letto della sua bella soffitta all'isola milanese, con accanto una modella dai capelli biondo cenere, che gli ricordava Monica Vitti.

Era rimasto a guardarla imbambolato e poi, mentre lei dormiva, le aveva fatto degli scatti, in cui il suo viso non si vedeva mai.

Da lì era iniziata la sua passione per il corpo femminile e aveva iniziato una ricerca tutta sua, all'insegna del nuovo senso della donna negli spazi naturali.

Ne aveva parlato al telefono con Agnese, che non era potuta andare alla sua mostra perché aveva l'esame di Anatomia patologica e un mese prima aveva deciso di non uscire più di casa, unico metodo che a suo avviso le avrebbe consentito di superarlo.

Lorenzo ci era rimasto male lì per lì, ma poi, quella sera, aveva pensato che Agnese si sarebbe sentita fuori luogo se si fosse ritrovata in quella galleria asettica dominata da modelle anoressiche e curatori omosessuali, e non avrebbe saputo con chi parlare, dal momento che lui invece era obbligato a parlare con tutti.

Così, quasi per caso, era cominciata la sua carriera di fotografo e sembrava dare risultati immediati, con pochissimo sforzo.

Dopo un anno Lorenzo aveva fatto tre mostre, una dietro l'altra e aveva accumulato abbastanza denaro da aprirsi un suo studio fotografico.

Due ore dopo aver messo l'annuncio su un giornale locale "cercasi assistente per fotografo professionista", Vanessa aveva bussato alla porta.

La prima cosa che pensò quando la vide fu che era troppo magra e fragile per quel lavoro, ma il suo sguardo era così deciso da incutere quasi timore.

«Io devo lavorare con te», gli aveva detto ancora prima di mettere piede nello studio.

«Tu *devi* lavorare con me?»

«Non mi piace mai niente, ho visto i tuoi lavori e me ne sono innamorata. Tutto quello spazio, l'armonia, c'è un equilibrio nella decadenza che cerchi di ritrarre. Ancora non ho capito cosa vuoi dire o dimostrare, ma mi incuriosisce».

Lorenzo si mise a ridere, la ragazza sembrava parecchio determinata.

«Sediti».

Vanessa si mosse leggera come una libellula dentro la stanza e si adagiò sulla poltrona di quello che si poteva definire un salotto. Al centro una pelle di orso faceva da tappeto e tutt'intorno c'erano solo mobili di design, originali anni Sessanta.

Con i soldi dei primi lavori commissionati, Lorenzo si era aperto uno studio semplice, ma originale, di cui aveva curato ogni dettaglio. Era la sua tana e al tempo stesso uno spazio creativo.

Il lavoro gli aveva portato tutto quello che nella sua adolescenza non si sarebbe mai sognato di avere: indipendenza, un luogo tutto per sé a pochi isolati da casa della madre e una reputazione d'artista che lo rendeva appetibile agli occhi di qualunque donna dell'ambiente.

Prima poteva dire di essere un bel ragazzo, anche se non del tutto consapevole e quindi poco intraprendente.

Il liceo era stato un periodo troppo tormentato.

Il rapporto con Agnese lo aveva destabilizzato.

Non sapeva con esattezza cosa volesse da lei, quella ragazza gli era sempre piaciuta, ma in qualche modo lui era convinto che il sesso tra loro non avrebbe cambiato le cose. E che anzi, sarebbe stato meglio farlo una volta e non pensarci più, che gli avrebbe diminuito quel desiderio continuo e costante che aveva nei suoi confronti ogni volta che se la trovava accanto. Tuttavia, dopo quella notte a Varsavia, le cose non erano andate in quella direzione.

Agnese era diventata fredda, quasi avesse avuto paura di passare ancora del tempo con lui. L'unica spiegazione era che si fosse pentita di quello che aveva fatto e che stesse cercando di far passare un po' di tempo prima di tornare a essere sua amica.

Eppure Lorenzo non capiva: come era possibile che una cosa bella come quella che era successa fra loro potesse separarli?

Per fortuna c'era stata la sua partenza e con la lontananza Agnese era tornata a stargli vicino.

Gli scriveva di continuo; l'anno in cui lui era partito lei aveva gli esami di maturità e glieli aveva raccontati passo dopo passo. Le sue lettere arrivavano sempre in una bustina piccola, color carta da zucchero, dentro c'erano quattro o cinque fogli, ma ripiegati su loro stessi almeno tre volte.

Lorenzo aspettava la sera per leggere, anche se negli ultimi tempi la notte sembrava non avesse fine, c'era sempre un'inaugurazione di una mostra, o delle cene con qualche curatore e poi finiva che per insicurezza, paura di fare una figuraccia o darsi coraggio, beveva troppo e si trovava ad arrivare carponi ai piedi del letto senza aver chiaro come ci fosse arrivato.

E spesso con ragazze di cui a malapena ricordava il nome.

In assoluto però il momento in cui riusciva a leggere le lettere di Agnese era l'angolo più intimo della settimana.

Lui era troppo pigro per mettersi a scrivere e quindi alzava la cornetta del telefono arancione e componeva il suo numero sui vecchi tasti vintage.

Subito dopo la scuola, Agnese aveva abbandonato Cinecittà est. Nonostante nel tempo si fosse quasi affezionata ai portici, ai ragazzi che sostavano sui motorini nell'indolenza quotidiana dei pomeriggi e al deserto provocato dalla mancanza assoluta di qualunque stimolo culturale, non fu un trauma insuperabile il trasferimento.

Si era sistemata al Pigneto, un quartiere popolare che stava cominciando ad avere anche una sua vita notturna, proprio in quegli anni. Aveva preso una stanza in affitto da una ragazza della sua età, di nome Giulia, che per sua fortuna possedeva una casa tutta sua.

La camera era piccola, ma l'appartamento aveva un piccolo giardino privato, in cui stazionava fissa la loro cagna, Emma, una bastardina bianca con alcune chiazze nere, dal carattere docile e ubbidiente; Emma era un cane con cui si poteva avere un dialogo, che rispondeva a comandi ben più elaborati di "portami le pantofole".

Aveva una sensibilità e un'intelligenza in qualche modo superiori e reagiva alle frasi della sua padrona come se ne capisse il significato; Emma era il cane di Giulia, ma in realtà era Giulia ad avere bisogno di lei, non il contrario.

In breve era stata Agnese a prendersi cura di Emma, dei suoi pasti, delle sue passeggiate e di tutto quello di cui un cane ha bisogno. Del resto la sua passione per gli animali risaliva ai primi anni dell'infanzia.

Grazie alla vitalità notturna del quartiere e all'alta densità di popolazione al di sotto dei trent'anni, Agnese era riuscita a trovare un lavoretto proprio sotto casa per mantenersi in affitto, anche se la nonna ogni mese le passava qualcosa in più.

Era una piccola vineria-libreria, in cui Agnese dispensava consigli su vitigni biologici e romanzi d'autore, in realtà principalmente lavava piatti e bicchieri, dal momento che la lavastoviglie era sempre rotta.

Senza dubbio, Lorenzo e Agnese non facevano la stessa vita e non avevano gli stessi ritmi.

Circa un mese prima l'aveva chiamata nel cuore della notte.

Agnese aveva risposto al quinto squillo con la voce allarmata.

«Pronto, chi è?»
«Nina?»
«Che succede?»
«Niente... cioè in realtà...».
«Sei in ospedale?»
«Ma che dici, quale ospedale...».
«Stai bene, è tutto a posto, non hai avuto né un incidente né un infarto?»
«Certo che no, sto benissimo!».
«Allora sei un pazzo criminale a chiamarmi a quest'ora della notte!».
«No, aspetta invece, devo raccontarti una cosa importante!».
«Non so se la voglio sapere, che ore sono?»
«Le quattro e quaranta».
«Sto per attaccare».
«No, no, ti prego, non lo fare. Non lo sai che statisticamente questa è la fascia oraria in cui ci sono più suicidi in Europa?»
«E chi dovrebbe suicidarsi, scusa?»
«Io, naturalmente».
«E perché, hanno vomitato sul tuo tappeto?»
«Dai, piantala».
«Piantala tu, sono le quattro del mattino e tra due ore devo tornare a studiare le cause della sindrome coronarica».
«Studi troppo».
«Tu invece hai troppo tempo libero. Quale sarebbe la ragione del tuo supposto suicidio, sentiamo?»
«È evidente. La solitudine, l'impossibilità di dividere con qualunque altro essere umano degno di nota i dolori, ma soprattutto le gioie della vita. È più difficile godersi una buona notizia da soli, non trovi?»

«Quindi?»

«Quindi volevo condividere con l'unica persona al mondo con cui ne valga la pena il fatto che ho appena venduto una mia foto per mezzo milione di lire».

«Che stai dicendo?»

«Sì, l'ho venduta a un milanese ricchissimo, uno che ha soldi da buttare, si è innamorato delle mie idee e adesso vuole propormi anche un lavoro su commissione, pensa!».

Agnese rimase un attimo in silenzio, sorpresa e orgogliosa di lui. Un sorriso le spuntò sulle labbra mentre Giulia apriva la porta della sua stanza e le faceva brutti gesti.

«Bravo, sono contenta, davvero. Però non posso stare al telefono adesso, ho svegliato Giulia e se si sveglia anche Emma è finita».

«Sei fiera di me?»

«Assolutamente».

«Ho fatto bene a chiamarti?».

Agnese rimase in silenzio a godersi quell'istante di sincerità e intimità, sentimenti che da quando si era trasferito a Milano, Lorenzo mostrava sempre meno.

Ma adesso ne aveva la prova. Di lei Lorenzo aveva ancora bisogno.

Singhiozzi

Agnese finì di sciacquare l'ultimo di una pila infinita di bicchieri di cristallo che il suo capo le aveva appoggiato sul piano del lavandino e sentì l'impulso irrefrenabile di prendere una boccata d'aria. Quel lavoro la distruggeva, faceva sempre tardi e la mattina, quando suonava la sveglia, accendeva subito la radio per non riaddormentarsi.

Fuori spirava un vento gelido e Agnese si avvoltolò la sciarpa intorno al collo.

Non c'era nessuno, a parte un ragazzo molto alto appoggiato al muro del locale che fumava una sigaretta. Agnese si controllò nelle tasche e si accorse che aveva lasciato dentro le sue.

Vinse la resistenza iniziale che di solito le impediva di rivolgersi a uno sconosciuto e si avvicinò chiedendogli una sigaretta.

Lui annuì, si mise una mano in tasca e le porse una Gauloise rossa.

Poi il suo corpo ebbe un sussulto, come una scossa ed emise uno strano verso. Agnese lo guardò esterrefatta.

«Scusami», si giustificò lui, «sono giorni che è così, non so più come fare».

Agnese lo guardò senza capire.

«Non è strano, è un normale singhiozzo».

«Non è normale, purtroppo. È più di un mese che va avanti».

«È più di un mese che hai il singhiozzo?»

«Tutti i giorni».

«Aspetta, scusa, vorresti dire che tutte le mattine tu ti alzi...».

«E spero che se ne sia andato, che la maledizione sia finita, e invece appena apro gli occhi, eccolo che torna».

Il ragazzo fece un altro verso e Agnese non riuscì a trattenere la risata.

«Scusami, ma è davvero una storia strana».

«Scusami tu, non è elegante parlare con qualcuno in queste condizioni, questa cosa sta distruggendo la mia vita sociale».

«Ti sei fatto vedere da un medico?»

«Ne ho visti diversi. Concordano sul fatto che sia un disturbo psicosomatico e che appena starò meglio mi passerà da solo».

«In effetti non esistono medicinali per il singhiozzo. È un reflusso gastrico automatico, di natura muscolare e quindi incontrollata».

«Sei un dottore anche tu?»

«Ancora no. Ma sto studiando».

«E in che cosa...?»

«Vorrei specializzarmi sul cuore. Cardiologia e Chirurgia».

«Wow, ammirevole, davvero. Io non potrei mai. Decidere delle vite degli altri... Sarebbe una responsabilità troppo grossa. Ich...».

«Tu che fai?»

«Io studio Sociologia... ich... anzi, studiavo Sociologia, prima che mi venisse il singhiozzo».

«Hai provato i vecchi rimedi? Bere sette sorsi d'acqua trattenendo il fiato, prendere un grosso spavento...».

«Sono giorni che attraverso la strada senza guardare e apro gli occhi all'improvviso nella speranza di terrorizzarmi... ma sono riuscito a ottenere solo una serie di insulti dagli automobilisti... ich...».

«Aspetta c'era una filastrocca... che mi aveva insegnato mia nonna per farmelo passare da bambina...».

«E funziona?»

«Con me funzionava, ma ero molto piccola. Sono anni che non ho il singhiozzo».

«Beata te... ich... io se continua così divento matto».

«Vuoi provare?»

«Secondo te ho scelta?»

«In realtà... è un po' ridicola».

«Più ridicola di un uomo alto un metro e novanta col singhiozzo fisso?»

«In effetti, no...».

«Spara».

«Allora, aspetta, era più o meno così: singhiozzo singhiozzo, vai nel cuore vai nel pozzo, vai nel gozzo di chi m'ama e se m'ama non tornare».

«Singhiozzo, singhiozzo... aspetta com'è?»

«Vai nel cuore, vai nel pozzo... vai nel gozzo di chi m'ama e se m'ama non tornare».

«Ok».

«Però la devi ripetere sette volte di fila senza fermarti, senza dare il tempo al singhiozzo di tornare».

«Va bene. Lo faccio».

«Concentrati».

«Mi serve un punto da poter fissare».

«Guarda me».

«Ok. Vado».

Alla settima volta, il ragazzo aveva il volto paonazzo perché tratteneva il fiato da troppo tempo. Mentre la fissava, Agnese pensò che forse per lei era un po' troppo alto, però aveva un bel viso, leggermente allungato, gli occhi enormi, azzurri e un'aria molto intellettuale, fin troppo. Arrivò fino in fondo senza interrompersi e poi si lasciò andare a un grosso respiro. Rimase un attimo in silenzio, lievemente turbato.

Poi tornò a guardare Agnese.

«Ha funzionato?».

Il ragazzo rimase ancora in silenzio, terrorizzato che si trattasse di una falsa speranza.

Eppure il suo respiro era tornato a essere regolare, senza strappi, o improvvisi singulti o dolori allo stomaco.

Prese una mano di Agnese e gliela baciò, d'istinto.

Lei rimase sorpresa, nessuno le aveva mai baciato la mano, era un gesto così antico.

«Non ci posso credere... ha funzionato!».

«Davvero?»

«Guarda, sto parlando in modo normale, mi senti e respiro... ti sembrerà strano, ma ormai avevo perso la speranza! Come posso ringraziarti?»

«Sono un medico, è il mio lavoro. Anzi, finché non lo divento sono una lavapiatti, adesso devo rientrare».

«Aspetta, io vorrei fare qualcosa per sdebitarmi... potrei invitarti a cena...».

«Non c'è bisogno, non ti preoccupare».

«No, davvero mi fa piacere. Mi lasci il tuo numero di telefono?».

Agnese era perplessa, le stava simpatico, ma in assoluto, pur essendo un bel ragazzo non era proprio il suo tipo, anche se doveva ammettere che aveva una fragilità interessante e delle mani molto belle. Lui percepì il suo imbarazzo e per liberarla le propose:

«Va bene, non darmi il tuo, ti do io il mio e se hai voglia di chiamarmi, fallo, mi farebbe davvero piacere».

Lo scrisse sul tovagliolino del locale che Agnese si era ritrovata in tasca e poi fece per stringerle la mano.

«Comunque, io sono Michele».

«Piacere, Agnese».

La mattina dopo Agnese si svegliò con il singhiozzo.

Andò in bagno, si fece una doccia, fece colazione con Giulia. Sempre con il singhiozzo.

Giulia, con la sua estrema sensibilità, le rise in faccia per tutto il tempo e poi le disse che era piuttosto fastidiosa da avere accanto, visto che emetteva quel verso di continuo.

Agnese si mise sui libri, ma ogni volta, appena tentava di immagazzinare nella memoria un concetto, il singhiozzo si ripresentava distraendola del tutto.

Si chiese come aveva fatto Michele a resistere per un mese in quello stato e soprattutto se il singhiozzo potesse essere contagioso. Fece una rapida ricerca su internet, ma ovunque la spiegazione clinica era poco soddisfacente.

Provò con i sette sorsi d'acqua e non accadde nulla.

Chiese a Emma di spaventarla in qualche modo, la provocò, cercò di farsi attaccare, ma Emma era un cane troppo docile anche solo per pensare di incutere timore a qualcuno, meno che mai alla sua padroncina preferita.

Poi si ricordò la filastrocca della nonna e una punta di ansia la colpì all'improvviso.

«Vai nel cuore di chi m'ama e se m'ama non tornare».

Non era certo lei il tipo da credere a una cosa del genere, Giulia avrebbe potuto caderci, ma lei no. Era troppo razionale per darsi una spiegazione così priva di fondamento scientifico.

Cercò di ignorare il singhiozzo per il resto della giornata.

Andò all'università, ma dopo un po' che il silenzio era calato nell'aula, perfino il professore s'interruppe e la guardò con aria interrogativa.

«Signorina, mi scusi, ma non riesco a fare lezione in questo modo. Si sente bene?».

Il resto della classe scoppiò a ridere e Agnese si sentì addosso gli occhi di tutti.

Prese la sua roba e si avviò di nuovo verso casa.

Il pomeriggio aveva portato con sé il primo pallido raggio di sole invernale e Agnese decise di farsi una passeggiata in un parco.

Non si concedeva mai dei momenti di vero relax, ma adesso quel singhiozzo la stava costringendo a una pausa forzata.

Seduta su una panchina del giardino degli aranci, osservò la città che si distendeva davanti ai suoi occhi.

Il cielo era già basso dietro le nubi e una lieve tonalità rosa aveva cominciato a diffondersi tutto intorno.

Si mise una mano in tasca e trovò il tovagliolo su cui Michele aveva scritto il suo numero di telefono. In fondo era colpa sua se si ritrovava in quello stato. E probabilmente in quel momento era l'unico al mondo in grado di capire quello che stava provando.

Si fece coraggio e compose il numero.

Uno, due, tre squilli.

Agnese stava per riagganciare quando finalmente rispose.

«Pronto?»

«Ich...».

«Pronto, chi è?»

«Michele, sono Agnese, ci siamo conosciuti ieri...».

«Ciao... sono contento che mi hai chiamato... come stai?»

«Ho il singhiozzo».

Lorenzo accese il rasoio elettrico e cominciò a farsi la barba, cercando di non urtare con il braccio l'enorme lampada di Vanessa che, non sapendo dove metterla e non avendo alcuna intenzione di darla via, aveva creduto che l'unico luogo possibile fosse, appunto, il bagno.

Lorenzo aveva acconsentito, pur di non ritrovarsela fra i piedi per il resto dello studio, ma non aveva fatto i conti con le dimensioni, quel bagno era troppo piccolo per ospitare una lampada così fuori misura. Da giorni meditava di farla cadere per sbaglio e offrire una cena di consolazione a Vanessa in un ristorante giapponese.

Mentre finiva di radersi, gli cadde lo sguardo sul bicchierino di plastica in cui all'improvviso erano comparsi due spazzolini invece di uno.

Si chiese come fosse successo.

Si era messo in casa una donna, con cui oltretutto condivideva il lavoro.

E soprattutto che non amava.

Gli piaceva, certo, ma non abbastanza. Con Vanessa non poteva parlare di tutto, in alcuni momenti si sentiva perfino in imbarazzo, non le aveva mai detto niente che riguardasse i suoi genitori e lei aveva manifestato più volte la volontà di conoscere sua madre.

Per quanto si sforzasse di provare a pensare in due, si rendeva conto che il suo cervello era ancora settato sull'interruttore uno. Gli sembrava assurdo che tutto, a un tratto, si dovesse decidere in coppia: cosa mangiare, quale film vedere al cinema, o a quale inaugurazione trascorrere la serata.

Oltretutto grazie a questa storia con Vanessa, senza rendersene conto, si era fatto terra bruciata intorno.

Le sue amanti fisse, Amandine, una curatrice francese quarantenne che adorava le sue foto, Silvia, una sua collega fotografa dall'aria aggressiva e interessante di cui aveva appena assaporato un bacio, ma soprattutto Olga Shapoval, una modella ucraina di una bellezza mozzafiato, con la pelle che sembrava di porcellana, l'avevano bollato come fidanzato e non gli chiedevano più «Che cosa fai dopo?», una delle domande che di solito Lorenzo anelava con maggiore attesa nel corso di una serata.

In quegli anni da scapolo aveva imparato che un invito poteva arrivare da tutte le parti e nei momenti più inaspettati. Di conseguenza, si era abituato a vivere senza fare nessun tipo di programma e decidendo all'ultimo cosa avesse voglia o meno di fare.

Stare con Vanessa aveva avuto delle ripercussioni importanti, fondamentali nella sua esistenza: uno, era costretto a comunicare a un altro essere umano le sue decisioni con un certo anticipo e soprattutto, due, non era più libero di stare da solo, o con altre donne.

Questa condizione gli procurava un certo malessere fisico, a tratti simile a quello che aveva provato durante l'adolescenza con gli attacchi di panico.

Quando sentiva che stava per arrivare, mollava lo studio fingendo un appuntamento importantissimo e se ne fuggiva sui Navigli, a respirare.

Contemplare l'acqua che scorreva densa e sporca verso il

centro della città, lo faceva in qualche modo sentire meglio. Si ritrovava a fissare il corso del fiume nei suoi movimenti circolari e ripetitivi, lasciando che il respiro ritrovasse il ritmo che aveva perso spezzandosi nella vicinanza forzata e costante con un altro essere umano.

In quei momenti Lorenzo pensava ad Agnese.

Che negli ultimi tempi gli scriveva sempre meno.

Se la immaginava china sui libri, o in laboratorio, a sezionare chissà quale organo circondata dai suoi compagni, che nel suo immaginario prendevano forma quasi sempre senza capelli o con gli occhiali.

La sua Nina era molto ambiziosa e sarebbe arrivata da qualsiasi parte. Magari avrebbe salvato delle vite. Uno scopo molto più nobile della sua mera ricerca estetica.

Nell'ultimo anno, Lorenzo si era dedicato allo studio dei corpi, aveva fotografato uomini e donne, spogliarelliste e lottatori di sumo, nani e acrobate del circo.

Aveva fatto dei lavori interessanti che gli avevano valso una certa fama nell'ambiente e altre due mostre personali. Eppure in qualche modo sentiva che stava perdendo lo scopo di tutto questo, il senso, semmai ce ne fosse stato uno. In fondo lui aveva cominciato a scattare per sbaglio, perché gli piaceva, perché aveva ricevuto in dono una bella macchina fotografica e perché voleva smettere a tutti i costi di fare Giurisprudenza e dimostrare ai suoi che poteva guadagnarsi da vivere in un altro modo.

Ma adesso era cresciuto e sentiva di dover fare un salto.

Era come se improvvisamente tutto quello che aveva fotografato o studiato fino a quel punto non fosse più sufficiente.

Non abbastanza da regalargli una completezza, un'emozione.

Era doloroso starsene lì a riflettere in quel modo, ma un giorno o l'altro tutti nella vita, perfino Lorenzo, si trovano a domandarsi se sono un bluff o se quello che hanno se lo sono meritato. Lorenzo sentiva quella sofferenza come necessaria.

Dalla quantità di nervosismo che le stava provocando la scelta degli abiti di quella sera, Agnese si rese conto che era troppo tempo che non usciva con qualcuno.

Uscire, nel senso di andare a cena fuori, parlare, conoscersi, mettersi in gioco; non vedersi alle due di notte ubriachi per portare a termine un bisogno sessuale fisiologico.

Si era già cambiata almeno quattro volte.

Quando Giulia entrò in casa, si stava sfilando una minigonna che aveva giudicato troppo aderente e quasi spudorata per un primo appuntamento ed era rimasta in mutandine e reggiseno. Giulia fece un passo nella sua stanza, uno spazio di tre metri di lunghezza per due di larghezza con un'intera parete rivestita da uno specchio e fissò l'immagine dell'amica seminuda nello specchio con orrore.

«Non stai uscendo con quella biancheria intima, vero?»

«Meno male che sei tornata, non so cosa mettermi».

«Qualsiasi cosa tu decida di infilarti, non puoi prescindere da quello che stai indossando, è la base di qualunque processo psicofisico. Si decide con la testa e il resto va da sé... E di certo non puoi uscire con le mutandine di un colore e il reggiseno di un altro, te lo impedisco».

«Non pensavo che vestirsi fosse un processo psicofisico».

«Stai scherzando? Tu non te ne rendi conto, ma in questo momento stai decidendo che tipo di personaggio vuoi interpretare stasera, che idea vuoi dare di te stessa prima a te e poi agli altri... lo smarrimento mi sembra evidente. O il tuo armadio si è rovesciato sul letto da solo?».

Agnese si guardò allo specchio demoralizzata. Non aveva idea di chi volesse essere, né di chi avrebbe dovuto essere. Soprattutto non sopportava tutto quel nervosismo, non era da lei.

«Posso sapere dove stai andando?»

«A un appuntamento».

«Con ...?»

«Con quel ragazzo, quello del singhiozzo».

«Ti porta a cena fuori?»

«Vuole sdebitarsi perché gliel'ho fatto passare e si sente in colpa per avermelo attaccato per tre giorni».

«Quindi ti piace».

«Non lo conosco nemmeno, so solo che studia Sociologia, una materia per me oscura e abbastanza priva di interesse».

«Ti piace perché lo hai già guarito una volta e pensi di poterlo guarire all'infinito. La sindrome della crocerossina e il delirio di onnipotenza di Ippocrate si sono impossessati di te, cerca di non confonderli con l'amore se ci riesci».

«Amore? Ma sei impazzita, è la prima volta che lo vedo».

«E hai già quasi fatto il cambio di stagione, non è un buon segno».

Agnese infilò una maglietta a righe grigie e nere, una gonna verde acido e si guardò di nuovo sconsolata allo specchio.

«Che devo fare secondo te?»

«Respira a gambe incrociate seduta sul letto per almeno un quarto d'ora. Poi alzati e cambiati i calzini».

Agnese abbassò lo sguardo e si rese conto di avere due calzini, entrambi a righe, ma di colori e lunghezze diversi.

In quel momento squillò il telefono.

Giulia andò a rispondere e tornò pochi secondi dopo fermandosi sulla soglia della sua stanza con il cordless in mano:

«È Lorenzo. Gli ho detto che stasera esci con uno che forse ti piace e vuole farti rimanere a casa al telefono con lui. Che faccio, te lo passo?», le disse ironica.

«Non gliel'hai detto sul serio?»

«No, ma lo sai che se adesso prendi la cornetta perderai all'istante la voglia di uscire con un altro».

Giulia aveva esagerato, ma Agnese sapeva che c'era un fondo di verità in quello che le stava dicendo.

Avrebbe potuto cedere con facilità; passare una serata al telefono con lui era divertente e di certo molto più rassicurante che andare a cena con uno sconosciuto.

«Devi darti una chance», le disse Giulia, «se non lo fai tu, non lo farà nessun altro».

Agnese valutò le possibilità che le si aprivano davanti agli occhi e in un lampo le passarono nella memoria tutti i momenti della sua vita in cui, trattandosi di scegliere tra lui e qualcos'altro, Agnese aveva preferito Lorenzo.

Guardò l'amica e rispose, risoluta: «Digli che sono uscita».

Giulia le sorrise e sparì col telefono nel corridoio.

Agnese si sforzò di non ascoltare il resto della conversazione.

Si sedette sul letto a gambe incrociate e fu allora che decise di non interpretare nessun personaggio.

Quella sera sarebbe stata solo se stessa.

«È proprio uscita? Non è per caso ancora lì, sulla porta, o magari in giardino?».

«No, Lore, è fuori, te l'ho detto, pensavo fosse in camera sua e invece non c'è, non so dove sia».

Lore, la odiava quando lo chiamava così, gliel'aveva anche detto.

Quella Giulia non gli era mai piaciuta.

Si erano visti solo una volta a Roma; Agnese lo aveva trascinato a uno spettacolo per bambini in cui lei interpretava la Sirenetta. Lorenzo si era detto che non era il massimo, però di quella ragazza aveva apprezzato il modo di lavorare a un testo che non era certo quello dei suoi sogni, eppure era disposta a salire uno dopo l'altro i gradini verso il successo, con umiltà. Sentimento che a lui era del tutto sconosciuto.

Dopo lo spettacolo Giulia li aveva portati in un bar frequentato solo da artisti sociopatici e gli aveva spiegato per un'ora cosa significasse per lei, nel suo processo psico-fisico-emotivo, entrare e uscire dai panni di una sirena che perdeva la coda e acquistava le gambe per conquistare l'uomo della sua vita. Lorenzo aveva pensato che c'era un limite a tutto e che Agnese aveva cominciato a frequentare gente stramba.

Da quella sera lui e Giulia non si erano più presi ed era rimasta nel tono della sua voce quella venatura acida che lo accusava di qualcosa che lui stesso faticava a capire.

Lorenzo aveva la sensazione che Giulia si mettesse in mezzo tra loro due, come se non approvasse quello che lui faceva o perfino il modo in cui si comportava con Agnese e la spingeva sempre di più verso una sua autonomia.

Essere costretto proprio quella sera a emanciparsi da Agnese, gli sembrò un accanimento di un destino oscuro nei suoi confronti.

Nel giro di una settimana Amandine, la sua più grande sostenitrice, lo aveva abbandonato.

Le sue foto si erano spostate dalla ricerca della forma perfetta a quella di contenuti sociali forti e Lorenzo si era spinto con la macchina fotografica nelle zone più periferiche e impervie della città, andando a stanare le frange più povere della popolazione. Era venuto fuori un reportage misto di ritratti di immigrati, senzatetto, campi rom e situazioni ai margini. A suo parere, quelle immagini contrastavano bene con l'arrivo entusiastico del nuovo millennio e visto che erano appena entrati nel Duemila, potevano rientrare in una visione critica del contemporaneo.

«Questo lavoro fa schifo», aveva sentenziato Amandine, senza nemmeno darsi il disturbo di argomentare. Erano in piedi, davanti alle sue foto che galleggiavano su un tavolo di cristallo, nel suo loft super chic, super tecnologico, fatto solo di pavimenti in lignite grigio metallizzato e vetri che restituivano una vista a trecentosessanta gradi dell'intera città. Vista da lì Milano sembrava una vera e propria metropoli.

Lorenzo era rimasto in silenzio e il profumo di muschio bianco di lei era svanito nell'aria all'improvviso. Aveva mandato giù il commento.

«In che senso?», le disse con una semplicità disarmante.

«Non sono abbastanza tragiche. Non hanno niente di epico. Non è un reportage sul conflitto palestinese, né sulla malnutrizione in Africa, non è abbastanza forte, non saprei come piazzarlo».

«Magari a Parigi?»

«Abbiamo già le nostre banlieue, non ci servono anche quelle milanesi».

Lorenzo non sapeva cosa dire.

Amandine aveva la fama di essere una donna rigida, ma non era mai stata così crudele con lui. Onestamente non era in grado di capire se i suoi commenti fossero del tutto sinceri o se invece fossero inquinati dal fatto che non avevano più una relazione sessuale.

Per mesi Lorenzo aveva trascorso almeno una notte a settimana in quel loft; appena lei lo chiamava, lui si presentava alla sua porta.

«Non capisco che stai facendo in questo periodo, perché ti sei distratto dal tuo percorso? Che c'è, all'improvviso hai sviluppato un senso etico, ti sono venuti dei sensi di colpa per i prezzi esorbitanti delle tue foto?»

«Ma no, figurati, è solo che vorrei fare un percorso di crescita all'interno della fotografia, altrimenti per me perde di senso come forma d'arte... è sempre un mezzo d'espressione...».

«Non mi hai mai parlato in questi termini. Forse stai frequentando le persone sbagliate».

Lorenzo si sentì attaccato e l'orgoglio che era rimasto in silenzio per tutto il tempo si fece sentire.

«Che vuoi dire?»

«Magari è la tua ragazza che ti mette strane idee...».

«Vanessa non è la mia ragazza».

«Dormite insieme, lavorate insieme, non vi perdete una mostra, però non è la tua ragazza. Singolare come definizione di un rapporto a due».

«Vanessa non è la mia ragazza e comunque tu non hai nessun diritto di mettere bocca sulle mie relazioni personali. Questa è la mia vita».

«La tua vita è quella che io ti ho fatto fare finora. È un grande dolore che tu non te ne sia ancora accorto. Forse ti avevo sopravvalutato».

«Questo è un ricatto Amandine».

«Non ti sto chiedendo niente. Ti sto solo dando dei consigli utili per la tua carriera».

Lorenzo si sentì come in trappola e un senso di soffocamento lo prese alla gola.

Amandine era un personaggio molto influente, se avesse cominciato a parlar male di lui, avrebbe perso molti contatti e anche lavori.

Per un attimo si ritrovò a pensare cosa avrebbe fatto Agnese al suo posto.

A parte il fatto che Agnese non si sarebbe mai messa in una situazione del genere, non sarebbe mai andata a letto con qualcuno così importante per il suo lavoro.

Ma in ogni caso, di certo non si sarebbe fatta trattare in quel modo.

«Se la metti in questi termini io non ci sto. Chiudiamola qui».

Il volto di Amandine si allargò in un sorriso tirato. Non si aspettava che il ragazzo potesse reagire in quel modo. Nessuno le aveva mai risposto con quel tono, con quella durezza. Una parte di lei senza volerlo lo ammirò per quell'atto di coraggio.

«L'uscita sai dov'è. Auguri tesoro caro».

Amandine fece una piroetta su se stessa, girò i tacchi e sparì nell'altra stanza.

Lorenzo si avviò verso la porta di metallo argentata sentendosi ad ogni passo più leggero, come se gli avessero tolto un peso dalla coscienza.

Quando uscì dal palazzo, si voltò a guardare l'ultimo piano e vide la figura sottile e armoniosa di Amandine che fumava una sigaretta e si godeva la sua disfatta tredici piani più in basso. Lei era rimasta nel suo paradiso e lui aveva abbracciato il suo inferno personale.

L'unica consolazione per Lorenzo risiedeva nel fatto che adesso quell'inferno in un modo o nell'altro era suo. Da quel giorno sarebbe stato il solo a essere responsabile per il suo destino, nessuno avrebbe influito sulle sue scelte artistiche e avrebbe valutato in autonomia i rischi che avrebbe corso dando libero sfogo alle sue priorità. Nonostante questa sensazione di forza improvvisa lo inebriasse, una parte di sé sentiva già che da solo, in quel mondo, sarebbe stato molto più difficile.

Traghetti

Il martedì a casa di Agnese e Giulia è una serata speciale.

Il divano due posti in salotto diventa un letto e loro due si stendono lì in pigiama a guardare la prima serie di *Sex and the city*. Giulia è riuscita a trovarla grazie a una sua amica che vive a Londra, che le ha registrato tutte le puntate trasmesse dalla HBO. Senza saperlo stanno vedendo in anteprima una serie che di lì a pochi anni avrà un successo mondiale. Con le chiacchiere delle quattro protagoniste, l'annoso problema della *singlitudine* ricorrente e la tendenza progressiva alla non affettività, l'unica cosa che si sposa bene è il fritto.

E così da qualche mese il martedì sera è la sera del fritto.

Verso le sette, quando torna dopo una litigata con il regista alle prove dello spettacolo o dopo un provino in cui ha dovuto esibire un sorriso *Durban's*, anche se le veniva da piangere, Giulia apre il frigorifero e la dispensa e frigge tutto quello che trova in casa: zucchine, patate, melanzane, molliche di pane, friggerebbe anche la frutta se Agnese le desse il permesso.

Ed era proprio di martedì sera che Michele citofonò senza preavviso.

Stavano per lanciarsi sul piatto stracolmo di patatine e quel suono metallico si insinuò tra loro come un segno con tutta probabilità nefasto.

Si guardarono e nello stesso istante si chiesero a vicenda: «Aspetti qualcuno?».

Data la risposta chiaramente negativa, per i primi venti secondi decisero di fingere di non essere in casa. Poi il citofono suonò in maniera più insistente.

Agnese si alzò controvoglia dal divano e sollevò il ricevitore accanto alla porta.

Giulia la fissava con curiosità.

Poco dopo Agnese riagganciò e guardò l'amica con la delusione negli occhi.

«È Michele».

«Michele? Non gli hai ancora raccontato del fritto? Ma che relazione avete?»

«Che c'entra, mica devo dirgli tutto quello che faccio».

«Tutto no, ma del fritto deve essere al corrente. Non può presentarsi il martedì sera a casa nostra come se niente fosse».

«Adesso glielo dico».

Agnese si osservò velocemente allo specchio e si passò una riga di matita nera sotto gli occhi, giusto per darsi un tono.

Era anche lievemente agitata.

Da quando avevano cominciato a frequentarsi era stata costretta ad ammettere che Michele le piaceva. Più di quelli che aveva conosciuto fino a quel momento.

Era brillante, intelligente, sarcastico e in più faceva sesso tantrico.

La prima volta che avevano fatto l'amore, Agnese aveva all'inizio sperato e in seguito temuto che potessero andare avanti all'infinito.

Dopo due ore e un quarto, e circa un litro di sudore e quasi una decina di orgasmi, aveva cominciato a pensare a Michele come a un super eroe.

A quel punto gli aveva chiesto una pausa, gli aveva chiesto una pausa e si erano ritrovati entrambi sdraiati e sudati pancia all'aria sul suo letto.

Per fortuna avevano acceso un ventilatore; non era ancora arrivata l'estate ma nella stanza pareva che ci fossero almeno quaranta gradi.

«Uff...Ma... com'è possibile? Come fai?»

«Non ti piace?»

«Tutt'altro, è molto bello... però... come funziona?»

«È sesso tantrico. Non l'hai mai fatto?»

«Evidentemente no».

«Ho girato parecchio l'Oriente in questi ultimi anni... ho studiato diverse tecniche di meditazione in India, con un'attenzione particolare alla questione del piacere sessuale: è una faccenda mentale, anche il piacere fisico. Dopo anni di studio ho imparato a sublimare il godimento finale. E quindi riesco a provare piacere durante tutto il rapporto, non solo al raggiungimento dell'orgasmo».

«Ah. Ma prima o poi... ci arrivi?».

«Certo, devo solo sceglierlo. Però vorrei arrivarci solo quando sono sicuro che tu ti sia divertita abbastanza».

«Hai un concetto del sesso molto generoso».

«È alla base del tantra. La fusione di due corpi è un incontro profondo e prima di tutto è uno scambio».

Michele era entrato nella sua vita a piccoli passi, senza che lei se ne rendesse conto aveva preso a poco a poco uno spazio sempre più grande. Adesso se lo ritrovava davanti nella serata dedicata al fritto con la sua coinquilina.

Aveva un'aria più seria del solito e Agnese sentì che se era piombato così all'improvviso doveva essere successo qualcosa. Se non nella sua vita, nella sua testa.

«Ho sentito il bisogno di vederti stasera...», Michele s'interruppe e ciondolò il capo dall'alto del suo metro e novanta, trapelando imbarazzo da tutti i pori. Agnese sentì l'inizio della sigla di *Sex and the city* e andò in agitazione, Giulia aveva alzato il volume apposta per farle troncare la conversazione. Voltò appena la testa verso l'interno, ma Michele era così attento quella sera che se ne accorse subito.

«Scusa, ma forse ti disturbo, c'è qualcuno in casa?»

«No, no, c'è solo Giulia...».

«Va bene. Non voglio girarci tanto intorno».

Agnese lo guardò e si rese conto solo in quell'istante della compostezza del suo viso.

«Ma è successo qualcosa di grave? Stai bene?»

«Sto bene, sì... solo che non è facile parlare di certe cose, e io poi non sono per niente abituato».

Passò un altro momento di silenzio imbarazzante tra i due, che lasciò spazio alle ultime note della sigla, cui si aggiunsero poco dopo le voci di Carrie e Miranda in americano; Giulia stava facendo un gioco davvero scorretto.

«Tu che cosa provi per me?».

Quella domanda le cadde addosso come una meteora piombata sul pianeta Terra dallo spazio. Improvvisamente si sentì come se fosse entrata in un fumetto di Asterix, in cui Obelix aveva lanciato in aria un masso che senza volerlo era caduto proprio su di lei.

Il sorriso un po' forzato che aveva tentato di mantenere fino a quel momento impallidì e si trasformò in una piega all'ingiù, decisamente poco attraente.

«In che senso?»

«Che cosa provi… Sei innamorata di me?»

Quell'attimo di silenzio fu colmato dai gemiti di Samantha, alle prese con una scena di sesso.

Agnese non aveva idea di come si rispondesse a una richiesta del genere e l'unica cosa che riuscì a dire fu:

«Non lo so, forse, a tratti… a tratti, sì».

Michele si mise a ridere.

«Va bene, non era proprio la risposta che mi aspettavo…».

«Nemmeno io mi aspettavo questa domanda, non è troppo poco che ci frequentiamo?»

«Fra una settimana sono sei mesi».

«Già?»

«Comunque hai ragione, scusami, non si fanno richieste così a bruciapelo, all'improvviso, sono venuto qui d'istinto… è che avevo sentito uno slancio, invece magari mi sono sbagliato, tutto qui».

«No, aspetta, è che non sono abituata… non mi succede mai che qualcuno si preoccupi dei miei sentimenti, non mi accadeva da quando avevo undici anni e anche allora era stata mia nonna a chiedermelo…».

«È che io invece inizio a sentire delle cose per te ed erano anni che non mi capitava. Allora ho pensato di dirtelo, ma magari ho sbagliato. Non vorrei che adesso questo possa crearti dei problemi…».

«No, certo che no, mi fa piacere… io forse sono solo più lenta… magari ho bisogno di più tempo…».

«Ma certo, prenditi tutto il tempo che vuoi. Puoi pensarci, rifletterci, se non sei convinta. Non dobbiamo continuare a vederci per forza se non te la senti…».

Agnese lo guardò perplessa: come fossero passati in pochi secondi dalla dichiarazione d'amore all'ipotesi di non vedersi più era qualcosa che sfuggiva alla sua comprensione.

L'idea di lasciar uscire Michele dalla sua vita in quel momento non la sfiorava per niente.

Avere una presenza maschile accanto con cui confidarsi, sfogarsi degli esami andati male, andare a cena fuori e soprattutto fare sesso tantrico, era abbastanza fondamentale ormai nell'economia della sua vita.

«Non ho mai detto che dobbiamo smettere di vederci».

«No, ancora no, ma magari più avanti potrebbe esserci uno squilibrio fra noi se non proviamo le stesse cose...».

Agnese sentì una morsa che le stringeva il collo, nella consapevolezza di dovergli dire forse in quell'esatto momento che non era innamorata di lui e che non ricordava di aver mai amato davvero qualcuno nella sua vita, forse Lorenzo, per cui serbava una sorta di amore-odio misto a risentimento e delusione preventiva.

Nel frattempo, Giulia alzò il volume perché era entrata in scena Miranda, il personaggio preferito di Agnese, la quale, disse, senza il minimo controllo sulle sue parole:

«Anch'io sono innamorata di te».

«Davvero?»

«Davvero».

«Non lo stai dicendo solo per farmi piacere o perché hai paura di perdermi».

"Precisamente", pensò Agnese, ma non ebbe il tempo di finire quel pensiero perché Michele la stava già stringendo fra le braccia e nonostante la sua magrezza e il suo fisico da intellettuale, aveva trovato chissà dove la forza per stritolarla.

«Attento, così rischiamo la frattura della costola destra».

Michele si allontanò di un passo da lei e la guardò come si osserva una pietra rara.

Agnese pensò che nessuno l'aveva mai guardata in quel modo in tutta la sua vita e le faceva piacere.

Allo stesso tempo, purtroppo, non era affatto sicura che quel qualcuno dovesse essere lui.

Subito dopo l'*azione* doveva sparire all'istante dal campo visivo.

Questo almeno lo aveva imparato.

Nel capannone, con le lampade accese, c'erano forse sessanta gradi.

Erano alla ventiduesima puntata della serie *I segreti dell'amore* e ormai Lorenzo avrebbe dovuto conoscere il set alla perfezione.

Forse fu colpa del caldo, o del fatto che stavano girando una scena in penombra.

Fatto sta che subito dopo aver battuto il ciak, nella classica corsa che lo separava dal luogo della scena al punto più nascosto dello spazio, inciampò in un cavo elettrico piuttosto grosso.

Il risultato fu un black out immediato, seguito dallo stop furibondo del regista e da un brusio dapprima sommesso che pian piano divenne sempre più forte.

Per fortuna nessuno, in quella baraonda di luci soffuse, scenografie e materiale elettrico misto a costumi sparsi ovunque, lo aveva visto.

Lorenzo si guardò intorno disperato, cercando uno sguardo amico in un gruppo di persone che chiaramente amiche non erano.

E si rese conto, pulendosi le mani sui pantaloni dopo la caduta, che era inciampato proprio davanti al camerino dell'attrice protagonista, Louise Ferretti, giovane di talento e figlia di un noto produttore cinematografico.

La ragazza uscì avvolta in una nuvola di profumo di prodotti per parrucchieri e lo squadrò dalla testa ai piedi nella penombra, anzi ormai nel quasi buio completo della sala.

Aprì la finestra del suo spogliatoio privato e lasciò entrare un po' di sole.

Lorenzo le sorrise, tentando di nascondere l'imbarazzo.

«Come va, tutto bene?»

«Benissimo. A quanto pare oggi abbiamo finito».

«Ah, tu... dici? Che ci manderanno a casa?»

«Di solito senza luce non si fa molto in televisione».

«Be', sì certo. Infatti, io preferisco il cinema».

La ragazza cercò di indovinare nel buio i lineamenti di Lorenzo.

«Dove ci siamo visti?»

«Non lo so, forse... alla macchinetta del caffè?»

«No. Non qui. Ho la sensazione di averti incontrato da un'altra parte. Ma non avevi la barba».

«La barba è una conquista recente. Per respingere le donne».

La ragazza rise.

«In che senso?»

«Si lamentano sempre quando ce l'hai, pizzica, prude, lascia i segni, fa venire l'allergia... Io sono in un periodo di solitudine. Sono molto concentrato su me stesso e se possibile vorrei evitare di... di distrarmi, ecco».

Louise lo guardò con maggiore attenzione ed ebbe l'illuminazione.

«Ho capito! Ti ho visto a una mostra in centro, qualche anno fa. Ma, aspetta... era tua la mostra!».

«Sì, può darsi. Ho lavorato un po' come fotografo, ma è stato solo un passaggio...».

Nel frattempo intorno a loro, il set si era rimesso in movimento.

La maggior parte delle persone si spostava freneticamente tentando di non urtarsi ed era un susseguirsi continuo di «Scusa», « No, scusami tu», a tratti ridicolo e a volte insopportabile.

Louise diede uno sguardo in giro e stabilì che era arrivato il momento.

«Va bene, andiamo».

«Ma dove?»

«Voglio che mi fai degli scatti».

«Ma io non posso mica scomparire così».

«Sì che puoi. In ogni caso senza di me non possono girare niente. E poi non lo vedi che se ne stanno andando tutti?».

Lorenzo in pochi mesi era stato costretto ad arrendersi all'evidenza: su un set, soprattutto in televisione, la gente non aveva quel senso di sacrificio e stakanovismo che aveva letto nei libri sulle lavorazioni dei film di Kieslowski o Bergman.

Una volta un tizio del reparto di produzione aveva detto per sbaglio ad alta voce: «Pausa», e subito dopo, all'unisono, elettricisti e macchinisti avevano staccato le macchine.

Rimasti al buio, il direttore di produzione e il regista avevano gridato: «Ma no, non è pausa!». E poco dopo il set era ripartito, come se niente fosse.

Era molto diverso da come lui se l'era immaginato, però era il suo sogno.

Lo aveva capito dopo la chiusura del rapporto con Amandine.

Nell'attimo in cui lei aveva denigrato il suo reportage, si era reso conto che forse la fotografia era un mezzo espressivo incompleto per lui, che aveva ambizioni diverse, voleva esprimere dei contenuti, dare una sua visione del mondo.

A una festa si era trovato a parlare con un attrezzista di scena, che lavorava soprattutto in televisione, gli aveva chiesto di presentargli qualcuno e lui lo aveva portato sul set dove lavorava come volontario.

La paga era una miseria, ma per fortuna Lorenzo aveva messo un po' di soldi da parte con le foto che era riuscito a vendere ai collezionisti.

Adesso che era solo un assistente alla regia, l'ultimo degli ultimi, le ragazze non gli giravano più intorno come prima, nonostante la sua bella faccia e il suo modo fascinoso di ostentare sicurezza.

Non abitava più nel suo studio loft all'Isola, si era trasferito a San Paolo, quartiere che era stato completamente invaso dall'Oriente, in cui si poteva finire a prendere perfino il caffè in un bar gestito da cinesi. E a volte non era nemmeno così male.

Tutto questo lo metteva un po' in soggezione di fronte a Louise.

Lei aveva già tutto quello che poteva desiderare una donna sotto i trent'anni: lavoro, carriera, fama, ed era perfino bella.

Per qualche frazione di secondo si sforzò di pensare a una scusa plausibile: i vestiti nella lavatrice, la macchina fotografica rotta, un appuntamento per la pulizia dei denti.

Ma Louise aveva già preso la sua borsa ed era pronta per uscire.

«Allora dove andiamo? Parco della Vittoria?»

«Non pensi che potrebbe piovere?».

Louise guardò lo spicchio di cielo terso, senza l'ombra di una nuvola, che sbucava da una finestra del capannone e Lorenzo seguì la traiettoria di quello sguardo.
Era chiaro che ormai non aveva scampo.

«Non è di Brooke la colpa, ma di Caroline! Avrebbe dovuto lasciarlo subito se non era innamorata di lui!».
«Non sono d'accordo, Caroline lo ha sempre amato, solo che non è spudorata come Brooke, che farebbe di tutto per tenerselo, il mascellone».
Le zie potevano andare avanti per ore a disquisire dei personaggi di *Beautiful*, la telenovela che aveva preso il posto di *Quando si ama*, e Agnese era entrata proprio nel momento clou del conflitto.
Finalmente la zia Aurora avvertì una presenza nella stanza e si voltò verso di lei: «Oh, tesoro, da quanto tempo non ci vediamo, come sei... ma come sei... vestita?».
La zia Claudia la passò ai raggi X con una sola occhiata, i jeans larghissimi che si abbassavano sulla vita facendo intuire un pezzetto di pancia, la maglietta a righine colorate di taglio maschile e gli immancabili anfibi ai piedi, il tutto completato da una massa di capelli sporchi da pomeriggio prima dell'esame tenuti su per miracolo da un bastoncino di legno.
«È vestita come me alla sua età. Non siamo mica tutte bamboline, per fortuna, sono contenta che tu mi rassomigli, cara».
Aurora guardò sua sorella con disapprovazione, bevve il caffè che nel frattempo si era freddato e cercò di cambiare argomento per evitare ulteriori discussioni.
«Come stai tesoro, che ci dici di nuovo?».
Agnese sapeva che le zie erano soprattutto interessate alla sua vita sentimentale e per mesi non le aveva frequentate

pur di non dar loro la triste notizia che la loro nipotina preferita non era in grado di tenersi lo stesso ragazzo nemmeno per una settimana.

Ormai con Michele aveva oltrepassato i sei mesi e poteva considerarlo quasi un fidanzato a tutti gli effetti.

«Ho un nuovo ragazzo».

Le due donne si voltarono all'unisono, come in una performance teatrale, Aurora con il suo solito sorriso incoraggiante e Claudia con la sua solita faccia scura e diffidente verso il genere maschile.

«Che bella notizia! E com'è? Che cosa fa?», riprese Aurora raggiante.

«È molto... alto... studia Sociologia... usciamo insieme da sei mesi... e io gli piaccio tanto».

«Anche con quei vestiti?», si lasciò sfuggire Aurora e Claudia la fulminò con lo sguardo.

«Sì, non ci fa molto caso, è lui a mettermi in ordine i calzini».

Aurora impallidì al solo pensiero che un uomo potesse metterle in ordine i calzini e in che senso poi, i calzini vanno a coppie, dovrebbero essere sempre ordinati.

Mentre Agnese andava avanti nella descrizione del suo rapporto con Michele, sempre più titubante, le due donne si guardarono complici.

Poi Claudia le fece una domanda secca:

«Che cos'è che ti piace di lui?».

Agnese rimase un attimo in silenzio pensandoci forse per la prima volta.

«È gentile, mi porta a cena fuori, mi lascia decidere sempre i film al cinema...».

Le zie si guardarono e si scambiarono un'occhiata che non lasciava dubbi.

In coro dissero all'unisono:

«Ragazzo-traghetto».

Agnese le guardò basita senza capire.

«Che cosa? Che vuol dire?»

«Non ti abbiamo istruito finora, cara, perché eri troppo piccola e perché non ci raccontavi mai niente dei tuoi amori, pensavamo fossi un po' strana...».

Claudia guardò di nuovo male sua sorella, che per ingenuità spesso si lasciava sfuggire senza volerlo delle frasi veramente offensive.

«No, scusa tesoro, non volevo dire che sei strana, però... lasciamo stare. Insomma, per farla breve, esistono tre categorie di ragazzi: c'è il ragazzo che incontri quando sei appena uscita da una storia importante e stai soffrendo, e sei come in un mare in tempesta, allora quel ragazzo arriva e tu ti aggrappi a lui con tutte le tue forze...».

«Ragazzo-zattera», puntualizzò Claudia.

«Esatto. Ma la zattera si sa, è precaria, può rompersi da un momento all'altro e di solito il ragazzo-zattera non dura mai più di un mese, se è molto bravo a letto, può arrivare a due, ma poi ci si stanca e ci si libera facilmente. Poi c'è il ragazzo che incontri dopo la zattera, quando stai nuotando in un mare meno agitato e di solito quel maschio ti piace di più, è carino, è gentile, ti fa stare bene, ma non ti fa impazzire... insomma, pensi di essere innamorata di lui ma in realtà è un palliativo che ti consente di fare un po' di strada insieme e basta. Navighi con lui nel mare piatto per un po', fino ad arrivare al porto».

«Ragazzo-traghetto, appunto», precisò di nuovo la zia Claudia.

«Il traghetto può durare un anno, al massimo un anno e mezzo».

Claudia guardò la sorella e fece un cenno d'assenso col capo.

«Infine c'è il ragazzo per quando sei davvero pronta a innamorarti, quello che ti piace, non solo perché è carino con te, o perché ti fa impazzire a letto, ma per come ragiona, sei d'accordo su quello che dice, ami tutto di lui perfino le scarpe da ginnastica...», proseguì Aurora.

«Ragazzo-transatlantico. Quello dura tutta la vita».

Agnese le guardò esterrefatta chiedendosi cosa avesse fatto fino a quel momento della sua vita sentimentale. In pratica, aveva collezionato una serie di zattere affondate e adesso per la prima volta era salita su un traghetto che però non sarebbe durato nemmeno la metà di quello che lei sperava.

Un'ondata di malinconia la avvolse, soprattutto al pensiero che lei il transatlantico non l'avrebbe mai incontrato.

Fu solo allora che ebbe il coraggio di chiedere:

«Ma vale anche per le ragazze?»

«Più di quanto non immagini cara. Perché gli uomini sono ancora meno furbi e possono fermarsi a guardare l'orizzonte sulla balaustra di un traghetto per molto, molto tempo. Quando in realtà, la ragazza non la amano affatto».

«Fammi vedere».

Louise se ne stava sdraiata sotto un albero con un raggio di sole che le arrivava dritto negli occhi e li faceva virare sull'azzurro anziché sul verde.

Lorenzo le aveva appena scattato una foto in cui si vedeva solo l'iride striata di giallo al centro, vicino alla pupilla.

«Ti piace?»

«Bella, però per il book non va bene».

«Non credevo che stessimo facendo uno *shooting*».

Louise lo guardò dritta negli occhi e rimase in silenzio, come se un pensiero improvviso le avesse attraversato la mente.

«Sei fidanzato?».

Lorenzo non rispose subito, preso in contropiede.

«No, adesso no».

«Quand'è stata l'ultima volta che hai avuto una fidanzata?».

La scena si materializzò nella testa di Lorenzo, come fosse accaduta il giorno prima.

Vanessa stava facendo degli scatti e lui se ne stava annoiato sul divano a guardare le foto dei suoi ultimi invendibili reportage. Aveva alzato la testa e all'improvviso le aveva detto: «Mi dispiace, non posso più permettermi un'assistente fissa».

Vanessa aveva distolto l'obiettivo dalla torta alle fragole adagiata al centro del tavolo, talmente ben illuminata che lo zucchero a velo scintillava come neve caduta al sole.

«Va bene. Troverò un altro lavoro».

«Forse dovresti trovarti anche un altro posto dove stare».

Dal tono che aveva usato, era chiarissimo il suo intento.

«Va bene, perfetto», aveva risposto Vanessa con gli occhi bassi, smettendo di scattare e rifugiandosi in camera.

Lorenzo era rimasto sul divano ad ascoltare il suo pianto sommesso, fino a che non aveva cominciato a sentire dei rumori strani, piuttosto sinistri.

Ci aveva messo più di due ore a raccogliere i minuscoli pezzi di vetro del vaso di design che Vanessa aveva "per sbaglio" fatto cadere sul parquet quel giorno e nei mesi successivi ogni tanto si era trovato dei frammenti conficcati nella pianta dei piedi; specialmente la mattina appena sceso dal letto.

«Non ne vuoi parlare?»
«Non è finita bene».
«Le storie non finiscono mai bene, purtroppo. Chi era... una modella?»
«No, era la mia assistente».
«Quindi adesso vorresti fare il regista?»
«Detto così sembra una cosa irraggiungibile».
«Che farai quando finiamo le riprese della serie?»
«Tornerò a scrivere il mio film. È una cosa a cui lavoro da un po', una storia drammatica, sull'amicizia impossibile tra due ragazzi che vivono in Cisgiordania, al confine tra Betlemme e Gerusalemme. Lui è arabo, lei invece è israeliana e in pratica c'è tutto un mondo che li divide».
Louise lo guardò senza troppo entusiasmo.
«Mhm... Non so se troverai mai un produttore per una cosa del genere. Ma se ti proponessero altro tu saresti disposto a farlo? La regia di un film che non hai scritto?»
«Scherzi? Sarebbe un miracolo».
Louise si tirò su a sedere in mezzo all'erba e gli si avvicinò.
Il vento le agitava i lunghi capelli biondi lasciandoli fluttuare nell'aria.
Lorenzo sentì il suo profumo di muschio bianco che gli aleggiava intorno in una morsa che avrebbe potuto strangolarlo da un momento all'altro.
«Mio padre ha un film che vuole fare da anni, ma non riesce a trovare un regista. È un progetto cui tiene molto, ma sai... mio padre ha un carattere autoritario e ha litigato a morte con tutti i registi che ha incontrato finora. Tu hai un buon carattere?»
«Quando facevo il fotografo, ho sopportato gli umori irascibili di tanti curatori. Non sarà poi così terribile, no?».

«Oh, sì, invece, lo è… ma ascolta molto il parere della sua unica figlia femmina».

Lorenzo si voltò a guardarla.

Adesso i loro volti erano vicini e l'imbarazzo iniziale invece di svanire aumentava attimo dopo attimo.

Era una proposta allettante.

E non era l'unica, a giudicare da come la ragazza lo stava fissando.

Lorenzo chiuse gli occhi e scelse di rassegnarsi.

Lo strangolamento era arrivato.

QUASI ADULTI

Traguardi

«...In questo caso, il cuore può continuare a battere poiché il nodo atrio ventricolare comincia a dettare il passo del ritmo e la situazione è compatibile con la vita...».

«Va bene signorina, grazie».

Il presidente della commissione si alzò e le strinse la mano, Agnese notò lo sguardo pieno di gioia e soddisfazione del suo relatore, che la guardava ammirato per come aveva esposto l'ultima parte della tesi.

Sua madre sarebbe stata orgogliosa di lei; diceva sempre che avrebbe voluto laurearsi, ma non c'era riuscita e invece ora sua figlia ce l'aveva fatta, con il massimo dei voti.

Quando si voltò e incrociò il sorriso raggiante di Michele, Agnese sentì che una parte di sé non riusciva a essere del tutto felice.

Era stata lei a chiedergli di venire e alla fine era stato l'unico che aveva invitato.

La nonna si sarebbe agitata troppo e le zie avrebbero agitato lei.

Michele dunque era diventato il solo ad avere accesso a tutti gli ambiti della sua vita.

Quando arrivarono a casa, sul tavolo c'era un enorme mazzo di rose bianche.

Agnese gli sorrise, lui le mise un braccio intorno alla vita e fece per sollevarla fino alla stanza da letto.

Un tempo avrebbero festeggiato il centodieci e lode chiudendosi a chiave in camera sperando che Giulia rientrasse tardi dalle prove.

Ma adesso non c'era bisogno, nessuno li avrebbe disturbati in casa loro.

Agnese aveva fatto quel passo un po' controvoglia, ma Michele aveva insistito, la convivenza era fondamentale per la crescita di un rapporto.

La casa non era certo quella dei suoi sogni, ma era carina.

Al terzo piano di un palazzo anni Trenta, con i pavimenti di granito antichi e sempre freddi, si affacciava su un grande cortile interno che al centro aveva un asilo nido.

Una grossa palma era piantata proprio davanti alla loro finestra, ma lasciava entrare comunque un po' di sole.

Sebbene l'umore di Agnese non fosse dei migliori quel giorno, Michele aveva provato a farla sdraiare sul letto e stava tentando la tecnica del massaggio come approccio per passare a un intermezzo un po' più piccante. Agnese fissava il soffitto da cui pendeva un filo con una lampadina accesa, erano mesi che diceva a Michele di comprare un lampadario. Si sentiva come svuotata, nelle ultime settimane non aveva fatto altro che studiare e non poteva credere di essere davvero libera.

Di lì a un mese avrebbe cominciato il tirocinio in ospedale e sapeva che non sarebbe stato facile. Per il traguardo che si era prefissa, l'aspettavano ancora anni di iniezioni e puzza di cloroformio. Ma un giorno sarebbe arrivata alla sua meta: la sala operatoria e la cura di quell'organo che ormai la ossessionava da anni.

«A che pensi?».

La voce di lui la riportò di colpo alla realtà, alla loro stanza, al loro armadio in comune da cui straripavano i vestiti, alla cucina a gas che si rompeva ogni due mesi. C'erano momenti in cui Agnese si sorprendeva a guardare se stessa dall'esterno, come se non fosse lei la protagonista di quegli eventi, come se la sua vita non le appartenesse del tutto.

«A niente», rispose, senza nemmeno guardarlo.

Erano giorni che tentava di scacciare un pensiero sotterraneo, senza riuscirci.

Michele provò a darle dei piccoli baci sul collo, ma Agnese non si mosse di un centimetro.

Il pensiero riaffiorava costante, nei momenti più impensati della sua vita. Come il riflesso automatico di un muscolo. Non riusciva a evitarlo.

Aveva pensato a lui quando le avevano detto che il tirocinio era stato accettato, quando era andata a fare volontariato in Palestina e un attacco terroristico aveva mandato in tilt tutta la zona, e perfino in India, quando aveva preso un'influenza intestinale che le aveva fatto credere che sarebbe morta di tifo.

E adesso, in un momento così felice, cruciale, della sua vita, Lorenzo era di nuovo nei suoi pensieri, anche se ormai a stento ricordava il suono della sua voce.

Nel frattempo Michele con i suoi baci era passato dal collo alle braccia, dalle braccia ai seni, senza riuscire a provocarle il benché minimo fremito.

Quando capì che non c'era niente da fare, Michele si sdraiò accanto a lei, in silenzio.

«Mi dispiace», disse Agnese, voltandosi verso di lui.

«Anche a me. Sono più di due mesi ormai».

«Lo so, scusami. È che sono ancora stressata, la tesi mi ha assorbito tutte le forze».

Michele si tirò su nel letto e le prese le mani.

«Che vuoi fare stasera? Andiamo a cena fuori? Prenoto il tailandese se ti va, ti piace tanto».

In realtà, Agnese non lo sopportava il tailandese e detestava con tutta se stessa l'odore del pollo all'ananas, ma non era mai stata in grado di dirglielo.

Era così gentile e premuroso con lei che dirgli la verità a volte le sembrava uno sgarbo.

Guardò la vecchia cassettiera che Michele aveva insistito per portare da una sua casa di famiglia in Abruzzo. Non c'entrava niente col resto dell'arredamento, ma lui c'era affezionato, gli ricordava la sua infanzia. Agnese ne aveva una simile in Romagna, ma i suoi ricordi di quella casa non erano più gli stessi da quando se n'era andata la sua bisnonna Lisa. Dopo la sua scomparsa, nessuno ci aveva messo più piede, neanche le zie.

«Veramente dovrei vedere Giulia. Già si è offesa che non l'ho invitata, dice che se stasera non facciamo un brindisi mi toglie il saluto».

«Va bene».

Michele incassò il colpo come al solito, ma un'ombra di tristezza gli attraversò il viso.

«Preferisci vederla da sola immagino».

Agnese si prese un attimo prima di parlare, ma Michele capì che non era necessaria una risposta.

Il locale era gestito solo da donne e Agnese sospettava che fossero tutte lesbiche.

Una vineria nascosta in una stradina secondaria del loro vecchio quartiere, la cui popolarità era ormai salita alle stelle.

Si sedettero all'ultimo tavolo, vicino al bancone ma in fondo alla sala, al riparo da sguardi indiscreti e incontri inaspettati.

Ordinarono due birre extralarge e brindarono alla fine degli studi di Agnese.

«Ce l'hai fatta baby, a un certo punto ho pensato che avresti studiato per tutta la vita!».

«È quello che farò, infatti».

Agnese non aveva per niente l'aria di una che aveva raggiunto un traguardo e Giulia se ne accorse.

«Non puoi fare quella faccia. Lo so che Michele non lo sa fare il fritto, ma non può mica essere una tragedia».

Agnese rise e mandò giù un bel sorso di birra, poi sputò il rospo che le bloccava lo stomaco da tutto il giorno.

«Non mi ha chiamato».

«Non stiamo parlando di una persona della quale non vorrei sentir parlare, giusto?»

«Lo sapeva che mi sarei laureata il ventidue, gli ho scritto una mail apposta».

«Ti ricordo che sono circa dieci anni che non si ricorda il giorno del tuo compleanno».

«Sì, ma questa è una cosa diversa».

Giulia alzò gli occhi al cielo, quasi preoccupata.

«Sei veramente grave. Peggio di quello che pensavo».

«Quest'anno ci siamo sentiti pochissimo».

«Si sarà fidanzato, sarebbe anche ora, e forse non ha avuto tempo di venire a Roma alla tesi della sua amica d'infanzia, che comunque non l'ha invitato, perché non ha invitato nessuno a parte il suo futuro marito alto un metro e novanta».

«Devi per forza essere così cinica?»

«Non ti capisco. La tua vita va alla grande, ti sei appena laureata col massimo dei voti, hai una casa carina, un fidanzato che ti ama… e ti disperi per uno che al momento non ti ricordi nemmeno com'è a letto».

Giulia alzò lo sguardo e vide sugli scaffali del bar una serie di vibratori giganti impilati su scatole colorate e trendy, poi guardò le due ragazze dietro il bancone. Erano senza dubbio una coppia.

«Pensa che io ho tentato tutto il giorno di immedesimarmi in una donna che sta per entrare in menopausa!».

Agnese la guardò senza capire, Giulia cercò di spiegarsi meglio.

«La pubblicità degli assorbenti, non la fanno fare mica alle cinquantenni. Come se non bastasse, sono talmente delusa dal panorama maschile che sto pensando sul serio di diventare lesbica».

«Non ci riuscirai mai».

Giulia lanciò uno sguardo alla ragazza androgina con i capelli rasati dietro il bancone, aveva un tatuaggio con una pianta rampicante che le saliva fino al collo e un'aria aggressiva, ma al tempo stesso piuttosto sexy.

«Cosa te lo fa pensare?»

«Sei l'essere più eterosessuale che conosca, i maschi ti piacciono troppo per escluderli dalla tua vita. Comunque hai ragione tu, non dovrei dargli tutta questa importanza. In fondo siamo solo amici…».

«E non vi vedete da anni. Magari ha perso tutti i capelli e non lo sai».

Agnese abbozzò un sorriso, ma la verità era che senza Lorenzo per troppo tempo lei non ci sapeva stare.

«Prima mi chiamava sempre, scriveva…».

«Forse non vuole disturbarti adesso che sa che vivi con il tuo ragazzo».

«Non lo sa».

Giulia tossì e la birra le andò di traverso.

«Come hai fatto a non dirglielo, è un anno che vivi con Michele».

«È un particolare che ho preferito omettere».

«Come va con Michele?»

«Bene, per lui va tutto bene, solo che io, non so… ho la sensazione che mi manchi qualcosa, e lui è stupendo, è crudele da parte mia dire certe cose. Non ho davvero il diritto di lamentarmi».

«Il sesso?».

Agnese sapeva che prima o poi la domanda sarebbe arrivata. Per Giulia l'unico vero parametro di una relazione era quello, non per niente era stata un'accanita fan di *Sex and the city*.

«Non lo facciamo da due mesi».

«Agnese…».

«Mhm..?»

«Lo devi lasciare».

Un anno dopo quel giorno al parco, Lorenzo è a San Casciano dei Bagni, in Toscana, dove i genitori di Louise hanno un enorme casale, per l'esattezza una vecchia chiesa sconsacrata, circondata da appena quattro ettari di terra.

«I ricchi si accoppiano con i ricchi», avrebbe commentato zia Claudia vedendoli adesso.

Mentre lui sorseggia un cocktail a bordo piscina, in completo riposo dopo la fine delle riprese di *Per amore di una bionda*, il suo primo film da regista, Louise seduta all'ombra di una quercia secolare, sta finendo di compilare gli inviti per la proiezione del film alla Mostra del Cinema di Venezia.

«Come si chiama l'attrezzista di scena?»

«Arnaldo».

«Lo invitiamo anche se non ci è simpatico?»

«Per forza tesoro, ha fatto il film. Non capisco perché ti occupi tu di questa cosa. C'è un ufficio stampa. Non è il tuo lavoro».

«La gente mi piace invitarla di persona. L'ufficio stampa lo farà comunque».

Lorenzo guardò il suo piede che se ne stava a mollo nell'acqua da più di mezz'ora e aveva cominciato a coprirsi di piccole pieghe grinzose.

Non riusciva ancora a crederci, eppure era successo, ce l'aveva fatta.

Quando l'aveva detto a sua madre al telefono, era rimasta in silenzio per quasi venti secondi. Suo padre era andato a trovarlo a Milano e lo aveva scorazzato in giro tutto il pomeriggio con la sua Lamborghini coupé nuova di zecca.

«Se vinci, è tua», gli aveva detto prima di mettere in moto e sgommare a centosessanta all'ora sull'autostrada.

Lorenzo sapeva benissimo che le possibilità di vincere un premio erano molto limitate, se non pari a zero.

Era diventato regista per esprimere dei contenuti, perché la fotografia estetizzante fine a se stessa lo aveva stancato e si era ritrovato a fare con il cinema la stessa cosa.

Aveva accettato una commedia commerciale, destinata a un successo di pubblico, riponendo in un cassetto la sua storia intimista sull'amore impossibile tra un ragazzo palestinese e una soldatessa israeliana che vivono nella West Bank.

Era riuscito a portare a termine un buon film, ma sarebbero andati alla Mostra del Cinema di Venezia solo grazie alle conoscenze del padre di Louise.

Lorenzo si voltò a guardarla: serafica, i capelli raccolti in un sofisticato chignon e un abitino di seta che indossava con la disinvoltura di una tuta da ginnastica, le gambe affusolate accavallate una sull'altra e un paio di Ray Ban che le incorniciavano il viso sottile facendola sembrare Audrey Hepburn in *Vacanze romane*.

Era chiaro che doveva il suo successo a lei.

In realtà le doveva tutto quello che aveva.

La casa in centro, attico e superattico con terrazzo di centotrenta metri quadrati in cui Louise organizzava almeno un paio di cene a settimane con attori, produttori e gente facoltosa, a cui lui veniva presentato come il nuovo talento scoperto da suo padre.

La moto, il sogno che inseguiva dai tempi in cui guidava il vecchio Sì di suo nonno per le strade della Romagna: una Ducati Monster nera, opaca, bellissima, che Lou gli aveva regalato il giorno del suo compleanno.

E soprattutto la sua carriera.

Il suo presente e il suo futuro erano in mano a quella donna e la cosa non lo rendeva molto orgoglioso di sé.

Forse era per questo che non aveva invitato nessuno dei suoi amici più stretti alla proiezione, neppure Vanessa, con cui negli anni aveva continuato a sentirsi.

Anche lei aveva mollato la fotografia e si era lanciata nella moda dell'orto metropolitano, progetti di terrazzi da coltivazione in città, in cui parecchi milanesi *new age* si erano buttati a capofitto, trovando la loro oasi verde nel frenetico grigiore metropolitano.

«Amore, sei sicuro che non c'è nessuno che non vuoi invitare tu?».

Lorenzo ci pensò su un attimo.

Non poteva invitare i suoi genitori perché non avrebbero resistito più di un minuto nella stessa sala e nemmeno solo uno dei due perché l'altro si sarebbe offeso a morte. Amici veri non ne aveva. Facendo un rapido excursus emotivo, gli tornarono in mente i capelli rossi di Agnese da bambina, il suo sorriso aperto e sincero e gli occhi verdi che s'incupivano ogni volta che qualcuno offendeva la sua sensibilità.

Non la vedeva da anni e si erano sentiti anche poco negli ultimi tempi. Il rapporto con Lou e il film avevano assorbito tutto il suo tempo.

Con grande probabilità, come al solito, si era dimenticato anche di farle gli auguri di compleanno.

Però, forse questa poteva essere l'occasione giusta per riallacciare il rapporto.

In fondo il suo primo film era un evento importante, che necessitava di essere condiviso. Lou si abbassò gli occhiali da sole per osservare il suo fidanzato, perso in una nuvola di pensieri. Lorenzo esitò solo un istante, prima di affermare con sicurezza:

«Una persona, in effetti, c'è».

Sfrecciando sotto i tunnel dagli infiniti tornanti tra Firenze e Roncobilaccio, per qualche frazione di secondo aveva avuto paura. Quando fu fuori dalla galleria, trovò la pioggia ad accoglierlo, le gocce sparate dal vento, che si infilavano come aghi sotto i guanti di pelle.

Si fermò a un autogrill per prendere un caffè prima di ripartire, chiedendosi se quella fosse la cosa giusta da fare.

Mandare un semplice invito postale dopo tutto quel tempo sarebbe stato poco elegante.

Non vedeva Agnese da almeno cinque anni. E nell'ultimo si era fatto sentire molto meno.

Un ritorno o è in grande stile, oppure è meglio non farlo.

Lorenzo aveva deciso che sarebbe arrivato a Roma in sella alla sua Ducati Monster, nonostante le proteste della sua ragazza. Alberto Ferretti, il padre di Lou, era stato invece favorevole all'idea che scendesse in moto. Lorenzo non aveva capito se si trattasse di ammirazione per quella grande prova di virilità, o desiderio inconscio che si schiantasse in curva sull'autostrada.

Sette ore dopo, nonostante le intemperie, era giunto a destinazione.

Parcheggiò nel piazzale che negli anni era diventato isola pedonale e si immerse in una dimensione che aveva dimenticato da tempo.

Un mercato rionale, uno dei tanti, con la folla che pareva entusiasta di ammassarsi tutta proprio davanti al banco del pesce, dove un signore piuttosto grosso con una bella pancia e gli occhi famelici gridava: «Pesce fresco signo', pesceee!», in continuazione, come un mantra buddista.

Lorenzo aspirò l'odore di marcio che saliva dall'asfalto bruciato dal sole e si chiese come aveva fatto a mancare da Roma per tutti quegli anni. Infilò la stradina dietro al cancello verde che portava all'appartamento di Agnese. Ricordava alla perfezione il minuscolo cortile interno, seminato di piantine qua e là e la cuccia di Emma, in fondo, lontano dalla porta. Le piante però sembravano più trascurate dell'ultima volta e del cane fuori non c'era traccia.

Suonò un paio di volte il campanello, finché non vide apparire un'ombra dalla porta a vetri.

La ragazza in camicia da notte lo squadrò dalla testa ai piedi e Giulia all'inizio non lo riconobbe.

«Ciao, buongiorno, ti ho svegliato? Ti ricordi, sono un amico di Agnese...».

Lorenzo notò i capelli arruffati della ragazza e pensò che quell'aria di innocenza appena sveglia la faceva sembrare più carina, o comunque più innocua, dell'ultima volta che l'aveva vista. Emma se ne stava accucciata in un angolo del salotto, invecchiata e silenziosa.

«Che ci fai tu qui?».

«Sono venuto a trovare Agnese».

Giulia fu accecata da un raggio di sole che si affacciava tra le nuvole e aprì la porta del tutto.

«Vieni, ho bisogno di un caffè».

Lorenzo entrò guardandosi intorno e notò che non c'erano più foto di Agnese alle pareti e anche i suoi vecchi poster del cinema erano scomparsi. Poi tornò a osservare Giulia, che apriva tutti gli sportelli della cucina alla disperata ricerca del barattolo del caffè.

«Non ci vediamo da un po' e non vorrei essere scortese ma... hai l'aria stravolta».

«Sì, ieri sera abbiamo fatto tardi a teatro e...».

«Che spettacolo stai facendo?»

«*La signorina Julie*, di Strindberg».

«Grande passo avanti rispetto alla *Sirenetta*».

Per un attimo Giulia fu tentata di dirgli che Agnese si era sposata, aveva fatto tre figli e non voleva più vederlo.

«Senti, ma... lei c'è, è in casa?»

«No... Agnese non abita più qui».

«Non me l'aveva detto».

Giulia rimbalzò varie risposte da un lato all'altro del cervello, prima di scegliere quella giusta.

«Non è tanto che è andata via».

«Potresti darmi il suo indirizzo? Voglio farle una sorpresa».

Giulia si sentì ingabbiata, era una situazione troppo difficile da affrontare ancora prima di aver fatto colazione.

«Sicuro che non vuoi un caffè?»

«Grazie ma ho un po' di fretta, stasera o domani al massimo devo essere a Milano».

Non aveva scelta, doveva darle il suo indirizzo.

Prese un foglio di carta e lo appuntò in fretta lì sopra.

«Dici che sarà in casa?»

«È domenica, di sicuro non è al lavoro».

Lorenzo la ringraziò e in un istante, così come era comparso, sparì dalla sua vista.

Giulia chiuse la porta e guardò Emma, che sollevò un pigro sguardo di disapprovazione senza neppure alzare la testa.

«È inutile che mi guardi così. Magari stavolta succede qualcosa».

Dopo due mesi di astinenza, se non avessero trascorso insieme neppure quella domenica, Michele l'avrebbe lasciata.

Erano ancora a letto e lui faceva scorrere un dito sui suoi fianchi.

Avevano lasciato la finestra aperta e nella stanza aleggiavano le voci dei bambini dell'asilo nel cortile interno del palazzo.

Durante il fine settimana organizzavano spesso delle feste e si facevano sentire ancora di più che negli altri giorni, facendo un chiasso costante.

«Vediamo il lato positivo. Se facessimo un figlio, avremmo l'asilo sotto casa».

Giulia guardò Michele con un lampo di preoccupazione negli occhi.

«Lo sai, finché non inizio a lavorare sul serio…».

«Lo so, lo so, non ne parliamo neanche. Dicevo solo così, per dire».

In quel momento entrambi sentirono il suono del citofono.

Giulia guardò Michele.

«Aspetti qualcuno?»

«Ma no, saranno i bambini. Comunque vado a controllare».

Michele si diresse verso il citofono e Agnese lo sentì dire dall'altra stanza:

«Non c'è nessuna Nina qui, ha sbagliato».

Agnese ebbe un attimo di perplessità, incredula. Poi scattò in piedi e si mise addosso la prima cosa che le capitò.

Corse in salotto e aprì la finestra.

Dopo anni sentì di nuovo quella morsa nello stomaco, quella che da bambina non la faceva respirare.

Lorenzo era lì, nel suo cortile, stava cercando il suo nome sui citofoni scorrendoli uno per uno con un dito.

Agnese infilò la giacca e prese le chiavi di casa.

«Dove vai?», le chiese Michele.

«Torno fra poco, poi ti spiego».

Michele rimase con la tazza di caffè in mano, nudo come un verme, tornò in camera, sprofondò sul letto e fece quello che faceva da due anni nella sua vita: aspettare Agnese.

Se lo trovò di spalle che andava verso l'uscita del palazzo e lo seguì passo dopo passo, in silenzio, cercando di resistere all'impulso di abbracciarlo. Fino a che lui non avvertì la sua presenza e si voltò di scatto.

«Nina!», esclamò appena la vide e senza chiedere il permesso la strinse subito in un abbraccio.

Agnese represse la paura dello svenimento e rimase un po' rigida, accarezzandogli la schiena con una mano.

«Carino questo posto, molto meglio del Pigneto».

«Ti piace? Avevo bisogno di… sì, di cambiare aria…Perché non facciamo due passi?», rispose lei, un po' imbarazzata. Michele, da dietro la palma, la seguiva con sguardo indagatore e sollevando di poco la testa, lei lo vide.

Mentre oltrepassavano la soglia del portone, Agnese ebbe la certezza che stava sbagliando tutto, eppure, come sempre, quando c'era di mezzo Lorenzo, non era in grado di evitarlo.

Fuori la calma della domenica estiva era avvolgente, quasi esasperante. Non c'erano macchine in giro e il fiume scorreva lento sotto la cappa del primo caldo umido della stagione.

«Che silenzio... Ti ricordi quella volta che siamo arrivati fin qui a piedi, dal Tasso?»

«Ti eri fissato che dovevi portarmi al mercato delle pulci».

«Non te la ricordi come una delle notti più emozionanti della tua vita?»

«Forse abbiamo due concetti un po' diversi delle emozioni».

«Avevi quei capelli assurdi, per fortuna sei tornata in possesso delle tue facoltà mentali».

Lorenzo le prese una ciocca che si era fermata su una spalla, alcuni fili rossi dorati dal sole si levavano nell'aria.

«Stai molto meglio così».

«Grazie».

Si fermarono appoggiati alla balaustra di cemento di Ponte Sisto, guardando l'acqua putrida che scorreva sotto di loro. Lorenzo lanciò un sasso che aveva in tasca e lo fece rimbalzare quattro volte.

Per un po' nessuno dei due disse niente.

Poi parlarono entrambi nello stesso momento.

«Mi sono laureata».

«Ho girato un film».
Si guardarono e risero.
«Mi sei mancata».
«Tu per niente».
«Centodieci e lode, scommetto».
«Con bacio accademico».
«Quello solo perché sei bella».
«Che cos'hai detto? Hai fatto un film?»
«Non è un film d'autore, non aspettarti niente. È una commedia, una storia d'amore, sul filo di *Jules e Jim*, una donna in mezzo a due uomini. Ma senza scene di sesso a tre».
«Wow! E dove si può vedere?».
Lorenzo aveva aspettato quel momento per settecento chilometri.
Cercò nella tasca interna della giacca e tirò fuori la busta che Lou aveva scritto a mano, carattere dopo carattere.
Agnese la prese, con le mani tremanti.
Quando lesse il prestampato sull'invito che recava la scritta Biennale di Venezia, lo guardò negli occhi e lasciandosi prendere dall'entusiasmo, lo abbracciò.
Lorenzo si stupì di quel gesto così spontaneo e nello stesso istante si rese conto di quanto si fossero persi di vista in quegli anni.
«Quindi verrai?»
«Certo che verrò, non potrei mai perdermi un evento del genere, magari l'anno prossimo avrai abbandonato il cinema e ti sarai dato al giardinaggio».
«Ultimamente l'orto metropolitano a Milano va fortissimo...».
«Ecco, appunto...».
«Puoi venire con chi vuoi, l'invito è valido per due persone».

Agnese rimase in silenzio e si ricordò all'improvviso dell'esistenza di Michele, che doveva essere ancora a casa ad aspettarla, nudo.

Forse avrebbe dovuto dirglielo, che aveva una storia, non c'era niente di male, in fondo non si erano visti per un sacco di tempo.

Camminarono per un po', con il fiume che scorreva sotto di loro e le fronde dei pioppi che si agitavano scosse dal vento.

«Starai in albergo?»

«Sì, io e Louise dormiamo al Lido... pagato dalla Mostra, pensa! Ma se vieni ti trovo una stanza, posso prenotarla anche domani».

Agnese sentendo quel nome, Louise, ebbe la sensazione che il cielo le fosse caduto addosso, non in tanti piccoli pezzi, ma in un solo colpo, tutto insieme.

«Ah. Come hai detto che si chiama...?»

«Louise? Certo, tu non sai niente di lei. Stavolta non è come le altre. Lei è diversa, intelligente, brillante e... molto bella anche. Sai tutte quelle cose che mi dicevi, che prima o poi avrei dovuto smetterla con quelle storie inutili e trovare una ragazza seria... finalmente è successo. E quando meno me l'aspettavo, poi. Sono sicuro che andrete d'accordo».

«Che cosa fa... Louise? È francese?»

«La madre è francese, come la mia, pensa che coincidenza. Da piccoli siamo andati nelle stesse scuole, ma non ci siamo mai incontrati, incredibile no?»

«Incredibile, davvero».

Agnese era come paralizzata, gli occhi vagavano nel vuoto, senza una meta.

«Fa l'attrice, ha cominciato da poco, ma ha studiato al Piccolo Teatro di Milano, con Strehler, insomma, non è una che si è improvvisata... come me...».

«Bene, sono contenta».

Agnese tentò di dissimulare lo sconforto che provava, nonostante l'immagine irraggiungibile di quella ragazza stesse già prendendo forma nella sua testa.

A un tratto si fermò.

«Io adesso devo tornare. Stavo facendo... la lavatrice», disse decisa.

«Come sarebbe? Ho fatto settecento chilometri per vederti! Non possiamo, che ne so, cenare insieme?»

«No, no. Stasera... ho il corso d'inglese, finisco tardi».

«Ah, peccato. Forse avrei dovuto avvertirti».

«Forse, sì».

«Va bene, tanto ci vediamo fra un mese. Ci sarai a Venezia, vero?».

Agnese lo stava evitando da diversi minuti, ma in quel momento si sforzò di guardarlo negli occhi e di essere convincente.

«Certo che vengo», gli disse, facendo una fatica terribile per aggiungere alla fine della frase un sorriso. Lorenzo si avvicinò per abbracciarla, lei rimase immobile, rigida, col fiato trattenuto in gola, contò fino a cinque e per fortuna Lorenzo si staccò da lei.

Lo vide allontanarsi sulla moto fiammante che Lou gli aveva regalato e sentì che il suo equilibrio emotivo si era inclinato pericolosamente.

Rotture

Il tergicristalli si muoveva veloce sotto le ondate di pioggia che il cielo aveva deciso di scaricarle addosso.

Il classico temporale estivo di fine agosto.

Dietro le gocce che rigavano in abbondanza il parabrezza, si nascondeva il suo viso, a sua volta solcato da fiumi di lacrime che continuavano a scendere senza sosta.

Dopo l'incontro con Lorenzo, Agnese era tornata a casa e, in effetti, Michele era ancora lì, ad aspettarla, in boxer e maglietta.

Aveva dato un'occhiata al suo fisico lungo e magro con cui aveva trascorso innumerevoli notti. Sulla maglietta nera c'era una scritta bianca, di un festival di libri gialli, "Nigra & Criminal" e quando l'aveva letta, aveva pensato che era proprio così che si sentiva nei suoi confronti: una criminale, che lo aveva preso in giro per un sacco di tempo. Soprattutto aveva preso in giro se stessa e questo la faceva arrabbiare ancora di più.

«Ce ne hai messo di tempo. Era una cosa importante, a quanto pare».

Michele aveva iniziato a fare il caffè e Agnese aveva notato che nel mettere i cucchiaini di polvere nella moka gli tremavano le mani.

Agnese sentiva che la corazza si era spezzata e che non aveva nessuna chance di andare avanti con quella vita.

Era successo qualcosa in quel lasso di tempo, in quel breve frangente che le aveva riportato Lorenzo davanti agli occhi.

Qualcosa di irreparabile.

Era rimasta ferma, in cucina, a guardarlo sbattere la caffettiera sul lavandino, in silenzio, senza poter fare niente.

Aveva contato i secondi che mancavano all'esplosione, era troppo tempo che Michele abbassava la testa e non si ribellava alle sue mancanze.

«Da quanto tempo lo vedi?»

Agnese fu colpita da quella domanda, che non si aspettava affatto.

«Ma che dici? Chi?»

«Ti ho visto con quel tizio, con la moto. Da quanto lo frequenti?»

«Non è il mio amante, è un mio amico d'infanzia».

«Non mi pare il momento di fare dell'ironia. Sono piuttosto serio».

«Anch'io».

Erano rimasti in silenzio entrambi, immobili, Agnese aveva ancora davanti agli occhi questa immagine di loro due, lui mezzo nudo, lei vestita, nella loro piccola cucina di Testaccio, con il caffè che usciva dalla macchinetta e nessuno che avesse intenzione di spegnere il fuoco.

Poi aveva preso coraggio.

«È finita. Anzi, non so nemmeno se sia mai cominciata. Me ne vado, è meglio».

Lui l'aveva guardata sconvolto e l'aveva seguita in camera da letto.

Aveva provato a fermarla mentre tirava via i cassetti della sua amata cassettiera e rovesciava i suoi vestiti buttandoli a caso nel primo trolley che aveva trovato.

«Sei impazzita... Ti rendi conto di quello che mi stai facendo?»

«Sì, un grande favore».

«Io voglio una vita con te, un figlio, una famiglia...».

Agnese aveva le lacrime agli occhi. Si era voltata verso di lui chiudendo il trolley mentre Michele continuava a chiedere, disperato: «Posso sapere almeno che è successo? Hai un'altra storia, sì o no?».

Agnese si era fermata e l'aveva guardato negli occhi senza un briciolo di pietà.

«No. Non ho un'altra storia. Ma vorrei tanto averla».

Michele non aveva protestato, non l'aveva strattonata, non le aveva afferrato un braccio, non aveva fatto niente per trattenerla e questo la faceva stare ancora più male. Chissà, forse nemmeno lui la amava come diceva, magari Agnese era solo parte del disegno che si era costruito, una ragazza carina con cui fare sesso tantrico e dei figli, un lavoro da ricercatore al dipartimento di Sociologia.

Una birra settimanale con gli amici d'infanzia al Ponte Tazio a Montesacro. Una casa carina in un quartiere borghese, considerato ancora popolare. Una vita tranquilla, di cui Agnese avrebbe potuto far parte con serenità.

C'era solo un dettaglio che non faceva quadrare le cose: lei non lo amava, si era appoggiata a lui per avere qualcuno accanto. Quando in realtà desiderava un altro.

Agnese fu costretta ad ammettere che avevano ragione le zie: Michele era un ragazzo-traghetto.

La pioggia nel tratto della statale da Rimini a Sant'Andrea si era affievolita e guardando fuori dal vetro, si sentì accolta da quel paesaggio che conosceva bene. Case basse, di provincia, paesini che si snodavano uno dietro l'altro lungo la stessa strada, al punto che si faceva fatica a capire dove finiva uno e dove cominciava l'altro.

I recinti bassi e bianchi dipinti di fresco, i gerani sui davanzali, i cartelli che sponsorizzavano sagre di fine estate e piadine romagnole.

Era tutto pulito, ordinato, regolare. Proprio l'opposto di quello che lei aveva dentro.

Non riusciva a credere che l'incontro con Lorenzo l'avesse destabilizzata a quel modo. Questo la faceva arrabbiare ancora più del fatto che avesse trovato una fidanzata.

Le aveva fatto perdere il controllo.

Le aveva tolto qualunque certezza.

Lorenzo aveva avuto tante donne, certo, ma mai una.

Non una come quella soprattutto, bella, ricca, che faceva l'attrice nel suo film, con cui aveva costruito un rapporto stabile e gratificante.

Il confronto con la sua vita, le serate trascorse con Michele davanti alla televisione con un plaid poggiato sulle gambe, dopo una giornata passata a ingobbirsi la schiena sui libri, era stato automatico e fulminante.

Si sa che l'erba del vicino sembra sempre più verde, ma il divario stavolta era davvero insuperabile. O forse non era nemmeno questo che la faceva stare così male. Forse avrebbe solo voluto lui accanto, ogni giorno della sua vita, come durante quelle estati in Romagna.

Lorenzo non aveva mai avuto una presenza costante nella sua vita, a parte lei. E il pensiero che adesso invece questa donna esisteva, dormiva con lui, si svegliava con lui, e si stringeva a lui mentre guidava la sua moto in mezzo a una collina toscana per una gita romantica, le faceva venire un dolore allo stomaco, in grado di toglierle non solo la fame, ma la voglia di vivere.

Le tornò in mente il modo in cui si aggrappava quando portava spericolato il vecchio motorino del nonno.

Mentre guidava, Agnese aveva davanti agli occhi l'immagine viva e dolorosa di una chiesetta di campagna («Lou ha una casa bellissima a San Casciano, una chiesa sconsacrata», le aveva detto Lorenzo), in cui loro entravano avvolti in una nuvola di luce bianca, piroettando leggeri nel loro sogno d'amore.

L'immagine svanì solo quando si trovò davanti al cancello del casale.

Scese dall'auto e le sembrò che laggiù, in fondo a quella campagna che costeggiava il mare, il tempo si fosse fermato. La vernice verde sulle finestre era scrostata sempre negli stessi punti, la veranda esterna trasformata in bagno al piano di sopra aveva i vetri gialli e l'odore del pollaio ristagnava nell'aria, anche se le galline non c'erano più.

Agnese aprì il portone e sentì l'odore di chiuso e umido venirle addosso. La scalinata di marmo era rimasta identica, ripida e infinita, con i gradini spioventi verso il basso.

Buttò la valigia in salotto, dove stazionava ancora il vecchio tubo catodico davanti al quale lei e sua nonna avevano trascorso interi pomeriggi estivi, con le tapparelle chiuse, seguendo le appassionanti avventure di *Capitol* o di *Quando si ama*.

Poi si decise a salire. Afferrò il corrimano di ferro su cui da piccola scivolava e sentì che le mancavano le forze.

Per fortuna era in grado di auto-diagnosticarsi una lieve depressione al primo stadio ed era consapevole che avrebbe potuto sentirsi debole. Anche perché non ricordava più l'ultima volta che aveva mangiato.

La stanza un tempo le era sembrata più grande, addirittura enorme.

Il letto di sua cugina Gilda accanto al muro e il suo, più avanti, sull'altro lato della stanza.

Agnese si avvicinò alla finestra.

Le pesanti ante di legno erano incastrate e fecero un rumore forte, stridendo contro il davanzale.

Aprì i vetri appannati per l'umidità e se la trovò davanti: la villa, al contrario del casale, aveva sentito il passaggio del tempo.

Una macchia di umidità si era estesa per tutto il piano di sopra e le veneziane avevano dato chiari segni di cedimento. La piscina si era trasformata in uno stagno, in cui una melma verdastra soggiornava insieme al muschio che si era depositato sulle pareti.

Si ricordò di quando lei e Lorenzo, bambini, correvano intorno alla piscina, che era uno specchio d'acqua immacolata, azzurra e trasparente.

La sera cominciava a scendere e Agnese non aveva voglia di niente.

Nemmeno un cono da cinquemila lire l'avrebbe tirata su di morale.

Chiuse le persiane di legno e si lasciò cadere sul letto.

Era l'unica cosa che avesse davvero voglia di fare.

Quando aprì gli occhi, per qualche istante le parve di essere tornata bambina.

Un chiacchiericcio fitto e sottile la raggiunse, risatine sparse, voci che si tenevano basse nel chiaro tentativo di non svegliarla. Agnese scese al piano di sotto e se le trovò tutte davanti, come non succedeva da tempo: nonna Adriana, le sue zie, Claudia e Aurora, e una giovane donna con una grossa pancia che non riconobbe subito.

Poi notò le lentiggini sul viso, i capelli striati di rosso legati in una coda alta e si rese conto che quella ragazza era sua cugina Gilda.

«Non sapevamo di trovarti qui, che bella sorpresa», disse Claudia, mentendo. Giulia doveva aver fatto la spia alla nonna ed ecco il risultato: una clamorosa invasione della sua privacy. Erano anni che non si ritrovavano lì tutte insieme, più o meno da quando la bisnonna Lisa se n'era andata. Agnese, ancora intorpidita dal sonno, non smetteva di fissare la pancia gravida di sua cugina.

Come un riflesso automatico, il suo pensiero andò a Lorenzo, che avrebbe fatto un figlio con Louise.

Nel breve periodo che era trascorso da quando si era svegliata a quando era arrivata in cucina, aveva avuto l'illusione che non fosse accaduto proprio niente di tutto ciò che la atterriva da due giorni.

Aveva rimosso l'incontro con Lorenzo, la rivelazione dell'esistenza di Louise e l'invito alla Biennale di Venezia, che si faceva sempre più vicina. Poi, scendendo i gradini freddi della scala di marmo, aveva capito che era tutto vero. Sentì l'odore di bruciato e notò la nonna che, fazzoletto in testa, era già davanti alla cucina a gas e spargeva sulle piastre la pasta delle piadine.

«Bellin, la vuoi una piadina?».

Tutte rimasero in silenzio ad attendere una risposta mentre lei con lo sguardo vagava senza meta su quelle testoline bionde e bianche. Si limitò a mormorare, quasi sottovoce:

«Scusatemi», e se ne tornò in camera.

Appena Agnese lasciò la cucina, Gilda si rivolse a sua madre Aurora preoccupata.

«È incinta anche lei?».

La nonna le guardò agitata e Claudia prese in mano la situazione salendo in camera sua, dove Agnese era di nuovo sdraiata sul letto a guardare il soffitto.

Si sedette sul bordo e la fissò, con disapprovazione.

«Depressione?»

«Al primo stadio. Ma ho paura che possa peggiorare».

«È finita con il traghetto?».

Agnese la guardò senza fiatare.

«Era inevitabile, non ti preoccupare. Adesso devi solo avere pazienza».

«Non è per lui che sto male».

«E allora per chi?»

«Se te lo dico, mi prendi in giro per tutta la vita».

«Spara».

«Lorenzo. È quel ragazzo che…».

«Lo so bene chi è! Non mi stupisce affatto, tale padre, tale figlio».

Claudia si morse il labbro rendendosi conto che forse aveva detto troppo, ma Agnese la anticipò.

«Tranquilla, zia, so tutto. L'ho sempre saputo e perfino Lorenzo sospettava che il padre avesse una relazione con la zia Aurora».

«Avete continuato a vedervi?»

«Purtroppo sì, ma è una storia troppo lunga».

«Se ha un'amante non è grave, spesso tornano indietro».

«Non ha un'amante, ha una fidanzata».

«Questo è più complicato».

«È bella, è ricca e fa l'attrice nel suo film».

Claudia sgranò gli occhi incredula.

«Ha fatto un film?»

«Sarà proiettato alla Mostra del Cinema di Venezia tra una settimana e lui mi ha invitato».

La zia Claudia scosse la testa rassegnata: «Piove sempre sul bagnato, non c'è niente da fare».

Poi la guardò seria negli occhi.

«E tu che vuoi fare?»

«Io mi sono appena accorta di essere innamorata di lui da quando avevo nove anni. Ma ormai è troppo tardi. Lui è lì con lei».

«Non sono d'accordo. Se non avesse bisogno di te, non ti avrebbe invitato».

«Ma quello è normale, per forza, siamo amici».

«E quanti ne ha invitati di amici?»

«Solo me».

«Appunto. È un'occasione imperdibile, invece, quella che aspettavi da sempre. Devi andare a Venezia e riprendertelo».

«Stai scherzando? No, che non ci vado, è un mondo di gente che non conosco e poi c'è la sua ragazza, mi sentirò morire quando li vedrò insieme!».

La zia Claudia si guardò intorno con aria pensierosa e piuttosto seria.

«Un'amica vera ce l'hai?».

«Non se ne parla nemmeno».

«Ti prego Giulia, fallo per me».

«Non lo sopporto, pensa di essere chi sa cosa, è uno snob e secondo me, te lo dico, sarò brutale, non ha neppure talento».

«Vieni a vedere il film allora, così puoi denigrarlo».

«Non siamo mai andati d'accordo, sarebbe uno sbaglio. Anche per te. Non sono la persona giusta. Non ti può accompagnare...».

«Chi?».

Giulia rimase un attimo in silenzio.

«Va bene. Ci vediamo alla stazione. Però vestiti da donna».

Ormai la decisione era presa e non si poteva più tornare indietro.

Mancava una settimana al giorno della proiezione. La zia Aurora, forte del suo nuovo diploma da estetista, aveva buttato giù una lista di tutti i suoi difetti: smalto di colori diversi su mani e piedi, capelli in stato a dir poco confusionale, pelle ingrigita dalla tristezza e dalla chiusura forzata sui libri, guardaroba a dir poco inammissibile.

«Partiamo dall'esterno e arriviamo all'interno, al cuore», aveva sentenziato.

«Per fortuna ho qui con me i ferri del mestiere. Certo, dovrete darmi una mano tutte...», disse inarcando un sopracciglio e costringendo sua sorella ad alzare la testa dalla «Settimana Enigmistica», «anche tu... non potremo fare tutto a casa, ma una buona parte sì».

Agnese le studiò una a una, in quegli occhi di colori diversi c'era qualcosa che le univa e che le rendeva più forti e compatte di una squadra di rugby. Era strano rivedersi tutte dopo tanti anni, in quella settimana di fine agosto, in cui le giornate alternavano momenti di cielo terso ad acquazzoni torrenziali.

La zia Claudia era rimasta con la nonna, un uomo non l'aveva trovato e forse a questo punto non aveva nessuna intenzione di incontrarlo. Aveva tagliato i capelli ancora più corti, ma per variare e sentirsi giovane li aveva tinti biondo platino. Quando era tornata dal parrucchiere, Aurora le aveva tolto il saluto per una settimana.

Anche lei era tornata a vivere accanto alla casa della nonna perché il suo maestro di karate era stato costretto a tornare in Giappone e aveva iniziato da poco una relazione con il nuovo portiere del palazzo. La nonna di tanto in tanto li sorprendeva a baciarsi nel sottoscala come a quindici anni e non ne era affatto contenta.

Mentre si affannavano attorno a lei, la zia Claudia rispolverando l'arte del cucito, Gilda mettendole le chiare d'uovo sulla faccia e la nonna spremendo chili di arance che potessero ridarle vigore, Agnese si sentì incredibilmente fortunata.

L'immagine candida della bisnonna Lisa aleggiava nella stanza e sembrava parlarle con la sua voce dolce, le pareva di sentire ancora nell'aria l'odore dei suoi passatelli. La sua autorità muta era rimasta in quel casale, permeava ogni stanza e non permetteva a nessuna di loro di intristirsi per la sua assenza.

Mentre Aurora le faceva la ceretta, Claudia le cuciva un vestito di seta, un modello dei suoi, originale, che nessun'altra avrebbe potuto avere uguale al suo.

Al terzo giorno, finita la manicure e pedicure, la portarono in un beauty center dove Agnese passò un'oretta sdraiata sotto una lampada abbronzante che le avrebbe dato il giusto colore alle guance, poi si trasferì per circa quattro ore sotto i ferri del parrucchiere che fece un lavoro completo: taglio, colore e acconciatura.

Quando tornò a casa le tolsero tutti gli specchi dalle stanze e Gilda volle truccarla.

Erano sole nella stanza dove avevano trascorso l'infanzia.

«Ho sempre invidiato il modo in cui ti mettevi l'eye liner».

«Certe cose c'è chi le impara subito, e chi invece ci mette più tempo», disse la cugina, mentre le passava una pennellata di fard sulle guance. Poi proseguì, incoraggiata dall'atmosfera intima di quella situazione. «C'è una cosa che non ti ho mai confessato e volevo dirti da tempo. La sera di ferragosto, a quella festa, in spiaggia... Lorenzo cominciò a chiedermi di te, non riusciva a capire perché avessi deciso di non vederlo più. Era così nervoso, sembrava davvero... coinvolto... Io in quel momento mi resi conto che lui provava qualcosa di forte, qualcosa che nessuno aveva mai sentito per me. D'istinto ne fui gelosa e quando mi riaccompagnò a casa, quella notte, provai a dargli un bacio. Lui ricambiò all'inizio, ma poi si allontanò, dicendo che non era me che voleva».

Agnese aprì gli occhi di colpo, chiedendosi perché sua cugina ci avesse messo tutto quel tempo a dirglielo. Se era andata davvero in quel modo, il suo incubo ricorrente ora perdeva del tutto di senso.

Gilda la guardò, le aveva appena passato la riga sulla palpebra e l'occhio di Agnese appariva più grande, lo sguardo più intenso e sensuale, velato da quell'ombra nera.

«Tu con i maschi sei stata sempre più brava. Io purtroppo ho preso da mia madre».

Agnese abbassò lo sguardo sulla sua pancia.

«Di chi è?».

Gilda sorrise, cercando di essere ironica.

«Di uno che nemmeno se lo immagina di essere in procinto di diventare padre».

Agnese non si stupì, nella sua famiglia i maschi, per un motivo o per l'altro, erano sempre stati latitanti.

«Ed è...?»

«Femmina? Non lo so, speriamo che sia maschio. Almeno uno in mezzo a questo gineceo... Che dici?».

Agnese si domandò se non ci fosse davvero un destino, se Gilda non fosse in qualche modo obbligata a seguire il percorso segnato da sua madre, crescendo una figlia da sola, con un compagno inesistente che vagava per l'India e un ex marito giapponese che non aveva saputo farle da padre.

Gilda si allontanò di un passo e la squadrò dalla testa ai piedi.

«Ci siamo. È pronta!».

La zia Claudia entrò nella stanza sorreggendo a fatica il vecchio specchio a figura intera che era in camera della nonna.

Agnese osservò l'immagine di quella ragazza riflessa, i capelli lunghi, vaporosi, sistemati in un'acconciatura che le lasciava scendere un paio di boccoli sulle guance, il vestito di seta che cadeva perfetto sul suo corpo, ormai affusolato e slanciato dai tacchi alti che la zia Aurora l'aveva costretta a comprare in una delle boutique del centro di Rimini. Gli occhi penetranti e le labbra messe in risalto da una sottile sfumatura di rosso.

Ebbe un effetto straniante, come se davvero quell'immagine non le restituisse nulla di sé.

«Ma come avete fatto? Non sembro nemmeno io...».

«Era proprio quella la missione», le disse Claudia, sistemandole il cappello di paglia a tesa larga sulla testa.

«Adesso sei un'altra e quindi puoi andare a riprendertelo senza sensi di colpa».

In uno dei negozi più chic di Venezia, Lou stava provando un cappello molto simile, ma di tela azzurra, con un grosso fiocco sul retro.

Incrociò lo sguardo di Lorenzo nello specchio, che le sorrise.

«Era meglio quello di paglia, amore».

In quel momento gli arrivò un messaggio sul cellulare e Lorenzo distolse l'attenzione da Lou per rispondere.

Uscì dal negozio, sotto il sole rovente di fine agosto.

Mancavano pochi giorni alla proiezione ed era così agitato che ormai contava le ore.

C'erano ancora una quantità infinita di variabili che non era riuscito a calcolare con esattezza e che avrebbero potuto destabilizzare il corso degli eventi.

La correzione colore che non era finita, il suono che poteva fare strani scherzi, il padre di Lou che doveva sentirsi protagonista quanto lui, la critica che avrebbe potuto stroncarlo e, non ultima, Agnese.

Lesse il messaggio in preda al nervosismo scorrendo rapido sui tasti.

Era proprio lei, come al solito sembrava che gli leggesse nel pensiero.

«Sto arrivando. Buona fortuna».

Lorenzo lo lesse un paio di volte.

Durante il viaggio di ritorno in moto aveva pensato quasi solo a lei.

Quando l'aveva lasciata, era strana, fredda, per niente affettuosa. Non aveva voluto nemmeno cenare con lui, dopo tutti i chilometri che aveva fatto per vederla.

Nelle sette ore di autostrada aveva ripercorso il loro rapporto dalla prima volta che l'aveva incontrata. Forse era la persona che lo conosceva di più al mondo. Eppure ancora non riusciva a capirla.

«Amore? Chi è?».

Louise gli si avvicinò e Lorenzo, che era sempre stato sincero con lei, a differenza delle altre, non ebbe il minimo problema a dirle:

«È Nina, cioè Agnese, la mia amica...».

«L'unica che hai invitato. Anzi, l'unica a cui tieni davvero, visto che hai fatto un viaggio solo per vederla».

Louise di solito non era gelosa, anche perché era talmente bella, sofisticata e inarrivabile, che a fatica un'altra donna avrebbe potuto competere con lei.

«Lou, tesoro, vogliamo tornare a parlare di questa cosa? Te l'ho detto, volevo provare la moto, non vedevo Agnese da anni e mi sembrava un'ottima scusa per andarla a trovare. Sono stato via due giorni. Se ti dava tanto fastidio perché me l'hai lasciato fare?»

«Non mi ha dato fastidio. Mi sono solo chiesta se avresti fatto lo stesso per me».

Louise arricciò il naso e fece un'espressione che le diede un'aria ancora più distaccata. Lorenzo la adorava in quei momenti, in cui sembrava che niente che accadesse su questo pianeta potesse scalfirla.

La strinse fra le braccia.

«Mi piace quando ti arrabbi».

Louise gli diede un bacio su una guancia, si staccò dall'abbraccio e gli mostrò il cappello di tela che aveva appena comprato.

«Ti piace?»

«Lo preferisco di paglia».

L'incontro

L'orologio segnava le cinque e mezzo del pomeriggio.

Per fortuna in anni di convivenza, Giulia aveva imparato a sopportare i suoi ritmi.

Agnese era un bradipo che si trascinava nella vita con la distrazione di una farfalla.

Giulia aveva passato metà del suo tempo ad aspettarla e ormai era del tutto abituata.

Si guardò intorno. La stazione di Venezia era un mix davvero singolare di tutti i turisti del mondo. Giapponesi con le macchine fotografiche appese ovunque, svedesi con la faccia arrossata dal sole e affaticati dalla temperatura per loro inconcepibile, ragazzini che si trascinavano dietro zaini da campeggio più grossi di loro.

Confusa in quella babele rocambolesca di lingue, Giulia cercava di incrociare con lo sguardo gli occhi di qualche celebrità. La mostra era iniziata da due giorni e aveva letto sui giornali che Angelina Jolie e George Clooney sarebbero apparsi proprio in quelle ore.

Le probabilità che arrivassero in treno erano piuttosto basse, ma non si sa mai, nella vita bisogna convincersi di essere fortunati.

A un tratto vide venire verso di sé una figura elegante, slanciata, i capelli intrecciati in un sofisticato chignon che ricordava quello di Audrey Hepburn in *Colazione da Tiffany*, un vestito leggerissimo di seta trasparente, il viso schermato da grossi occhiali da sole. Camminava sicura e con le labbra tirate accennava a un sorriso, guardando nella sua direzione.

Solo quando si fermò e abbassò gli occhiali rivelando due occhi gonfi come quelli di un ermellino, si rese conto che quella ragazza bellissima era Agnese.

«Ma che… che cosa hai fatto?»

«Ho pianto tutto il tempo, da Misano Adriatico a qui. Mi è colato il trucco vero?»

«No, affatto… doveva essere waterproof».

Giulia la guardò un'altra volta, ancora sotto shock.

«Chi ti ha ridotto così? Sei uno schianto, non sembri nemmeno tu».

«Voleva essere un complimento?»

«No, scusa, è che non ti avevo riconosciuto, qualcuno si è preso cura sia di te che del tuo guardaroba, finalmente».

«Mia zia ha aperto da un paio d'anni un negozio come estetista».

«Piuttosto talentuosa, direi, e il vestito?»

«Un'altra zia, che è diventata sarta».

«Ma perché non mi hai mai presentato in famiglia?».

Giulia per fortuna la faceva ridere, a volte anche suo malgrado.

Purtroppo però, la sua condizione psichica le consentiva di distrarsi solo per pochi attimi dal pensiero costante che le si agitava nella mente.

L'immagine di Lorenzo e di quella ragazza bellissima, inarrivabile, che ancora non aveva del tutto preso corpo nella sua testa, erano ormai la sua ossessione, il suo pensiero fisso.

Gli incubi di quelle notti avevano diverse varianti, Lorenzo e la sua nuova fidanzata sposi, che camminavano nella navata di una chiesa, o al mare, abbracciati su uno scoglio, o sul tappeto rosso, mano nella mano. Il tutto avvolto in una luce soffusa e romantica, come nelle pubblicità di Barbie e Ken che vedeva da piccola. Sogni firmati Mattel.

Salirono sul vaporetto per il Lido e una folla sudata si ammassò intorno a loro, Agnese finì contro la balaustra, mentre Giulia faceva di tutto per non farle sciupare il suo vestito di seta verde acqua.

A Venezia bisognava essere impeccabili ed eleganti ventiquattro ore al giorno. Ad attenderle c'era il cocktail di benvenuto dell'Excelsior, poi la proiezione del film e per finire la festa.

Agnese non disse una parola fino a che non vide gli stendardi rossi con la scritta Biennale di Venezia che si ergevano sul pontile del Lido e già lì cominciarono i primi crampi allo stomaco.

Lorenzo le aveva mandato un messaggio: un motoscafo le avrebbe attese al molo del Lido per portarle all'Excelsior.

Giulia era emozionata, ma cercava di non farlo vedere ad Agnese, che in quel momento non riusciva proprio a dare segni di gioia.

Una mano sul vestito per non farlo alzare e l'altra sulla ringhiera del motoscafo per non cadere, visto che il pilota aveva qualche mania di protagonismo e ci teneva a sorpassare in curva tutti i motoscafi del canale, Agnese tentava di respirare quell'aria salmastra poco salubre e di rimuovere il pensiero fisso.

Il motoscafo imboccò il canale che portava all'uscita, sul retro dell'albergo; sul molo ad attenderle c'erano una decina di fotografi.

Giulia guardò la faccia di Agnese, che stava per avere un attacco di panico:

«Adesso tu fissa dritto davanti a te e sorridi. E non togliertì per nessun motivo gli occhiali da sole», le disse con aria seria.

Agnese annuì, ma più il motoscafo avanzava, più sentiva lo stomaco contrarsi in una morsa dolorosa. Il momento del confronto stava per arrivare.

La barca attraccò e Giulia si lanciò verso i fotografi come se non avesse fatto altro nella vita, ma la loro attenzione sembrava essere calamitata da quella ragazza che si nascondeva dietro i grandi occhiali da sole.

Giulia saltò sul molo con un'agilità invidiabile mentre Agnese, ossessionata dal pensiero di cadere nel canale sotto lo sguardo pronto dei giornalisti, si fece aiutare nella salita da una specie di bodyguard che le porse la sua mano gigante.

Poggiò uno dei suoi nuovi tacchi dodici sulla pedana di legno e fu assalita dai flash.

«Di qua! Da questa parte! Un sorriso, Lou!».

Agnese non pensò neppure per un istante che si rivolgessero a lei, ma quando si voltò per controllare se c'era una star alle sue spalle, si rese conto che sul molo in quel momento non c'erano altri che lei.

Non riuscì a finire di formulare il pensiero, che la piccola folla di giornalisti si aprì come il Mar Rosso della Bibbia e lei, passandoci in mezzo, lo vide.

Era al centro di un gruppo di persone eleganti ma abbastanza attempate, che parlava gesticolando di continuo e si passava una mano sul ciuffo di capelli che gli ricadeva sulla fronte. Aveva sbagliato taglio, era evidente, però era bello comunque.

Lorenzo incrociò il suo sguardo, mentre lei sollevava la sciarpa di shantung rosa che sua zia aveva insistito per metterle al collo, perché «è bon ton, e ti farà sentire a tuo agio».

Ma ormai Lorenzo l'aveva vista, anche se non era sicuro che fosse proprio lei.

Smise di parlare con il gruppo di vecchietti che gli si stringeva attorno e avanzò a grandi passi.

Agnese si fermò e sentì il cuore che rimbalzava come un matto sulla parete dello sterno ad ogni passo che Lorenzo faceva verso di lei.

Non ce l'avrebbe mai fatta, mai, a dirgli quello che provava, forse tanto valeva voltarsi e tornarsene indietro subito, prima dell'umiliazione del confronto con l'altra.

Lorenzo la guardò stupito.

«Nina, sei tu?».

Agnese si sforzò di sorridere imbarazzata e un attimo dopo vide una figura alta e sottile che veniva verso di loro. Camminava sicura, lasciando muovere il bacino da una parte all'altra come se non avesse fatto altro nella vita; Agnese pensò che doveva esistere un manuale intitolato *Camminare con i tacchi alti*, e che se non c'era forse avrebbe dovuto scriverlo lei.

La ragazza si era fermata proprio in mezzo a loro e le aveva teso un braccio scheletrico, porgendole una mano lunga e sottile, dalle dita ossute. Agnese non poté fare a meno di notare l'anellino d'argento che portava all'anulare sinistro, prova evidente dell'esistenza di un fidanzamento.

«Piacere, io sono Louise», disse, ancora prima che i due avessero il tempo di salutarsi, Agnese le strinse la mano con un po' di stizza in modo piuttosto energico e la ragazza fece una smorfia di disapprovazione guardando Lorenzo.

«Chi è questa contadina che ti sei portato dietro», sembrava voler dire Louise con gli occhi.

Poi la ragazza sollevò con due dita un lembo della sciarpa chantung di Agnese.

«Bel colore, dove l'hai presa?», commentò incuriosita.

«Me l'ha spedita mio zio dall'India...».

«Hai uno zio che vive lì?»

«È scappato negli anni Settanta, aveva in progetto di esportare i condizionatori, ma credo che qualcuno ci sia riuscito meglio di lui. Fumava troppo oppio per fare il manager».

Lorenzo scoppiò a ridere, ricordandosi di quella leggenda sullo zio di Agnese che aleggiava nella loro infanzia e sorrise anche della faccia di Lou, che aveva sgranato gli occhi e la stava guardando come se fosse un alieno sbarcato da un altro sistema solare.

Per fortuna in quel momento Giulia aveva fatto irruzione nel gruppo camminando a testa alta, anche se le altre due erano parecchio più imponenti di lei. Agnese capì che il suo momento di intimità con Lorenzo era svanito e che non sarebbe stato facile trovarne altri in quel contesto.

«Ciao, come va? Grazie dell'invito», disse Giulia a Lorenzo e subito dopo a Louise, «io sono una tua grande fan, ho seguito tutta la prima serie di *Cristina* e ultimamente ti ho visto anche in alcuni film. Sei bravissima, complimenti».

Louise sorrise un po' in imbarazzo, Agnese guardò l'amica esterrefatta, pentendosi di essersela portata dietro. Lorenzo guardò Giulia e le fece un sorriso.

«Adesso la vedrai nel mio film... ha fatto un lavoro straordinario».

Agnese deglutì e avvertì di nuovo quel senso di soffocamento all'altezza della gola. Ancora una volta si chiese perché si era lasciata convincere e che cosa stesse facendo lì.

Lorenzo avvertì il suo disagio e spostò il centro della conversazione:

«Sapete dov'è il vostro albergo? Qui, subito accanto all'Excelsior, è un tre stelle, ma dovrebbe essere carino, me l'hanno consigliato tutti. Avete una prenotazione a nome mio. La proiezione è fra due ore in sala grande, mi raccomando», disse guardando Agnese, «puntuali».

Agnese entrò nella stanza e si gettò sul letto con addosso una sensazione di stupidità mista a disperazione.

«Non ha senso che io sia qui. Fingerò di aver preso un'influenza e me ne tornerò a Roma».

«A Roma? A fare che? A guardare *Lost* con il plaid sulle ginocchia e Michele che ti russa accanto? Ormai ci siamo, non puoi andartene».

«Non posso competere con Venere».

«Lou Ferretti è bella, non c'è dubbio, chissà come fa a stare con uno come lui...».

Agnese la guardò male e Giulia cercò di arrampicarsi sugli specchi.

«No, non volevo dire che lui... va be', lo sai che non mi è mai piaciuto. Ma è evidente che ha ancora un debole per te. È venuto fino a Roma solo per invitarti alla prima del film».

«Voleva umiliarmi facendomi conoscere la sua fidanzata famosa».

«Adesso calmati. Primo: Louise Ferretti non è Sharon Stone, ma la piccola diva di una telenovela di successo in un Paese del terzo mondo come il nostro. Secondo: Lorenzo è sempre stato innamorato di te, sei tu che sei fuggita ogni volta che lui avrebbe voluto dare un senso al vostro rapporto».

«Non ne sono affatto sicura. E comunque ormai ho perso il momento giusto e lui si è innamorato di un'altra».

Giulia smise di ascoltarla e cominciò ad aprire la valigia tirando fuori un vestito dopo l'altro, mentre Agnese stava per rimettersi a piangere. Un attimo prima che accadesse il disastro, Giulia la costrinse ad alzarsi:

«Regola numero uno: mai concedersi di piangere quando si è appena steso l'eye liner sulle palpebre. Regola numero due: nelle situazioni difficili bisogna sentirsi speciali e per fortuna i geni della moda ci sono venuti incontro, inventandoli: capi su misura in grado di esaltare la bellezza di una donna lasciandola libera di essere se stessa. Togliti il vestito».

«Ma è quello di mia zia!».

«Appunto. Mica vorrai presentarti alla proiezione in sala con un abito non firmato?»

«Non se ne parla, le ho detto che lo avrei messo stasera, doveva portarmi fortuna!».

Giulia smise di ascoltare le sue lamentele e tirò fuori dal cellophane un abito di Valentino che non ammetteva la competizione con nessun altro capo.

Agnese ricacciò indietro le lacrime all'istante e la guardò esterrefatta.

«Mi stai prestando...? Ma non posso, io non sono in grado...».

«Basta che non ci versi né pomodoro né vino rosso, e tieniti alla larga anche dalle salse piccanti».

Nella sala c'era parecchia gente.

Un via vai frenetico di giornalisti, fotografi e gente agghindata come se andasse a un matrimonio. Agnese alla fine si era convinta a indossare l'abito di Giulia, che per completare l'opera le aveva messo al collo un filo sottilissimo di perle in pendant con gli orecchini.

Agnese cercò Lorenzo, tra le file di smoking, abiti scintillanti e borsette di pitone.

Giulia le indicò la fila di poltrone al centro della sala. Dietro ogni poltrona c'era un foglio bianco con il nome scritto in nero. Lorenzo si sarebbe seduto al centro della fila e accanto a lui era segnato il nome di Louise Ferretti.

Lei e Giulia erano sedute un paio di file indietro rispetto a loro.

Quando tutti furono ai loro posti, un leggero brusio di attesa si diffuse nella sala.

Poi una voce che sembrava venire dal cielo annunciò i nomi di quelli che stavano per entrare.

Agnese sentì il cuore che accelerava.

Una lieve aritmia causata da fattori emotivi con conseguente accelerazione del battito.

Prima entrarono i produttori e tra questi c'era un signore piuttosto distinto, sulla settantina, Alberto Ferretti. Agnese, che era piombata in quella realtà all'improvviso e continuava a sentirsi un pesce fuor d'acqua, si voltò verso Giulia.

«Che caso, ha lo stesso cognome di Louise!».

Giulia alzò gli occhi al cielo e scosse la testa.

«Non è un caso, è suo padre».

«Suo padre? Suo padre ha prodotto il film e lei è la protagonista?».

Giulia la guardò impassibile.

«Niente di nuovo sul fronte occidentale».

Nel frattempo la voce aveva continuato a nominarli tutti, scenografi, costumiste, direttore della fotografia, e tutti continuavano a sedersi ai margini della fila, lasciando i posti vuoti al centro. Finché non fu nominata Louise.

Il suo ingresso in sala fu così radioso e ammirato che Agnese scivolò sulla poltrona con il desiderio assoluto di sprofondare.

Indossava un abito stile impero rosso scuro che le arrivava fino ai piedi, fasciati da semplici sandali neri, i capelli erano raccolti in una treccia che le partiva dall'alto e la faceva somigliare a una dea dell'Olimpo. Le ricordò una di quelle figure mitologiche stampate sul libro di greco del ginnasio. Forse era proprio Venere, o Giunone, o Diana, la dea della caccia; in ogni caso era qualcuno con cui lei non poteva competere.

Mentre si torturava con le immagini delle divinità greche, Lorenzo entrò in sala. Sembrava alquanto nervoso. Lei, che lo conosceva bene, riusciva a intuire che sotto quel sorriso tirato che regalava a destra e a sinistra spargendo la sua immagine di ragazzo Durban's in tutta la sala, si nascondeva un'ansia profonda, che sarebbe potuta sfociare di lì a poco in un attacco di panico.

Lorenzo andò dritto al suo posto accanto a Louise e regalò anche a lei lo stesso sorriso tirato.

Si aggiustò il colletto della giacca, tirò la schiena indietro e in quel momento cominciò a guardarsi intorno, come se cercasse qualcuno.

Si voltò verso di lei e Agnese era lì, i suoi occhi rassicuranti lo attendevano, come sempre. La sala si immerse nel buio e iniziarono a scorrere sullo schermo i titoli di testa.

La scena era piuttosto rocambolesca: un inseguimento su un vecchio maggiolino Cabrio che sembrava essere una citazione di *Herbie, il maggiolino tutto matto*. Louise era alla guida dell'auto, aveva i capelli ancora più biondi del solito, che si libravano nel vento e una volante della polizia la inseguiva a sirene spiegate lungo il litorale di Sabaudia.

A un tratto, Giulia le tirò una manica del vestito e la fece voltare verso il corridoio. Una sagoma alta e nera gesticolava a pochi metri di distanza da lei in maniera insistente.

Agnese si alzò e pestò i piedi a tutti gli spettatori della fila chiedendo scusa in continuazione, mortificata.

Quando raggiunse la sagoma che l'attendeva nel corridoio tra le file di poltrone, sentì una mano sudata che l'afferrava e la trascinava verso l'uscita d'emergenza.

Louise nel buio aveva seguito tutto senza muovere un muscolo, immobile, incollata alla poltrona, sorridendo a suo padre che la guardava preoccupato dalla fila accanto.

Sotto le luci al neon del corridoio della sala grande, Lorenzo era in un bagno di sudore e la camicia bianca cominciava a tradire delle macchie giallastre qua e là.

Agnese lo guardò preoccupata e stupita.

«Ma che succede? Ti senti male?»

«Mai stato peggio in vita mia».

«C'è qualcosa che non va nella proiezione?»

«No, è perfetta, anche il suono è perfetto… è il film…».

Agnese rimase in attesa che finisse la frase.

«Ti piace?»

«Non lo so ancora, non è finito…».

«Ma voglio sapere tu che ne pensi…».

«Mi sembra… carino, a tratti divertente…».

«Carino è un aggettivo che detesti».

Se avesse dovuto dare davvero una definizione per quei primi venti minuti avrebbe detto che era inutile. Un film che non aggiungeva niente alla storia del cinema fino a quel momento e che avrebbe potuto essere diretto da lui come da chiunque.

Lorenzo percepì tutto questo senza bisogno che lei aggiungesse altro.

«Perché ho fatto questo film? Non mi rappresenta, non c'è niente di me. È un'accozzaglia di scene una dietro l'altra, senza un filo logico, è privo di spessore, di profondità... e poi... che ne pensi di Lou?».

Agnese tirò un respiro profondo.

All'improvviso le veniva servita su un piatto d'argento la possibilità di distruggere il mito dell'attrice nota che Lorenzo si era costruito per un anno.

Forse non era nemmeno colpa di Lou, ma le sue battute spesso erano talmente insipide da risultare appiccicate e i suoi movimenti a volte rivelavano un'incertezza che era specchio della mancanza di una vera direzione.

In un paio di scene la sua voce si era sollevata in modo così squillante da svegliare gli spettatori che si erano addormentati.

«No, lei... non è male... il suo non è un ruolo facile, ha un che di strano, di bizzarro... di...».

«Grottesco. È quella la direzione in cui lei ha voluto lavorare, e il risultato è che in più di una scena risulta enfatica, falsa, priva di spontaneità...».

Agnese trattenne una risata perché si rendeva conto di quanto quel momento di epifania fosse grave per lui.

Lorenzo non aspettò la sua risposta e continuò nel suo monologo disperato.

«Non è colpa sua, lei ce l'ha messa tutta, sono io che l'ho diretta così, è mia la colpa e soprattutto è stata mia la scelta di fare questo film. Io avevo tutto un altro progetto, molto più intimo, con una storia, due ragazzi, un palestinese e una israeliana, che vivono nella West Bank, lei è un soldato e lui invece vive in un campo profughi, divisi da un muro...».

«Sembra una storia bellissima...».
«Lo è infatti...».
«Bene, sarà il tuo prossimo film, allora...».
«Se questo va male, non avrò un'altra occasione...».
Agnese rimase in silenzio e pensò che era vero, ma non poteva certo dargliene la conferma. Lorenzo sembrava a pezzi.
«Mi sono allontanato dalla fotografia per fare un salto di contenuti e mi ritrovo un primo film che è una commedia grottesca con un'attrice di soap opera e un comico ciccione!».
Agnese si sforzò di essere razionale, nonostante dovesse ammettere che in parte Lorenzo aveva ragione.
«No, secondo me hai fatto la scelta giusta invece. È una commedia, non ci può essere niente di male, la gente si diverte...».
Lorenzo la fece tacere per un attimo.
«Ti pare che stiano ridendo?».
Dalla sala non si percepiva nulla.
Agnese fece una smorfia e tentò di sdrammatizzare, per quanto le fosse possibile.
«Il riso è un concetto del tutto personale e poi secondo me da qui non possiamo sentirlo, la sala è insonorizzata. Se vuoi davvero conoscere le reazioni del pubblico dovresti essere lì dentro, a studiare le loro facce, a capire quando si divertono o quando si girano a chiacchierare col vicino. In ogni caso dovremmo rientrare, non è una grande mossa uscire dalla sala durante la prima del proprio film, no?».
Lorenzo la guardò sconsolato. Si passò una mano fra i capelli, ma gli avevano messo talmente tanto gel che il ciuffo si era come cristallizzato in una piccola scultura sulla sua fronte.

«Mi spieghi come ho fatto a mettermi in una situazione del genere?».

«Come hai fatto? Come al solito, direi».

Agnese gli sorrise e gli prese la mano, trascinandolo di nuovo verso la sala.

Lorenzo per un attimo si rilassò, la sua Nina riusciva sempre a trovare una chiave per fargli da specchio e dargli la possibilità di riconoscersi, anche quando gli sembrava di essersi allontanato anni luce da sé.

Si sentì fortunato ad averla accanto.

Il buio della sala li avvolse e Lorenzo continuava a stringerle la mano.

Cercò i suoi occhi nell'oscurità e per un attimo ebbe la sensazione che non fossero solo rassicuranti. Rimase per un istante ipnotizzato da quello sguardo, poi le loro mani a fatica si separarono.

Subito dopo la proiezione era stato allestito un cocktail party sulla terrazza dell'Excelsior.

Giulia, che moriva di fame ma era sempre a dieta, era entusiasta di avere a disposizione una quantità illimitata di sushi e sashimi, nutriente, iperproteico e ideale per mantenere la linea.

Mentre Giulia si serviva da mangiare a ritmi serrati, Agnese si stordiva con fiumi di champagne.

Era buono, leggero e andava giù rapido, in apparenza senza effetti collaterali.

Del resto, era l'unico prezioso alleato per contrastare la presenza costante di Lorenzo e Lou, sempre in posa davanti ai fotografi.

Ogni tanto lui le lanciava uno sguardo che Agnese ricambiava con un sorriso forzato e subito dopo, per tornare a respirare, era costretta ad accendersi una sigaretta.

«Ma da quando fumi?».

«Più o meno da quando Lorenzo si è fidanzato».

Giulia fece un passo indietro e la osservò con un minimo di distanza.

Il corpo longilineo, i tacchi alti, la sigaretta stretta tra le dita sottili dalle unghie ben curate, lo sguardo perso e carico di malinconia, il tutto stretto nel suo capo Valentino color panna decorato con fili di perle.

«Sai che ti dona la sofferenza?».

Agnese sputò fuori il fumo con un'aria a metà tra la rassegnazione e il fastidio.

«Non ricordo di essere mai stata così male in tutta la mia vita. Neppure durante l'esame di anatomia ho sofferto così tanto».

Nel dirlo dondolò su uno dei suoi tacchi dodici e si sbilanciò.

Avvolta dai fumi dell'alcol, avvertì pericolosamente il vuoto che si era creato alla sua sinistra, in corrispondenza del tacco che doveva aver ceduto e pensò che sarebbe finita a terra, immortalata dai fotografi e forse anche radiata dall'albo dei medici per indecenza.

Eppure niente di tutto questo accadde e con sua grande sorpresa Agnese si sentì sostenuta da un paio di braccia robuste, mentre nell'aria aleggiava un profumo di muschio bianco e sapore di tabacco.

Prima ancora di avere il tempo di voltarsi a guardarlo, Agnese sentì la sua voce calda, che le sussurrava in un orecchio: «Tutto bene?».

Occhi verdi, un po' allungati, labbra sottilissime e un leggero accento francese nella pronuncia.

Giulia si voltò a guardarlo come se avesse visto un angelo.

«Piacere, François Trevès. Enchantè».

François baciò la mano di Agnese che non si era ancora ripresa dalla quasi caduta e un attimo dopo Giulia si presentò all'uomo che non staccava gli occhi dall'amica.

«Piacere mio, Giulia Campi».

Agnese guardò la ragazza, il cui vero cognome era Campobasso, e si sforzò di non scoppiare a ridere.

L'uomo le sorrise, ma non perse d'occhio la preda.

«Signorina...?»

«Agnese, piacere», si limitò a dire lei, cercando di nuovo Lorenzo con lo sguardo.

Per fortuna era ancora seduto sul divanetto con lo sfondo mare e aveva davanti una schiera di fotografi che gli avevano coperto la scena.

Solo allora Agnese si tranquillizzò e tornò a parlare con lo sconosciuto che le aveva appena salvato la reputazione.

«Grazie, è arrivato proprio in tempo».

«Ho dovuto, l'ho fatto per il suo Valentino».

Giulia sgranò gli occhi e si pentì di averlo prestato all'amica, però intervenne lo stesso:

«L'ha riconosciuto?»

«Ho fatto la campagna pubblicitaria della collezione primavera estate, questo era uno dei miei capi preferiti, riflette la luce divinamente».

Giulia era già innamorata di lui, ma François sembrava avere occhi solo per Agnese.

«Che cosa fa qui? È un'attrice, immagino».

«No, no, io non c'entro niente».

«È venuta ad accompagnare me, io studio recitazione a Roma», si intromise Giulia.

«Ah, bene», si limitò a dire François continuando a fissare la scollatura e le spalle di Agnese.

«Quando posso rivederla?».

Agnese sorrise imbarazzata e in quell'attimo intercettò lo sguardo di Lorenzo che li osservava da lontano, con aria incuriosita, se non addirittura infastidita e Giulia ancora una volta prese la situazione in mano.

«Più tardi, alla festa del film, noi ci saremo di sicuro».

Agnese sorrise all'uomo che le porse l'ennesimo drink e si allontanò, scomparendo tra la folla.

La festa era in un locale sulla spiaggia dal nome esotico Caribe, allestito per la Mostra del Cinema.

Una lunga pedana di cemento si allungava al centro dell'arenile e tutto intorno erano disposti i tavoli, sormontati da tetti di paglia che tentavano di ricordare una qualche spiaggia del Sudamerica.

La folla si riversava sul chioschetto progettato in stile chiringuito dove i baristi servivano in continuazione mojito e caipiroska.

Il film, contro ogni aspettativa del regista, era stato accolto bene, i critici lo avevano definito un ottimo esordio, «una commedia brillante, a tratti grottesca, diretto con un tocco di grande originalità, sostenuta dall'interpretazione di Lou Ferretti, al suo debutto sul grande schermo cinematografico».

Agnese osservava la disinvoltura con cui Lorenzo si muoveva tra i tavoli e parlava con chiunque e non poteva fare a meno di sentirsi ignorata.

«Mi cerca solo quando ha bisogno di me».

«Per fortuna dopo anni il velo di Maya si è squarciato».

«Il velo di chi?»

«Lascia perdere. Intendevo banalmente che dopo anni hai aperto gli occhi».

«Eppure lui non era così... quando eravamo bambini...».

«Non mi hai detto tu che vi siete conosciuti perché ha sventrato uno dei tuoi anatroccoli?»

Agnese intercettò lo sguardo di François che si faceva strada tra la gente e puntava dritto verso di lei con un paio di cocktail dagli ombrellini colorati.

Si voltò all'istante, cercando di mimetizzarsi.

«Non ti girare. Sta venendo verso di noi».

«Chi?»

«Il tizio di stamattina, il francese».

«Fantastico, lo sai che ho scoperto che è il direttore della fotografia del film? Sarebbe un ottimo partito, se non fosse già sposato con figli. E se non avesse già perso la testa per te».

«E sua moglie dov'è scusa?»

«Vive a Parigi e a quanto pare non si è presentata».

«Come fai a sapere tutte queste cose?»

«Adoro i giornali scandalistici. Comunque tu adesso ci parli, perché è un uomo affascinante e perché è la tua unica chance di riconquistare Lorenzo».

«Che stai dicendo? Hai visto come ci ha guardato stamattina mentre parlavamo?»

«Appunto. Tu per lui ci sei sempre, sei la sua migliore amica da anni, non lo abbandonerai mai. Non gli hai nemmeno detto che hai avuto un'altra storia, chissà che idea si è fatto di te. Penserà che passi la vita china sui libri di medicina prestando il fianco ad una scoliosi galoppante».

«Non capisco che c'entra tutto questo con François».

«Perché nella tua ingenuità un po' naif, lasciatelo dire, ignori la semplicità degli uomini. Dimostra che sei lì per loro e ti ignoreranno. Fagli capire che potresti essere la preda di un altro e ti salteranno addosso rimarcando il territorio. Sono tutti uguali. Adesso io mi allontano e tu rimani con François, possibilmente facendo in modo che Lorenzo se ne accorga».

Agnese non fece in tempo a finire di seguire il ragionamento, che si sentì circondata da un braccio, lo stesso che l'aveva salvata quella mattina. La caipiroska alla fragola con l'ombrellino hawaiano si era fermata proprio all'altezza del suo seno.

Decise di prendere il cocktail prima di rovesciarselo sul vestito Armani che Giulia le aveva imposto per la serata. Per la prima volta nella sua vita era stata costretta a cambiarsi d'abito tre volte nello stesso giorno e ogni volta che passava davanti a uno specchio continuava a stupirsi, stentando a credere che quella ragazza slanciata ed elegante fosse proprio lei.

Il vestito aveva una scollatura vertiginosa sulla schiena, che finiva quasi al bordo delle mutandine. Per il resto era un abito molto semplice, nero, con un ricamo leggero di minuscole perle azzurre sul decolleté.

Si voltò verso François e gli fece un sorriso, mentre con la coda dell'occhio vedeva Giulia allontanarsi verso il tavolo del buffet, dove venivano serviti enormi spiedini di frutta ricoperti di cioccolato.

«Buonasera. Sono contento di rivederti, Agnès».

Agnese si stupì di come suonava bene il suo nome in francese e della disinvoltura con cui quell'uomo appena conosciuto si prendeva tante confidenze. Non era più abituata a frequentare qualcuno di cui non conosceva a memoria il numero di nei sulla schiena.

In fondo era appena uscita da una storia lunga e aveva dimenticato tutti i preliminari del corteggiamento.

Inoltre, François era un uomo, non un ragazzo e dal modo in cui la guardava e sosteneva conversazioni sulla condizione della donna in Oriente e Occidente sembrava sapere fin troppo bene come esercitare il suo charme.

Agnese mandò giù in fretta la sua caipiroska e decise di lasciarsi andare.

Chissà, magari Giulia aveva ragione e a ogni modo se uno così affascinante si era avvicinato proprio a lei, in mezzo a tutte quelle donne bellissime, forse, malgrado tutta la sofferenza che provava in quel momento, aveva ancora un suo carisma.

Lorenzo era immerso in una fitta conversazione sulla mancanza di finanziamenti statali con l'amministratore delegato di Rai Cinema, quando se li vide sfilare accanto.

Camminavano ridendo come se si conoscessero da sempre lungo la passerella di cemento che tagliava in due la spiaggia finendo quasi in riva al mare.

Lorenzo pensò che il vestito di Agnese era troppo scollato e allo stesso tempo che non l'aveva mai vista così splendida. Era un insieme di strani elementi che costruivano la sua bellezza, il modo di fare battute arguto e tagliente, l'ingenuità disarmante del sorriso e il volume sempre troppo alto della risata; ma soprattutto l'inconsapevolezza del fascino che esercitava su un essere umano di sesso maschile.

«Il fondo dello spettacolo dovrebbe essere equamente ripartito tra le varie arti e il cinema dovrebbe avere dei finanziamenti a sé. Il cinema produce denaro, cosa che il teatro ormai fa sempre meno eppure una grossa parte dei contributi sono ancora destinati alle imprese teatrali. Per non parlare dell'opera lirica...».

L'uomo che aveva di fronte aveva una faccia enorme, proporzionata alle dimensioni della sua pancia, che sembrava potesse esplodere da un momento all'altro da sotto la giacca.

Salendo sulla passerella, che era piuttosto affollata, le sagome di Agnese e del suo direttore della fotografia si erano come dissolte all'orizzonte e il fatto che fossero spariti gli creava una certa ansia.

Alzò la testa per cercarli ancora una volta ma era impossibile da quella distanza.

L'unico motivo per cui sarebbe dovuto rimanere inchiodato a quella conversazione era la presenza di Alberto Ferretti, al quale doveva tutto quello che aveva ottenuto fino a quel momento.

«Potete scusarmi un attimo? C'è il mio agente che mi fa dei cenni, vado a sentire cosa vuole».

Alberto rimase interdetto ma non disse niente. Si limitò a seguire con lo sguardo il giovane che si allontanava in direzione della spiaggia.

Lorenzo iniziò a sgusciare tra la folla in ghingheri; cercava oltre, verso il mare, che nella notte non accennava il minimo movimento ondulatorio. Circa ogni quattro secondi, era costretto a fermarsi per fare un saluto, o per elargire un sorriso seguito da uno «Scusami, un attimo e sono da te!».

Quando capì che la passerella era finita e che Agnese e François non erano lì, fu colto dal panico.

François era piuttosto noto nell'ambiente per la sua abilità di corteggiatore; durante la lavorazione del suo film, era riuscito a passare una notte con tutte le donne del set, fatta eccezione per Louise e per la parrucchiera sessantacinquenne.

Continuò a vagare in uno stato confusionale, accompagnato dai pensieri più inquieti che la sua immaginazione potesse produrre.

Vedeva già Agnese nuda che piroettava nella camera d'albergo di François mentre lui le faceva ballare un lento, o l'adagiava sulle tavole del pavimento cospargendola di burro, come nella peggiore scena di *Ultimo tango*.

Finché non vide in lontananza due ombre che camminavano lente in riva al mare.

La risacca bagnava i piedi di lei, mentre lui le si avvicinava e le scioglieva i capelli.

Lorenzo si tolse le costosissime scarpe di tela che Lou gli aveva appena comprato in una boutique veneziana e affrontò il nemico a piedi nudi.

Incurante della folla alle sue spalle e della notorietà che quella serata gli conferiva, si lanciò correndo sulla spiaggia in direzione della coppia, sollevando una nuvola di sabbia che finì addosso a una tavolata di critici cinematografici.

Giunto a pochi metri da loro aveva il respiro mozzato, rallentò e fece appena in tempo a sentire l'ultimo brandello di conversazione.

«Non avrei mai detto che fossi un medico. Su cosa ti stai specializzando?»

«Chirurgia. Del cuore e dell'apparato circolatorio».

«Finalmente...».

«Cosa?»

«Finalmente qualcuno che si occupa di sentimenti...».

Le sussurrò François mentre Agnese prorompeva in una risatina alcolica e si lasciava mettere un braccio intorno alla schiena nuda.

In quel momento esatto François si sentì tirare all'indietro con forza.

Si voltò di scatto e nel buio non riconobbe subito il regista del film, nonché suo amico.

D'istinto lo colpì al viso con un pugno che lo fece rimbalzare poco più avanti.

Agnese lanciò un piccolo grido, mentre un paio di torce illuminavano la porzione di spiaggia.

Quando vide Lorenzo accasciato a terra con un rivolo di sangue intorno alla bocca, François gli corse incontro mortificato.

«Perdonami, non avevo capito che eri tu, era così buio, ti ho fatto male?»

«No, non è niente».

Agnese si avvicinò e cercò di asciugargli il sangue con un fazzoletto.

Lui d'istinto la respinse:

«Posso sapere che cavolo stavi facendo da sola con lui? Non è per questo che ti ho invitato!», sibilò a denti stretti.

Louise era lì, a pochi metri di distanza dalla scena che si era appena consumata. Aveva visto e sentito tutto e si limitava a osservare Agnese che medicava la bocca al suo fidanzato con un'espressione a metà tra la rassegnazione e il disgusto. Lorenzo si accorse di lei e scattò in piedi, cercando di giustificarsi.

«Ti posso spiegare, Lou».

«Non devi dire nulla. Parto stasera stessa. Ci vediamo a Milano».

Lorenzo rimase immobile, a guardarla allontanarsi sulla spiaggia, incurante degli sguardi, dei bisbigli, altera nel suo portamento da protagonista. Raggiunse suo padre che le porgeva il braccio, mentre fissava Lorenzo con aria a dir poco sprezzante e insieme lasciarono la festa.

Anche François, accorgendosi dell'intimità che c'era tra lui e Agnese, decise di togliere il disturbo.

Il rumore delle onde s'insinuò fra loro come quando erano bambini; restavano per ore in silenzio ad ascoltarlo, imbambolati sullo scoglio, a fissare il mare con i suoi diversi colori, a seconda delle annate.

Si guardarono e d'istinto cominciarono a ridere, camminando e trascinando i piedi sulla sabbia.

«Hai fatto a botte per me!».

«Più che altro le ho prese!».

«Sempre per me l'hai fatto!».

«Volevo solo...».

«Salvarmi da una brutta esperienza...».

«Brava, esatto, mi hai tolto le parole di bocca...».

Agnese sorrise e di nuovo piombò nell'aria il silenzio.

All'improvviso si trovavano soli, su una spiaggia, di notte, euforici, anche un po' brilli ed erano adulti. Agnese indossava un abito molto sexy.

Lorenzo si avvicinò e le fece scorrere un dito sulla schiena nuda.

Agnese deglutì e non si mosse, anche se sentì il respiro bloccarsi come al solito, all'altezza della gola.

Con delicatezza lui le accarezzò le spalle, poi il collo, la nuca, l'attaccatura dei capelli.

Le loro ombre si profilarono stagliandosi sotto un cielo chiaro. La luna quasi piena illuminava la spiaggia come un pallido sole e disegnava sulla sabbia le loro forme.

Si baciarono a lungo, lontani da tutto, abbandonandosi l'uno all'altra come non erano mai stati in grado di fare.

Poi Lorenzo le sussurrò piano, nell'orecchio: «Andiamo».

E Agnese capì ancora una volta che era arrivata a un punto di non ritorno.

Chiarimenti

La mattina dopo, semi vestito sul letto sfatto della sua camera d'albergo, la sua e di Lou, Lorenzo guardò l'orologio per l'ultima volta. Sapeva che Agnese lo stava aspettando nella hall da più di mezz'ora ormai, ma lui non si sentiva pronto, e forse non lo sarebbe stato mai.

Quella notte qualcosa era cambiato. Adesso sarebbe stato difficile far tornare le cose al loro posto.

Gli sembrava impossibile paragonare quell'ultima notte a quella fredda, innevata, notte di Varsavia, tanti anni prima.

Anche allora era successo qualcosa.

Ma erano giovani e Lou non esisteva.

Cercò con lo sguardo un dettaglio, un oggetto qualsiasi che lo riportasse a lei.

Rivide il prezioso rossetto Dior sulla toeletta e il braccialetto d'argento che le aveva regalato al suo compleanno. La stanza era perfettamente in ordine, tanto da fargli pensare che non li avesse lasciati per caso. Il bracciale era un suo dono e la dimenticanza era stata consapevole, il rossetto, messo lì di fronte allo specchio, sembrava volesse marcare il territorio.

Lou era una donna intelligente e molto astuta, che aveva sempre trovato un modo per ottenere ciò che voleva.

Chissà se sarebbe mai tornata indietro, forse se lui l'avesse implorata, se le avesse chiesto di sposarla, come lei gli stava intimando da mesi.

Ma era questo che voleva?

Dopo quella notte niente sembrava più a posto.

Il telefono riverso sul comodino si accese e per un attimo emise una vibrazione.

Lorenzo lo afferrò terrorizzato.

Era il messaggio di buongiorno di Lou, avevano impostato in automatico che ogni mattina gli arrivasse da lei un messaggio. Così se fossero stati lontani e se per caso si fossero dimenticati l'uno dell'altra, il buongiorno glielo avrebbe ricordato.

Lorenzo attese ancora qualche istante.

Finì di farsi la barba.

Agnese lo stava aspettando nella hall dell'albergo.

E Lou era tornata da qualche parte, in una delle sue immense dimore, nella loro casa a Milano, o a San Casciano, a farsi consolare dal padre, che forse non avrebbe mai più voluto rivederlo.

Lorenzo realizzò in pochi colpi di rasoio quanto la sua vita fosse legata a lei.

Lasciarla sarebbe stata una follia.

Anche stare con Agnese sarebbe stata una follia.

Non ne avevano parlato quella notte.

Non ne avevano parlato mai, in tutta la loro vita.

Prese in mano il telefono e rilesse il messaggio della sua fidanzata, che recitava in maniera scontata ma sincera: «Buongiorno amore».

Sapeva che quello che stava per fare era scorretto.

Si guardò nello specchio e cercò di ricordarsi quante volte era sceso in basso nella sua vita.

Con Amandine di sicuro. Con sua madre anche.

Alla fine, in modo doloroso, convenne fra sé che quello che stava per fare aveva una certa coerenza con se stesso. O quantomeno con una parte di sé.

Cercò sulla rubrica il numero di Lou.

Lei rispose al terzo squillo, con la voce rotta e ancora impastata dal sonno.

Le concesse qualche secondo, affinché capisse chi era e si avvalesse della facoltà di riattaccare.

Poi le disse, con tono afflitto: «Buongiorno amore mio».

Agnese guardò l'orologio e si chiese come mai ci stesse mettendo tanto.

Il cameriere giovane continuava a guardarla ogni tanto dal bancone, ormai convinto che fosse la ragazza del manifesto e stesse giocando a fare l'attrice con una nuova identità.

Chissà, magari si era addormentato. Oppure aveva deciso deliberatamente di non scendere.

Le aveva stretto la mano per non farla andar via.

Agnese si guardò intorno e sentì che era arrivata nel momento sbagliato.

Era andata lì per riportarlo a sé quando lui non era mai stato suo.

Quando loro non erano mai stati l'uno dell'altra.

O forse lo erano stati sempre. Ma in modo diverso.

Il loro senso di appartenenza non aveva niente a che fare con quello delle altre coppie.

Il loro legame andava al di là.

Non ci pensò un secondo di più.

Saltò in piedi e si allontanò dal bar, senza neppure pagare il caffè.

Il cameriere la seguì con lo sguardo, mentre camminava con eleganza tra i tavoli e scompariva, inghiottita dalla porta a vetri.

Un quarto d'ora dopo, quando Lorenzo scese nella hall, il ragazzo lo scrutò incuriosito.

«C'era una ragazza seduta a quel tavolino laggiù, stamattina presto. Ha preso un caffè americano e ha lasciato il suo numero di stanza».

Lorenzo annuì apprestandosi a pagare.

Rimase in silenzio, esaminando il ragazzo, indeciso se chiedere qualcosa.

Immaginò Agnese seduta a quel tavolo che guardava la laguna, che giocava con il cucchiaino, che metteva quattro zollette di zucchero nel caffè lungo e si torturava senza sosta una ciocca di capelli.

Ebbe la netta sensazione che per rivederla sarebbe dovuto passare del tempo.

Non erano ancora abbastanza adulti per affrontare un cambiamento.

E forse non lo sarebbero mai stati.

ADULTI

Coincidenze

L'aveva seguita in silenzio per tutto il corridoio fino all'infermeria.

Faceva sempre così quando la voleva.

Decideva tutto lui, come, quando e soprattutto dove.

Agnese riusciva a sentire quegli occhi piantati sulla sua nuca, lì dove l'attaccatura dei capelli si faceva più folta arricciandosi in piccoli movimenti ondulatori. Era il suo punto del corpo preferito.

La oltrepassò e attese che fosse lei a seguirlo.

Ormai avevano un codice non scritto di regole che soltanto loro potevano decifrare.

Entrò nella sala delle visite, pur sapendo che a quell'ora sarebbe potuto entrare chiunque.

Attese che il corridoio si liberasse e che anche l'ultima infermiera fosse uscita dal reparto.

Poi entrò nella stanza.

Lui chiuse la porta a chiave e la fece adagiare sul lettino.

Le sollevò la parte superiore del camice e cominciò a baciarla sul seno.

«Non abbiamo molto tempo», sussurrò, eccitata e agitata allo stesso tempo.

Allora lui le sfilò i pantaloni verdi e si abbassò i suoi.

Rapido e silenzioso entrò dentro di lei.

Le mise una mano sulla bocca come faceva sempre. Lei si lasciò andare all'indietro sulla schiena e chiuse gli occhi, mentre lui continuava a fissarla. Non era un tipo romantico e gli piaceva fare l'amore con gli occhi aperti.

Pochi minuti e diversi respiri dopo era tutto finito.

Agnese s'infilò il camice e lui le diede un piccolo bacio sul collo, poi andò al lavandino, si sciacquò le mani e si rimise i guanti di plastica.

«Stanotte non ce la faccio a passare. Mi sostituisci tu?».

Agnese lo guardò attraverso lo specchietto, mentre si controllava il trucco.

«Va bene, ma se c'è un'emergenza?»

«Se per caso sentissi il bisogno irrefrenabile di vedermi?»

«Dai, dico sul serio».

«Se c'è qualcosa che non riesci a fare al mio posto mi chiami. Ma ormai sei pronta per stare da sola. Il tirocinio l'hai concluso, no?»

«Non so se posso farcela».

«Sono mesi che sei pronta. Non ti affiderei il reparto se non avessi totale fiducia in te. Ho rimandato solo perché ti senti insicura, ma nel tuo ruolo ormai non te lo puoi permettere».

Agnese si guardò nello specchio sistemandosi una ciocca che le era uscita dall'acconciatura. Vittorio si avvicinò e le sussurrò nell'orecchio:

«Sei la migliore».

Agnese sorrise sentendosi rincuorata. Sapeva che lui aveva ragione e non capiva da dove le venisse tutta quell'ansia da prestazione. Era a un passo dal raggiungere il suo sogno e ogni volta rimandava.

In sala operatoria si sentiva sicura solo se Vittorio era accanto a lei.

Sapeva che l'avrebbe promossa di lì a breve e che non l'avrebbe fatto se non avesse avuto davvero fiducia nelle sue capacità.

Forse, se non fosse andata a letto con lui, avrebbe avuto la sensazione che quello che aveva lo aveva conquistato solo con le sue forze.

Vittorio era stato il suo maestro in tutto, il primo chirurgo che aveva seguito come assistente.

Fin dall'inizio lui aveva mostrato un'attrazione nei suoi confronti.

Agnese l'aveva schivato a lungo, nonostante trascorressero insieme gran parte della giornata e facessero insieme delle grandi cose.

Poteva dire di conoscerlo meglio di chiunque altro.

Quando sollevava un sopracciglio durante un'operazione significava che qualcosa lo preoccupava, se invece aveva il viso corrucciato e stava in silenzio era soddisfatto di quello che stava facendo.

Quando scherzava con l'anestesista e con le infermiere in sala era per mascherare l'agitazione prima di un intervento difficile. E quando parlava con i pazienti la muscolatura del suo viso si contraeva in un sorriso rassicurante, in grado di dare nel migliore dei modi anche le peggiori notizie.

Agnese sapeva di non essere innamorata di lui.

Però lo stimava sia da un punto di vista umano, sia per il modo in cui svolgeva il suo ruolo di primario del reparto cardiologia ed esercitava su di lei un fascino inequivocabile.

Quando si voltò, pochi istanti dopo, Vittorio era di nuovo pronto a uscire e le mise un braccio intorno alla vita.

«E noi due? Quando ci rivediamo?»

«Se faccio la notte domani arriverò nel pomeriggio».

«Non puoi passare un attimo verso l'ora di pranzo? Ti porto fuori? C'è quel ristorantino un po' rustico, qui dietro, che sembra di stare in campagna...».

Agnese sapeva che quella definizione in apparenza bucolica e romantica corrispondeva in realtà a "un posto isolato, dove possiamo mangiare senza che nessuno ci veda e fare un giretto dopo nel bosco".

A Vittorio piaceva fare l'amore in posti strani, per lo più all'aperto o all'interno di luoghi in cui avrebbero potuto sorprenderli.

In un anno dall'inizio della loro relazione l'avevano fatto ovunque, dietro le bancarelle di un mercato chiuso di notte, fra le macchine parcheggiate di un centro commerciale in pieno giorno, sulle scalinate di una chiesetta di campagna, nell'ultimo pianerottolo di un palazzo e naturalmente in tutti gli anfratti più nascosti dell'ospedale, inclusa la sala operatoria.

Almeno da quel punto di vista era un rapporto soddisfacente.

Per necessità la loro relazione si basava soprattutto sul sesso, perché l'affetto di Vittorio si riversava su Carlotta, la moglie, e sulle sue gemelle di sette anni.

Eppure negli ultimi tempi aveva cominciato a essere premuroso anche con Agnese.

Più cresceva la loro intimità fisica e professionale, più lui si lasciava andare.

Le raccontava di quanto non sopportasse più il carattere accentratore di Carlotta sull'educazione delle bambine, di quanto gli fosse venuta a noia la sua passione per la palestra e l'ossessione per la perfezione del suo viso: avendo sposato un chirurgo pretendeva che le facesse iniezioni di botulino anche a colazione.

«A volte mi chiedo perché restiamo ancora insieme. Non abbiamo quasi più niente in comune. Condivido molto di più con te».

A quella frase Agnese era scesa giù di colpo dal cofano della Lamborghini su cui avevano appena fatto l'amore e aveva finto un malessere improvviso che aveva reso impellente il suo immediato rientro a casa.

Dopo il disastro sentimentale provocato dalla parentesi veneziana, non era riuscita più a innamorarsi di nessuno.

Avere una relazione con Vittorio in fondo era facile: poteva vederlo sempre, la faceva sentire desiderata e soprattutto non le chiedeva di rinunciare a se stessa o ai suoi spazi.

Negli ultimi anni la sua vita era fatta di lavoro, casa e amiche nel week end, e al momento le andava benissimo così. Aveva sviluppato una sorta di autosufficienza emotiva, che le consentiva di sopravvivere, senza cedere a picchi emotivi, né di gioia, né di sofferenza.

Ogni tanto le sembrava di essere tornata indietro, forse se fosse rimasta con Michele a quel punto avrebbero avuto un figlio.

Le sembrava incredibile che a ventisei anni avesse avuto l'equilibrio e la maturità per una convivenza, e a trenta no.

Lei e Michele si erano visti una sola volta, dopo la tragica fine della loro storia.

Lui le aveva chiesto di incontrarsi da Giolitti, un bar di Testaccio, dove andavano sempre a fare colazione quando vivevano lì insieme.

Era un'idea piuttosto malinconica e non era affatto sicura che sarebbe stato un incontro facile.

Arrivò con un quarto d'ora di ritardo e Michele era già seduto al tavolino, sotto l'ombrello arancione, con una granita al caffè.

Agnese si era seduta e avevano chiacchierato un po', all'inizio facendo solo conversazione.

«Ho saputo che lavori in ospedale adesso. Finalmente fai quello che ti piace».

«Sì, è una vita frenetica, ma mi trovo bene. Tu invece?»

«Lavoro per un'azienda che produce dati statistici sull'energia eolica».

«Entusiasmante».

«Detto così sembra assurdo, ma in realtà è un lavoro divertente. Prima o poi, tutti useranno solo energia eolica, in tutto il pianeta».

«Se lo dici tu ci credo».

Dopo aver consumato granita e gelato, erano rimasti in silenzio per un po'.

Come due estranei che fanno fatica a trovare argomenti. Raggelati dalla presenza invisibile del fallimento del loro rapporto. Poi lui aveva sollevato la testa e aveva rivolto lo sguardo alla finestra della loro cucina, pochi piani più in alto delle loro teste.

«Non siamo stati male qui».

«No...».

Aveva risposto lei, sentendo quella frase come una minaccia galoppante.

«Tu non hai più pensato che noi due...».

«Cosa?»

«Io ho pensato spesso a noi e mi sono detto che forse avremmo potuto darci un'altra possibilità...».

«Avremmo potuto, forse, chissà... non credo che avrebbe funzionato però».

Michele si era proteso verso di lei e le aveva poggiato una mano sulla sua.

«E non potremmo farlo adesso?».

Agnese lo aveva guardato allibita. Era passato parecchio tempo e Michele era rimasto immobile, lì dove lei lo aveva lasciato.

«No, Michele, mi dispiace».

Allora lui aveva contorto i muscoli della faccia in un'espressione di dolore, poi si era messo gli occhiali da sole e aveva voltato la testa verso i giardinetti, dove i bambini giocavano a rincorrersi lanciando versi felici e squillanti.

Agnese lo aveva visto scuotersi nelle spalle, un brivido gli aveva attraversato tutto il corpo e un paio di lacrime gli avevano rigato gli zigomi ossuti.

Non aveva mai visto un uomo piangere, così, senza ritegno.

«Michele, ti prego, perché ci siamo visti qui? Non era il posto adatto».

«Lo so», aveva detto lui, tirando su col naso.

Erano rimasti fermi, ancora un po', lui sempre con gli occhiali da sole, a stento in grado di trattenere i singhiozzi, Agnese paralizzata da quella sconcertante reazione emotiva, soprattutto considerando che lei invece non provava quasi niente.

Dopo di che si erano alzati, lei aveva fatto il gesto di pagare il conto, ma Michele le aveva detto «Lascia», e Agnese si era allontanata verso la sua Cinquecento, dove all'inizio della loro storia facevano l'amore.

Michele era salito sulla sua vespa, aveva messo in moto ed era sfrecciato via, Agnese lo aveva guardato mentre fuggiva lontano da lei, sulle note di un pezzo molto malinconico.

«Una vodka tonic per favore».

«Cosa?»

«Una vodka! Con acqua tonica!».

Nel locale c'era un frastuono così alto che nemmeno il barista riusciva a sentirlo.

Il posto era piccolo e buio, ma molto vivo. Al piano di sotto facevano sempre concerti, musica dal vivo, spesso chitarra e pianoforte.

Quando scendeva le scalette che portavano al piano di sotto, di solito Lorenzo era almeno alla quarta vodka tonic e sentiva il bisogno di qualcosa di più forte per tirarsi su.

Da quasi un anno si era trasferito a Roma.

Aveva un giro nuovo di amici e tutte le sere da mezzanotte in poi si davano appuntamento in piazza Trilussa, a Trastevere, e cominciavano il giro dei locali.

Lo Stardust era sempre l'ultimo perché suonavano fino a tardi e chiudevano illegalmente alle sei del mattino. La proprietaria era una signora sulla cinquantina, che tutti chiamavano Annetta, forse senza nemmeno conoscere il suo vero nome.

Aveva la fama di essere un po' matta, però era coraggiosa, aveva una voce bellissima e li accoglieva tutti, depressi d'amore e alcolizzati, attori falliti e attrici in erba, musicisti in crisi e artisti senza ispirazione. Lorenzo apparteneva con orgoglio a quest'ultima categoria.

Dopo Venezia, *Per amore di una bionda* era uscito nelle sale facendo un discreto successo di pubblico. Louise era stata lanciata come la nuova diva del momento, si era comprata un cane pechinese dal muso schiacciato che aveva chiamato Bambola e che posava con lei in tutte le foto dei rotocalchi con grande disappunto di Lorenzo.

«Sei fidanzata con me o con il tuo cane?»

«Bambola mi è sicuramente più fedele. E poi tu non ami farti vedere con me, sono un'attrice che fa film commerciali, giusto?».

La lite era cominciata così, per il cane.

«Al contrario, mi farebbe piacere che mi citassi ogni tanto in qualche intervista, non parli mai di noi».

«Non mi piace parlarne ai giornali, la sento come un'invasione alla nostra privacy».

«Non ci provare, non è per questo. Se avessi accettato *Sapore di mare due* saresti contenta di parlare del tuo compagno, alle prese con il remake di una nuova, brillante commedia che riprende un successo del passato...».

«Che dovrei dire? Che stai cercando di girare un film in Palestina da due anni e nessuno te lo vuole produrre? Sei l'unico regista che conosco che fa una commedia di successo e poi si fissa che deve fare l'autore. Hai perso un mare di occasioni in questi anni».

«Non parlare di me in questo modo. È la mia vita».

«Si dà il caso invece che sia la nostra vita, dal momento che viviamo insieme».

«Viviamo insieme?! Ma se tu non ci sei mai!».

«Non ci sono perché lavoro! E per fortuna ho accettato quella serie televisiva, altrimenti non sapremmo nemmeno come pagare l'affitto!».

Lou aveva alzato la voce e il cane aveva cominciato ad abbaiare.

«Falla stare zitta o la faccio fuori».

«Saresti capace ormai, con tutto quello che ti prendi la notte, non ti riconosco più. Ieri ti sei addormentato sul divano, tutto vestito, puzzavi d'alcol da lontano».

Lorenzo andò al mobiletto degli alcolici e si versò un gin, secco.

«È perché mi trascuri, Lou. Ti sei accorta che da quando siamo venuti qui la nostra vita non esiste più? Ci sei solo tu e il tuo lavoro e quando non lavori c'è un aperitivo con il produttore, la cena con il regista...».

«È stata una tua idea venire a Roma. Io stavo benissimo a Milano. Ma Roma è la culla del cinema, è lì che ci sono tutti quelli che contano. Non sono parole mie, caro».

«Mi pare che tu ti sia adattata benissimo».

«Sei frustrato perché non sai che cosa devi fare. Non sono certo io il motivo della tua depressione!».

Lorenzo aveva alzato la voce.

«Io non sono depresso, non ti permettere di chiamarmi così!».

«Secondo me dovresti farti curare, ma da uno bravo!».

Lorenzo aveva perso il controllo e le aveva afferrato un braccio con forza.

«Lasciami, subito».

La cagnetta nel frattempo era impazzita e si era attaccata a un lembo del pantalone di Lorenzo nel tentativo di difendere la sua padrona.

Lorenzo aveva fissato Louise negli occhi con dolore.

La loro storia era arrivata al capolinea, ma nessuno dei due aveva il coraggio di mollare.

Probabilmente era finita quella notte a Venezia, quando Lorenzo aveva rincontrato Agnese.

Non aveva saputo più nulla di lei.

Non le aveva detto che era venuto a Roma, non sapeva dove abitava.

Però stavolta si era portato dietro l'anellino d'argento. Lo teneva sempre con sé, nel caso gli accadesse di incontrarla per sbaglio.

Lorenzo mollò la presa e Louise lo guardò con rabbia, infilò la sua nuova giacca di pelle rosso fuoco, appena più lunga della micro gonna che indossava, si prese Bambola in braccio e uscì sbattendo la porta.

Fuori pioveva a dirotto.

Lorenzo rimase a guardarla incedere fra i vicoli del centro, incurante della pioggia, sui suoi tacchi alti.

Mandò giù l'ultimo sorso di gin e decise che era ora di fare uno squillo al suo pusher brasiliano.

Circa tre ore dopo era in una discoteca con Giorgio, un suo nuovo amico attore e Paolinho, il pusher.

Aveva puntato la cameriera ventenne che lavorava ai tavoli del locale, ancora non del tutto affollato.

Già su di giri per via dei diversi drink che aveva bevuto, aveva cominciato a seguire la ragazza e a cercare di trovare degli argomenti di conversazione, ma lei era troppo occupata e non gli stava dando attenzione.

A un tratto Giorgio gli aveva proposto di fare un salto nel bagno del locale.

Lorenzo lo aveva seguito controvoglia, di solito non usava quella roba, l'alcol gli sembrava uno strumento già abbastanza efficace per la sua autodistruzione.

Ma quella sera si sentiva davvero triste.

Quando entrò in bagno, Giorgio gli aveva già preparato una striscia sul ripiano di marmo.

«Dai, fratello, dammi soddisfazione, Paolo si offende se non la assaggi. È colombiana, di prima qualità!».

Il brasiliano gli sorrise incitandolo e Giorgio proseguì, insistente:

«Che sarà mai, per una volta, non ti arrestano mica!».

Lorenzo smise di pensare, prese la banconota da cento che Giorgio gli tendeva con generosità e tirò, senza pensarci.

Sentì una sorta di prurito nel naso e si guardò nello specchio.

Aveva la faccia stravolta, il colorito un po' spento, ma gli si era accesa un'improvvisa luce negli occhi.

Giorgio lanciò un grido di gioia e gli fece un piccolo applauso, attutito dalla musica dance che risuonava amplificata da dietro la porta del bagno.

Poi fu invaso da una sensazione di claustrofobia e uscì di nuovo tuffandosi nella folla del locale, che nel frattempo si era riempito.

Cercò con lo sguardo la cameriera e appena la vide si mosse con sicurezza verso di lei.

La ragazza stava mettendo dei bicchieri in un vassoio, ma quando lo vide gli sorrise.

«Sei un po' più libera adesso?»

«C'è il principale, non posso ora. Se vuoi ci vediamo quando stacco».

«Ma io ti voglio vedere adesso», gemette lui, mettendole un braccio attorno alla vita e attirandola a sé.

La ragazza si allontanò e in quell'istante Lorenzo avvertì uno strano dolore al petto, come una fitta, che però invece di alleggerirsi si faceva più forte ogni secondo di più.

D'istinto si portò una mano all'altezza del cuore, come se con la sola pressione della mano potesse fermarla. Ma la fitta non diminuiva. La ragazza lo guardò perplessa, senza capire se stesse bluffando o se facesse sul serio.

«Tutto bene?».

Le parole gli suonarono lontane, distanti, come se una barriera invisibile si fosse creata fra sé e tutto il resto.

L'ultima cosa che vide prima di chiudere gli occhi fu la bocca carnosa e invitante della ragazza che si muoveva, quasi al rallentatore.

Ebbe la sensazione che tutto intorno a lui si stesse muovendo a un'altra velocità, che non era quella solita.

Poi cadde a terra, sul pavimento del locale, mentre le luci strobo continuavano a pompare.

Agnese quella notte era arrivata in anticipo.

L'idea di gestire da sola il reparto le metteva ancora agitazione.

Ma era il compleanno delle gemelle e Vittorio quella sera non sarebbe riuscito a venire in nessun modo.

Era passata in visita dai vari pazienti, spiegando l'assenza del primario e cercando di infondere a ciascuno di loro serenità e sicurezza, proprio come aveva imparato da Vittorio.

Nonostante l'ospedale fosse ormai il suo terreno quotidiano, non si era ancora abituata all'odore di cloroformio e alcol che sembrava impregnare qualunque cosa.

Stava percorrendo il corridoio del pronto soccorso; quella parte dell'edificio non era mai stata sistemata e alcune lampade al neon sul soffitto friggevano mandando piccoli lampi di luce fredda.

A un tratto avvertì un rumore in lontananza, di passi che si avvicinavano rapidi, si fermò nel corridoio e sentì uno spostamento d'aria; la porta verde alle sue spalle si era spalancata e due infermiere correvano verso di lei trascinando rapide una barella.

«Dottoressa!».

Agnese alzò lo sguardo sul paziente.

Il volto piegato sul cuscino, senza espressione, gli occhi semi chiusi.

Sentì che il suo cuore in quel momento avrebbe potuto fermarsi.

E meno di un attimo dopo capì che non poteva fermarsi, non lì, non adesso.

«Che cos'ha?»

«Infarto del miocardio».

«Da quanto?»

«Dieci minuti almeno».

«Portiamolo in rianimazione. Subito».

Diede inizio al massaggio cardio polmonare. Cento pressioni al minuto.

Agnese contava e spingeva, respirava e spingeva.

Non te ne andare. Non adesso. Non posso perdere anche te.

Agnese guardò i suoi occhi implorando che li aprisse.

Ma lui non respirava, il corpo era inerte.

Agnese si voltò verso i suoi assistenti e gridò: «Sala!».

Si trasferirono in sala operatoria.

«Dobbiamo fare un'angioplastica d'urgenza. Immediatamente».

Agnese per un attimo desiderò più di ogni altra cosa che Vittorio fosse accanto a lei.

Poi si rese conto che non era un caso, che in quella sala ci fosse lei, sola, con lui.

Due ore dopo Lorenzo uscì dalla sala operatoria.

Fuori stava sorgendo l'alba e una luce rossastra permeava leggera dalle tende delle finestre.

Agnese entrò con lui nella stanza del reparto, prese una sedia e rimase lì, accanto al suo letto, immobile, a guardarlo respirare. Le lacrime agli occhi, incastrate tra la pupilla e le palpebre, che non riuscivano a scendere.

Ora che la tempesta sembrava passata si sentiva piena e più forte.

Quello che non aveva potuto fare con i suoi genitori, era riuscita a farlo con Lorenzo.

Il destino come al solito le aveva giocato uno strano scherzo.

Ebbe la sensazione di rivederlo bambino, mentre tirava sassi all'anatroccolo, arrabbiato con suo padre che aveva tradito sua madre per la prima volta.

Il suo anatroccolo, Cesare, purtroppo, era morto di crepacuore.

Ma Lorenzo era ancora vivo.

«Sono molto fiero di te», le disse Vittorio, mentre uscivano all'aria aperta a prendere un caffè, diverse ore dopo.

Le mise un braccio intorno alle spalle e lei per la prima volta dall'inizio del loro rapporto si irrigidì.

«Andiamo a pranzo insieme oggi, ti va?».

Agnese aspettò che la sciogliesse dall'abbraccio e si rendesse conto che non era dell'umore adatto. Quello che era accaduto quella notte aveva avuto su di lei un effetto emotivamente devastante. Ancora una volta si era resa conto di quanto fosse legata a Lorenzo e di quanto poco contassero le relazioni con gli altri.

Lo guardò negli occhi.

«Non oggi, Vittorio. In realtà, stavo pensando che… sarebbe meglio darci un taglio».

Vittorio non batté ciglio, sapeva che prima o poi sarebbe finita, in fondo, forse non era mai cominciata. Agnese nella sua vita era un piacevole diversivo, una distrazione dalla noia della vita coniugale, niente di più.

«Mi pare giusto. Quando l'allieva supera il maestro, vuol dire che è pronta a proseguire da sola».

Agnese abbozzò un sorriso e Vittorio ricambiò con uno sguardo paterno, rassicurante.
Si voltò e sparì nel corridoio del reparto.

Quando fece il suo ingresso, Lorenzo aveva aperto gli occhi da poco e si stava chiedendo cosa fosse successo.
La donna con il camice bianco e i capelli tirati indietro che aveva il viso di Agnese gli parve un'allucinazione.
Poi lei si fece più vicina:
«Come ti senti?», gli domandò.
«Come dopo un incidente in moto. Mi fa male tutto».
Agnese sorrise e si avvicinò al letto; Lorenzo voltò la testa verso il comò e notò il bagliore che un raggio di sole produceva posandosi sull'anello d'argento.
Guardò di nuovo Agnese.
«Lo stringevi nella mano destra, quando sei entrato».
Lorenzo avrebbe voluto dirle: *è tuo, questo anello, da ventidue anni aspetto il momento giusto per restituirtelo.*
Ma in quel momento esatto Louise si affacciò sulla soglia della stanza e gli corse incontro.
Si avvicinò al letto e lo abbracciò cercando di non urtare i tubicini della flebo.
Lorenzo guardò Agnese in imbarazzo e lei non poté fare a meno di voltare la testa in un'altra direzione, lontano da loro.
Poi Louise si staccò da lui e rimase altrettanto sorpresa riconoscendola.
«Ciao...», le disse, mentre Agnese la invitava a sedersi sulla sedia accanto al letto.
«Gli abbiamo somministrato dei farmaci e adesso la situazione è stabile. Ma deve seguire una riabilitazione una volta tornato a casa».

«Certo», annuì Louise, ancora preoccupata.

«Ci sono alcune cose a cui dovete fare molta attenzione. Deve stare a riposo, seguire le cure, evitare stress e stati emotivi troppo forti».

Lorenzo la guardava con ammirazione, Agnese era riuscita a realizzare il suo sogno, era riuscita a fare quello che lui non aveva fatto, forse anche perché non aveva mai capito con esattezza quale fosse la sua aspirazione massima nella vita.

«Io devo andare, ho finito il turno, il primario passerà più tardi a controllare la situazione».

Louise si alzò in piedi, ma Agnese d'istinto arretrò di un passo.

La guardò dritta negli occhi e le disse:

«Grazie», prima che Agnese si voltasse e sparisse attraverso la porta a vetri, portandosi via la domanda muta di Lorenzo: si sarebbero rivisti?

Varsavia

A un cenno del trainer gli attori si sdraiarono tutti sul pavimento.

Agnese si stupì di come riuscissero a mantenere per più di cinque minuti quella posizione surreale: a terra ciascuno con sei palline da tennis sotto la schiena e le caviglie, in punti strategici che corrispondevano ai chakra occlusi.

L'obiettivo dell'esercizio, gli aveva spiegato Giulia, era superare la soglia del dolore e raggiungere lo stato di trance.

Agnese non riusciva a capire che tipo di connessione ci fosse tra la soglia del dolore e le *Tre Sorelle* di Checov. Ma a quanto pare l'unico modo di metterle in scena per la compagnia era proprio quello.

Quel metodo discendeva dagli insegnamenti di Grotowski.

Dal momento che la compagnia era polacca e il trainer anche, i precetti del maestro venivano seguiti in maniera scrupolosa.

Era solo al secondo giorno di viaggio e si era già pentita.

Giulia aveva insistito in ogni modo per trascinarla con sé; quell'anno Agnese non aveva fatto nemmeno un giorno di vacanza.

Nel nuovo ospedale dove era stata trasferita c'era meno personale e di conseguenza gli orari dei turni erano impossibili, quasi raddoppiati rispetto a quelli che faceva prima.

L'incontro con Lorenzo era stato struggente: gli aveva salvato la vita per lasciarlo nelle braccia di un'altra donna. Sempre la stessa, oltretutto.

Aveva sofferto così tanto che il giorno dopo l'operazione si era presa una settimana di ferie, si era chiusa in casa e aveva consumato tutta la carta che aveva per asciugarsi le lacrime.

Poi, finiti i fazzoletti, era andata al supermercato e ne aveva comprati altri, ma in quantità maggiore. E aveva ricominciato.

Lei sì che sapeva cosa significasse superare la soglia del dolore.

Dopo quei giorni di espiazione, aveva chiesto il trasferimento, e per un anno i suoi fine settimana erano stati scanditi dai ritmi delle puntate televisive che scaricava da internet: aveva visto tutta la prima serie di *Lost*, *Mad Men*, *Desperate Housewives* e naturalmente *ER*, di cui si sentiva sempre in maniera inconscia la protagonista, nonostante Vittorio non fosse esattamente un sosia di George Clooney.

Aveva perso diversi chili e aveva dei capelli lunghissimi, che avevano preso ad arricciarsi in fondo alla schiena.

Nel complesso aveva un'aria piuttosto selvaggia e in qualche modo, attraente.

Nella sala oltre a lei l'unico altro spettatore era il regista.

Scuro di capelli e di carnagione, un lampo vivo di intelligenza negli occhi e un contegno serio, l'aria immersa nell'osservazione dei suoi attori, era molto diverso dagli altri polacchi.

Ogni tanto Agnese si era voltata verso di lui e aveva avuto l'impressione di aver incontrato il suo sguardo nella penombra.

Magari non gli faceva piacere che un estraneo assistesse alle prove del suo spettacolo.

Giulia gli aveva parlato di lui come di un artista serio ed esigente.

Se un attore si presentava alle prove con cinque minuti di ritardo restava fuori per l'intera giornata.

Agnese lo salutava con un cenno quando arrivava e restava in silenzio per tutto il tempo durante il training. La sera lei e Giulia cenavano insieme e poi facevano una passeggiata nei dintorni dell'albergo.

Varsavia non era così diversa da come l'aveva lasciata anni prima.

C'erano ancora i vecchi tram in stile realismo socialista, le strade squadrate erano costeggiate da file interminabili di alberi e i tassisti non avevano ancora imparato l'inglese.

L'unica vera novità erano i centri commerciali: le grandi marche avevano finalmente raggiunto la Polonia e le ragazze per strada giravano vestite alla moda, come nelle grandi capitali europee. Il Paese non era entrato nell'Europa Unita, ma dimostrava una chiara volontà di farne parte.

Di tanto in tanto, camminando per le strade, Agnese aveva dei ricordi improvvisi.

Quel viaggio le era rimasto impresso nella memoria e alcuni dettagli della notte che aveva passato con Lorenzo tornavano anche a distanza di tutti quegli anni, sotto forma di suoni di ambulanze, odore di pancetta e cipolla, sapore di sigarette polacche.

Ricordi infinitamente belli e struggenti.

Una sera andarono a cena tutti insieme, con la compagnia.

Per caso si ritrovò seduta davanti al regista, che per la prima volta le rivolse la parola: «What's your name, Agniesse?».

Il modo in cui aveva storpiato il suo nome in italiano la fece ridere.

«Agnese».

«Agnesse».

«Agnese. Only one "s"».

«Ahah», disse lui, mentre le versava un bicchiere di vino bianco.

Poi la guardò negli occhi e chiese: «What are you doing here?».

Agnese rise di nuovo, non esisteva domanda più pertinente di quella.

Perché era lì, non faceva il seminario, non avrebbe preso parte allo spettacolo, non era neppure così appassionata di Cechov.

«I don't know. I felt lonely in Rome and I left».

Lui la guardò ancora negli occhi:

«Ahah». E aggiunse un sorriso. Gli era piaciuta la sua risposta.

«I also feel lonely. But everywhere».

Danijel, così si chiamava, rise della sua stessa battuta e Agnese lo seguì.

Per tutta la cena le raccontò la sua vita.

Era fuggito nel '95 da Tuzla, un piccolo paesino della Bosnia Erzegovina, per scampare al servizio militare, era appena scoppiata la guerra e le probabilità che sarebbe morto erano piuttosto alte, visto il suo fisico, non particolarmente in grado di sostenere la fatica.

Era partito con la sua fidanzata di allora, Sonja, che faceva l'attrice.

Lei era determinata, già sapeva di voler andare in Polonia e sperava di riuscire a studiare con Grotowski. Lui non sapeva ancora cosa avrebbe fatto nella vita.

Il viaggio non era stato affatto facile e per un lungo periodo si erano separati.

Lei era riuscita ad arrivare in Polonia, mentre lui era rimasto per alcuni mesi in Austria, dove lavorava illegalmente come manovale in un cantiere.

Finché un giorno arrivò la polizia e fece un controllo nel cantiere.

Lui e altri dieci clandestini furono portati alla centrale.

E lì accadde qualcosa di incredibile, le disse, con uno sguardo vivo, intenso.

Un ufficiale della polizia austriaca lo chiuse in una stanza e gli fece alcune domande, da dove veniva, cosa voleva fare nella vita.

Danijel, sorpreso da quell'atteggiamento aperto, rispose che amava molto il teatro e la letteratura.

«Chi è il tuo autore preferito?»

«Senz'ombra di dubbio Cechov», disse convinto Danijel, che allora aveva solo ventidue anni. A quel punto l'ufficiale si era seduto.

«Cosa ti piace di più? *Il gabbiano* o *Le tre sorelle*?»

«*Il gabbiano* è un testo passionale, bellissimo, ma è un'opera più istintiva. *Le tre sorelle* ha uno spessore di senso più forte, proprio nella sua leggerezza».

L'uomo lo aveva guardato colpito.

«Sono d'accordo. Io amo *Le tre sorelle*, è l'opera più compiuta ed evocativa che abbia mai letto».

Poi, senza aggiungere altro, l'ufficiale si era alzato, aveva aperto la porta della stanza e aveva detto: «Vai».

Il ragazzo aveva sgranato gli occhi e aveva esitato un istante, senza capire cosa stesse accadendo. Solo allora l'uomo gli aveva intimato, a voce bassa: «Vai via, adesso. Corri!».

Danijel aveva corso per ore nelle stradine di Innsbruck respirando l'odore ritrovato della libertà.

Quando era giunto all'appartamento, l'aveva trovato messo a soqquadro.

Non aveva più niente, i suoi vestiti non c'erano più, la polizia aveva frugato dappertutto.

Così, con due scellini in tasca e senza documenti, aveva deciso di mettersi sul primo treno e tentare di raggiungere la sua fidanzata in Polonia.

«Ma questa è un'altra storia», le aveva detto, in inglese, rendendosi conto della presa che il racconto aveva avuto su Agnese.

Giulia, che aveva seguito un po' la conversazione, le diede una gomitata.

«Non farti prendere dalla sindrome della crocerossina. È stato un rifugiato politico, ma adesso lavora, non è più un caso da accudire».

Alla fine della cena Danijel e altri due o tre elementi della compagnia uscirono fuori a fumare una sigaretta. Agnese li seguì.

Nonostante fosse aprile a Varsavia faceva ancora freddo e il respiro continuava a condensarsi in piccole nuvole bianche nell'aria.

Danijel si accorse che Agnese batteva i denti e senza dire nulla le mise la sua giacca sulle spalle. Dopo un po' gli altri si sentirono di troppo e tornarono dentro.

Agnese avvertì l'imbarazzo dei loro corpi vicini e degli occhi di lui che non smettevano di guardarla. Erano accesi dall'alcol adesso, ma allo stesso tempo erano molto seri.

Senza pensarci un minuto di più, Danijel la baciò sulle labbra e Agnese sentì che qualcosa dentro di sé tornava a muoversi. Anche solo un brivido, che forse era di stupore. Ma il bacio durò poco, perché un istante dopo lui si allontanò.

«I'm sorry. I shouldn't, we shouldn't do this. Let's go inside».

Agnese lo guardò ancora più stupita.

Aveva fatto tutto lui, l'aveva sedotta, le aveva raccontato la sua vita, aveva iniziato a baciarla e poi basta: non si può fare, non dovremmo farlo?

Forse se non avessero comunicato in inglese gli avrebbe detto qualcosa, ma in effetti, non sapeva cosa rispondere. "Peccato", pensò, fra sé.

Tornarono dentro e Danijel coinvolse anche gli altri nella conversazione, smettendo di avere un tête-à-tête con lei come durante la prima parte della cena.

In breve la serata finì e Agnese se ne tornò in albergo con un vago senso di delusione.

Avrebbe voluto parlarne con Giulia ma non le sembrava giusto, in fondo era il suo regista, forse aveva ragione lui, era meglio evitare di compromettere i rapporti, lei era pur sempre un'amica della sua attrice protagonista.

La mattina dopo, un po' perché si sentiva in imbarazzo, un po' perché aveva voglia di camminare, non andò alle prove.

Quando Giulia tornò in albergo le disse che Danijel aveva chiesto di lei.

«Dov'è Agniesse?», aveva chiesto, storpiando il suo nome in maniera buffa.

Le due avevano riso e Giulia l'aveva avvertita:

«Lo so che ti piacciono gli uomini complicati, ma lui ha una storia grossa alle spalle, non è come noi, ha un background completamente diverso. È una persona sensibile, ma molto difficile».

«Ti creerei un problema se lo frequentassi?»

«Certo che no, ma credimi, potresti averlo tu il problema!».

«Uomo avvisato mezzo salvato», diceva sempre sua nonna Adriana.

Avrebbe dovuto capirlo da lontano che quell'uomo era un pericolo e sarebbe dovuta partire quella sera stessa.

Invece tre sere dopo, all'ennesima vodka e dopo un altro racconto di guerra, finì a casa sua.

Viveva in un quartiere vicino al centro, Mokotov, in una stradina tranquilla, circondata da un piccolo parco.

Agnese aveva imparato l'indirizzo e il civico in polacco, in modo da poterlo comunicare ai tassisti quando tornava a casa da sola.

Non esisteva via, o piazza, no, bastava il nome della strada: *Narbutta, osiem,* aveva imparato a memoria Agnese, la seconda parola corrispondeva al numero civico «otto». Non c'era niente di più difficile da imparare dei numeri in polacco.

La prima notte che passò da lui, entrando in casa ebbe la strana sensazione di un'atmosfera familiare. Era piccola, aveva un salottino con un angolo cottura e quelle grandi finestre tipiche dei paesi del Nord, una stanza da letto e un bagno. Perfetta per una coppia.

Come tutte le case a Varsavia, da fuori sembravano degli enormi monoblocchi di cemento in stile sovietico postcomunista, all'interno invece erano molto curate, avevano pavimenti di legno ed erano molto calde.

Avevano fatto una corsa, ubriachi di vodka su per le scale come due adolescenti e si erano lanciati nell'appartamento baciandosi di continuo fino alla camera da letto.

Lui non faceva che ripeterle quanto fosse bella, lei, il suo corpo, i suoi piedi, i suoi occhi grandi.

«How come that you have so big eyes?».

Giulia aveva ragione.

Danijel era una persona sensibile e con una vulnerabilità scoperta, come quella di un bambino. Nelle sue domande a volte c'era l'ingenuità di qualcuno che scopre una cosa per la prima volta, il candore e la fragilità che deriva dal non conoscere qualcosa, amarla e temerla, allo stesso tempo.

Poco prima dell'alba, mentre un tiepido raggio di sole entrava nella stanza, lui le aveva accarezzato la fronte e le aveva chiesto, in inglese:

«What do you want from me?».

Agnese era rimasta spiazzata, in silenzio, ma lui non aveva intenzione di mollare.

«What's this? Is it a romance? I don't want a romance».

Quella parola, *romance*, le faceva venire in mente le telenovele che vedeva da bambina con sua nonna e le zie.

Non rise solo perché le sembrava inopportuno, perché lui aveva un'aria davvero seria e con quella luce, con una ciocca di capelli neri che gli ricadevano sulla fronte e quegli occhi scuri, intensi, dalle ciglia lunghissime, era davvero bello.

Agnese rifletté tra sé che aveva davanti un uomo, non un ragazzo e che quell'uomo aveva serie intenzioni di stare con lei.

Era lontano da tutto il suo mondo, non sapeva quasi niente della sua vita, eppure la voleva, a ogni costo.

Un paio d'ore più tardi lui era già sveglio e le portò a letto un caffè.

Agnese si vestì con calma.

Sapeva di avere fretta, ma non riusciva a muoversi.

All'improvviso, dopo anni di aridità sentimentale, sentì che avrebbe anche potuto concedersi di lasciarsi andare, di posare la testa sulla sua spalla e dormire un po'.

Di staccare la spina, di non pensare più a niente.

Di tenere Lorenzo e il suo ricordo in un angolo angusto della memoria, lontano da sé, lontano da loro.

Il taxi arrivò in via Narbutta in anticipo.

Danijel ne prese un altro per andare in teatro.

La guardò a lungo, ma senza stringerla, era imbarazzato dai gesti affettuosi in posti pubblici.

Agnese tornò in albergo, all'MDM, mangiò due uova, nonostante fosse molto presto e non ci fosse abituata e guardò Plaz Constitutija dalla finestra con un'enorme malinconia negli occhi.

Era doloroso andar via.

Prese la valigia in camera e chiamò un altro taxi.

Ma quando scese nella hall un quarto d'ora più tardi la macchina non era ancora arrivata.

Agnese pagò il conto della sua stanza e lasciò un biglietto di saluto a Giulia.

«Sono stata benissimo. Grazie di avermi trascinato qui. Ci vediamo a Roma».

Fuori la brezza mattutina la investì.

Il cielo era bianco e le nuvole così basse che sembravano toccare la punta dell'obelisco che troneggiava al centro della piazza.

L'immagine fugace di lei e Lorenzo in quella piazza di notte, tanti anni prima, la colpì come una piccola freccia nella memoria.

Forse era solo un presagio.

Forse anche per lei c'era un disegno e il suo rapporto con Lorenzo non era che un segnale, ora nel suo destino c'era Danijel.

«Sorry… I must take the plane, could you please, hurry up?».

L'uomo la guardò dallo specchietto e le sorrise.

Non aveva denti nella parte superiore della bocca e anche in quella inferiore lasciava piuttosto a desiderare.

Aveva all'incirca una sessantina d'anni e parlava solo in dialetto polacco.

Alzò il volume della radio e le note di un famoso pezzo in voga negli anni Ottanta riempirono l'abitacolo.

Danijel glielo aveva spiegato, in Polonia preferivano mandare pezzi vecchi piuttosto che pagare i diritti dei nuovi, anche per questo il Paese sembrava sempre un po' indietro rispetto a quelli dell'Unione Europea.

«I'm sorry, but… we must go! I'm late…», provò ancora una volta Agnese, ma l'uomo voltò lo sguardo e lo tenne fisso sulla strada, piena di automobili ferme.

Circa tre minuti dopo il tassista decise che era passato troppo tempo e cercò di svoltare con l'auto in una stradina laterale.

Ricevettero diversi clacson e insulti polacchi, ma riuscirono ad allontanarsi dall'ingorgo.

Agnese tirò un respiro di sollievo, anche se l'uomo sembrava non avere nessuna fretta, nonostante la strada fosse più libera.

Si rassegnò e lanciò uno sguardo al cellulare.

Danijel le aveva mandato un messaggio: «I already miss you».

Agnese sorrise e la radio mandò le note di una canzone pop di Madonna, si sforzò di pensare a qualcosa di carino da scrivergli, ma un rumore improvviso la spaventò.

La macchina si arenò contro un'aiuola ai margini della strada e Agnese si ritrovò con la schiena incollata al sedile, la valigia era caduta a terra aprendosi e i suoi vestiti si erano sparsi sul pavimento del sedile posteriore.

Agnese tirò un respiro e guardò verso l'uomo che non faceva che ripetere:

«Przepraszam, przepraszam!».

Una delle poche parole che aveva imparato in polacco era proprio quella:

«Mi scusi».

Il taxi aveva sterzato per evitare un'auto che era sbucata fuori da una traversa all'improvviso ed era finito con il muso contro il marciapiede dell'aiuola.

L'uomo scese dalla macchina e iniziò a litigare con il conducente dell'altra auto.

Agnese era sotto shock. Sforzandosi di mantenere la calma, raccolse i vestiti da terra e li ripose nella valigia. Poggiò la testa sul finestrino e poco dopo la macchina ripartì.

Quando arrivò all'aeroporto, implorò con lo sguardo la hostess dietro il desk del volo per l'Italia. Ma la donna sembrava irremovibile, il check in aveva appena chiuso.

Provò a protestare, dicendo che il taxi aveva avuto un incidente, non era colpa sua.

Agniewska, così c'era scritto sul cartellino della divisa, la scrutò senza battere ciglio con i suoi occhioni azzurri: poteva andare all'ufficio reclami e tentare di farsi rimborsare il biglietto, ma il volo era perso.

Purtroppo, aggiunse mortificata, quello era l'ultimo volo per Roma della giornata.

Tornata al numero otto di via Narbutta, Agnese fissò la finestra del quarto piano.

Era giorno e le luci erano ancora spente.

Chissà se era già tornato dalle prove o se era ancora a teatro.

Ci pensò su un attimo, non sapeva se dire al taxi di andar via oppure di aspettarla.

Poi decise che valeva la pena di correre il rischio. Si mise la valigia sulle spalle ed entrò nel portone.

Il condominio era buio e la luce per le scale si accendeva solo al passaggio di una persona.

Agnese sentiva il cuore saltarle nel petto a ogni gradino.

Nell'ultima rampa di scale non riuscì più a tenersi e cominciò a correre, emozionata.

Arrivò davanti alla porta e suonò il campanello.

Col respiro ancora ansimante rimase in attesa.

Da dietro la porta non arrivava nessun rumore.

Agnese contò fino a venti, come faceva sempre in questi casi, e cominciò a pensare che nell'appartamento non ci fosse nessuno.

La luce si spense sopra la sua testa e, proprio mentre stava per voltarsi, la porta si aprì.

La lampada al neon emise un piccolo lampo e si stabilizzò, illuminandola di nuovo.

Danijel la guardò stupito, fece un passo verso di lei e la strinse in un abbraccio forte.

Agnese poggiò la testa sulla sua spalla, mentre si abbandonava finalmente lasciando cadere le mani inerti lungo il corpo.

A un tratto lui cominciò a ridere.

Una risata grossa e contagiosa, che riecheggiava nel vuoto del palazzo.

Per un po' restarono così, abbracciati, ridendo, sul pianerottolo, col neon che friggeva sulle loro teste, fino a che non fu di nuovo buio.

Ritorni

L'Eurostar Frecciarossa per Milano fece un ultimo fischio e Lorenzo fu costretto a correre sulla banchina trascinandosi dietro il trolley.

Riuscì a salire giusto un attimo prima che le porte si chiudessero, poi il treno partì e iniziò ad avanzare rapido lungo i binari.

Poggiò la testa sul finestrino ancora ansimante e tentò di riprendersi.

Non poteva più fare quel tipo di sforzi. Non aveva il fisico, neppure per una corsa.

Per avere solo trentatré anni era proprio ridotto male, pensò fra sé.

Se Agnese lo avesse saputo…

Ma Agnese non sapeva più niente di lui da almeno un anno, come lui non sapeva niente di lei.

L'aveva cercata, dopo l'intervento.

Quando Lou non era in casa di nascosto provava a chiamare l'ospedale.

Un paio di volte le avevano detto che non era di turno, poi un giorno una ragazza dalla voce piuttosto squillante gli aveva risposto, serafica:

«Ma non lavora più qui. È stata trasferita».

«Non sa dirmi dove? In che ospedale?»

«Non ho idea. Ho sentito che forse è andata all'estero. Ma non lo so».

Lorenzo aveva detestato quella vaghezza, come si poteva essere così superficiali, possibile che nessuno sapesse dov'era Agnese?

Non era neppure riuscito a ringraziarla come si deve.

Dopo l'operazione si era come volatilizzata, aveva preso una settimana di ferie, non si era fatta più vedere, neanche per i controlli.

Al posto suo veniva il primario, un fusto brizzolato con la faccia sempre abbronzata.

La prima volta che l'aveva visto Lorenzo aveva davvero pensato che gli sarebbe stata meglio una camicia a fiori in stile hawaiano piuttosto che il camice bianco. Era un ottimo medico, aveva una voce affabile ed era in grado di tranquillizzare Lou su qualunque cosa. Ogni aspetto della sua ipocondria veniva placato da una parola gentile di quell'uomo. Lorenzo notò che lei ne era perfino affascinata. Ma non poteva farci niente dalla sua posizione di *sdraiato a letto in riabilitazione da infarto.*

Era stato lui a dirgli di Agnese.

Lorenzo aveva capito che lei non aveva mai menzionato con i colleghi il fatto che si conoscessero.

Aveva mantenuto una sorta di segreto e di distanza, mostrando distacco e professionalità .Gli era parso strano all'inizio, ma poi aveva intuito che c'erano tutte delle regole non scritte negli ospedali, un po' come in ogni luogo di lavoro.

Era stato a lui che aveva chiesto, durante una visita di controllo, mentre Vittorio gli toccava il torace e cercava di verificare la regolarità del suo respiro:

«La dottoressa che mi ha operato, dov'è... non è più venuta...».

«Si è presa una settimana di ferie».

Lorenzo aveva registrato l'informazione, riflettendoci.

«E dov'è andata? Caraibi?», aveva chiesto, con una certa provocazione nel tono, come se tutti i medici dividessero le loro vite tra un'operazione al cuore e un atollo isolato in mezzo al mare.

«Non credo. Non è una delle sue mete preferite».

Vittorio aveva terminato la visita di controllo e si era alzato.

«Lavorate insieme da molto?»

«Era la mia assistente. Ma è cresciuta molto in fretta».

Lorenzo si era accorto che l'uomo aveva abbassato la testa e per un attimo gli era parso che ci fosse una certa sofferenza in lui nel parlare di Agnese.

«Comunque, ha reagito molto bene all'operazione. Ora deve fare attenzione allo stile di vita, ai movimenti, agli stress emotivi».

Poco dopo Lou era tornata nella stanza e Vittorio si era congedato senza dare altre informazioni su Agnese.

Lorenzo si domandò come fosse possibile che avesse perso le sue tracce.

Forse doveva solo rassegnarsi.

Agnese probabilmente non voleva essere trovata.

Rimase a Varsavia un'altra settimana.

Per la prima volta riscoprendo i piaceri di una convivenza dopo anni di solitudine.

Aveva imparato a fare la spesa mentre lui restava a casa a lavorare al testo dello spettacolo ed era riuscita perfino a far capire alla commessa del supermercato che le serviva il guanciale per fare l'amatriciana.

Quella settimana trascorsero insieme la maggior parte del tempo.

C'erano sempre però delle ore in cui dovevano separarsi perché Danijel andava a seguire le prove. Agnese adorava quei momenti della giornata.

Si prendeva il suo tempo per prepararsi, uscire e respirare l'aria di quella città nuova, che le piaceva moltissimo. Ogni giorno decideva di perdersi in un quartiere.

Alle otto lei e Danijel si davano appuntamento sempre nello stesso luogo: Plaz Sbaviciela, la preferita di Agnese.

Era una piazza diversa dalle altre e le ispirava più calore innanzitutto perché era rotonda e non squadrata, la chiesa aveva un paio di torri appuntite che si stringevano sempre di più mentre tendevano al cielo e poi c'era l'unico bistrot della città, uno di quei rari posti in cui servivano vino e focacce come in Italia o in Francia.

Il proprietario doveva essere francese perché il posto si chiamava *Charlotte* ed era affollato di giovani polacchi della classe benestante.

Danijel non lo amava per quel motivo e perché con molte probabilità lì avrebbe potuto incontrare qualcuno dei suoi colleghi registi o qualche studente dei seminari che teneva nelle scuole di teatro.

Però per far piacere a una donna che per stare con lui aveva perso un aereo avrebbe fatto questo e altro. A volte andavano a cena da soli e ogni tanto con la compagnia.

Giulia era sorpresa e al tempo stesso terrorizzata da quella relazione, anche se doveva ammettere che erano piuttosto belli insieme.

Una sera, in un ristorante italiano, mentre Danijel faceva l'imitazione del cuoco polacco che tentava di parlare italiano con grandi risate della compagnia, Agnese ricevette una chiamata dal suo cellulare.

Giulia afferrò il telefono dell'amica poggiato sul tavolo del ristorante e riconobbe il numero perché negli anni in cui lei e Agnese vivevano insieme aveva chiamato così tante volte che ormai lo sapeva a memoria.

Guardò Agnese che si teneva la pancia per smettere di ridere mentre quel pazzo del suo regista le lanciava sguardi pieni di complicità.

Lasciò che il telefono squillasse a vuoto, mise il silenziatore e lo infilò nella borsa.

La sua amica era finalmente felice e le sorrise.

Mentre Louise era rimasta a Roma, nella loro casa di Trastevere, a seguire le scie della sua carriera di attrice, Lorenzo aveva deciso di tornare a Milano e ricominciare daccapo.

Il suo agente lo aveva costretto ad accettare una pubblicità, una cosa piuttosto ridicola, la reclame dei peperoni in scatola, che faceva il verso a un vecchio spot degli anni Novanta, i Peperlizia Ponti.

Protagonisti erano due attori comici, mascherati da peperoni, che avrebbero dovuto dar vita al processo di maturazione e gioia del peperone, quando viene raccolto dalla terra fresco e appetitoso, prima di essere messo sotto vetro.

Sul set, al quarantasettesimo ciak, Lorenzo aveva abbandonato l'idea di dirigere i due attori, che continuavano a fare facce immobili e apparivano già come insetti in scatola prima ancora di essere stati messi in barattolo.

Aveva cominciato a dire: «Ok, buona!», «Bravissimi, ottima, facciamone solo un'altra!», e nel frattempo aveva sentito l'amore per quel mestiere creparsi dentro di sé.

Alla fine della giornata, spossato e deluso, aveva provato a chiamare Giulia nella speranza che Agnese fosse con lei. Chissà se erano ancora amiche, poi.

Sua madre l'aveva chiamato dall'altra stanza per chiedergli se per caso volesse mangiare qualcosa per cena.

«Non peperoni!».

Marie Helèn aveva sorriso e cominciato a pulire un po' di scampi per la pasta.

Da quando aveva chiuso la relazione con l'insegnante di aerobica, aveva imparato a cucinare rendendosi conto di quanto la passione per la gastronomia fosse in grado di riempire il vuoto affettivo della sua vita e quello concreto del suo appartamento.

Si erano seduti al grande tavolo del salotto dove quando era bambino mangiavano tutti e tre, lui, lei e suo padre. Una strana ondata di piacevole malinconia si era impossessata di lui e l'aveva assecondata, senza fare resistenza.

Marie Helèn parlava, raccontava del suo corso di cucina, delle lezioni di pianoforte, si lamentava di suo padre che non si faceva mai sentire e Lorenzo si beveva tutto, senza prestare attenzione a niente.

«Abbiamo messo in vendita Villa Carlotta».

La frase si era inserita nel discorso come una macchia nera in un puzzle colorato.

«Come l'avete messa in vendita? Perché?».

«Non ci va più nessuno da anni. Il giardino è in stato di totale abbandono. E la casa anche. Non si può lasciarla marcire in queste condizioni. Se ci fossero stati dei bambini piccoli, magari...».

Ecco che sua madre tornava sul tasto dolente. Il fatto che lui non le avesse ancora dato dei nipotini era diventato per Marie Helèn una vera sofferenza.

Lorenzo cercava sempre di evitare l'argomento e si era maledetto per averle fornito su un piatto d'argento la possibilità di affrontare ancora quel tema. Era rimasto in silenzio, aveva bevuto un sorso di vino bianco.

«Va bene, ho capito, è giusto così», aveva detto soltanto.

Ma sua madre non aveva desistito.

«Hai sentito Louise?».

«No, mamma, non l'ho sentita. Non stiamo più insieme, non ha senso sentirsi».

«Ma quindi non c'è proprio nessuna possibilità...?».

Dopo l'intervento Louise era stata più presente per un paio di mesi, lo aveva seguito e accudito e gli aveva fatto compagnia nei primi tempi della riabilitazione.

Poi però il loro rapporto aveva preso una strana piega.

Louise era rimasta con lui per il senso di colpa, ma per un lungo periodo non ebbero più nemmeno rapporti intimi. Lorenzo era convinto che avesse un'altra storia.

Ma non riusciva a esserne geloso.

Lei si muoveva in casa come la sua ancella, ordinava cibo biologico take away (Lou non era mai stata in grado di cucinare neanche la pasta al pomodoro), gli preparava tè e tisane rilassanti e gli portava a letto tutta la rassegna stampa quotidiana, più qualche rotocalco di gossip cinematografico.

Quando qualcuno telefonava per invitarla a uscire, Lorenzo la sentiva mormorare a bassa voce frasi come: «Mi dispiace stasera non posso», «È meglio che resti a casa», o peggio: «Non me la sento di lasciarlo solo».

Quando si era ripreso del tutto, una mattina si era svegliato e aveva fatto la valigia.

«Dove stai andando?», gli aveva chiesto Lou, con la voce ancora impastata dal sonno.

Lorenzo l'aveva guardata, era rimasto in silenzio.

Lou aveva capito benissimo e sapeva che non c'erano alternative.

«Che farai? Torni a Milano?»

«Penso di sì. Mi hanno offerto un lavoro. È la cosa migliore».

Lei aveva annuito in silenzio ed era rimasta seduta sul loro divano di pelle bianca, a finire il suo caffè. Il rumore delle ruote del trolley sul parquet, la porta che si chiudeva senza far rumore e in pochi minuti Lorenzo era uscito per sempre dalla sua vita.

Destini

Appena scesi dalla nave furono invasi dal gruppo di affittacamere che erano approdati al porto da tutta l'isola. Si erano guardati intorno smarriti e ancora storditi dal viaggio.

La traversata da Atene non era stata facile.

Il mare era forte e Danijel aveva sofferto per tutto il tempo, chiudendosi in un mutismo inavvicinabile. Agnese aveva provato più volte a chiedergli se volesse un calmante, o se ci fosse qualcosa che potesse fare per lui, ma lui si era limitato a scuotere la testa in silenzio.

Quando si era sentito meglio, gli aveva proposto di prendere una boccata d'aria sul ponte e lui aveva reagito in modo strano. Si era guardato intorno con circospezione, i posti erano quasi tutti occupati.

«Non voglio lasciare la mia poltrona», le aveva detto, a voce bassa.

«In che senso?»

«Qualcun altro potrebbe occuparla».

«Ma sono tutti fuori e poi sul ponte è uno spettacolo», aveva provato a insistere lei.

«Questo è il mio posto. E nessuno me lo toglierà!», aveva detto lui con uno scatto di nervi improvviso. Non l'aveva mai visto così aggressivo.

Di certo la comunicazione in inglese non agevolava la comprensione.

Agnese aveva lasciato perdere e se ne era andata sul ponte da sola, a respirare la brezza che saliva dal mare e a guardare l'orizzonte mentre un centinaio di coppiette innamorate si abbracciavano romantiche di fronte al profilo dell'isola.

Erano diretti a Milos.

Improvvisamente era stata assalita dalla tristezza e dalla sensazione che forse Danijel non fosse proprio quello che aveva conosciuto in quei mesi di relazione a distanza.

Fino a quel momento non avevano mai avuto una discussione, lui si era prestato a fare sempre e con gioia tutto quello che diceva lei, sosteneva che con lei era tornato a vivere, che provava un sentimento, come non gli capitava da anni.

Aveva avuto solo una donna in tutta la sua vita, Sonja, la stessa con cui era fuggito dalla Bosnia e che aveva raggiunto in Polonia, quando lei era finalmente riuscita ad approdarvi. Quando la loro relazione era finita, lui non aveva più cercato l'amore.

Si era immerso nel lavoro e aveva anche provato ad avere qualche altra storia, il suo fascino mediterraneo in Polonia aveva una certa presa, ma a lui le donne polacche non interessavano, le trovava fredde e aveva confessato ad Agnese che secondo lui a letto fingevano.

«Signora Agnesse!».

Nikos, il loro affittacamere, venne loro incontro gridando il nome di lei, storpiandolo anche lui un po' come faceva Danijel.

L'uomo gli propose di noleggiare anche un motorino, perché la casa era in un paesino di pescatori dall'altro lato dell'isola e con un mezzo indipendente avrebbero potuto visitarla con più facilità.

Ma Danijel fu irremovibile, non aveva nessuna intenzione di prendere un motorino, fare un incidente e rischiare di rompersi una gamba in vacanza.

Agnese lo guardò stupita:

«Non è obbligatorio fare un incidente, le strade sono piccole...».

«E chi guiderebbe? Io non ho la patente».

«Io guido il motorino da quando ho dodici anni», disse lei, ricordandosi del vecchio Sì del nonno di Lorenzo sul quale aveva imparato tutto, dalle pieghe in curva a come tenere dritto il manubrio anche su una strada sterrata con il brecciolino sotto le gomme.

«Non mi fido di come potresti guidare tu».

«Che vuol dire? Non ti fidi di me?»

«Non mi fido di come guidi il motorino. Prendilo tu se vuoi, io vado a piedi».

Agnese pensò che non fosse il caso di mettersi a discutere davanti al tizio della stanza, a cui fece un largo sorriso, rispose che magari l'avrebbero preso il giorno seguente e decise di non sollevare più l'argomento.

Iniziava a capire che aveva di fronte un uomo terrorizzato dalla vita, che era fuggito da un Paese in guerra, aveva attraversato confini da clandestino e soprattutto non aveva mai fatto una vacanza in tutta la sua vita, tranne durante l'infanzia, con i genitori, allo stabilimento dei suoi zii in Croazia.

Per fortuna la stanza era molto carina, aveva un balconcino che dava sull'unica piazzetta del villaggio di pescatori, che si chiamava Pollonia; al centro una tipica taverna greca con i tavoli dipinti di azzurro.

Si sdraiarono sul letto e lui l'abbracciò, come se all'improvviso la sua durezza si fosse stemperata, o fosse addirittura svanita.

Agnese tirò un respiro di sollievo, ma intuì che non sarebbe stato facile.

Come al solito era costretta ad ammettere che la sua amica Giulia aveva ragione.

Lorenzo si decise a chiudere il volume solo quando sentì il boato che annunciava l'attracco della nave al porto.

Sollevò lo sguardo e si accorse che un paio di ragazze lo stavano osservando dall'altro lato del ponte. Avranno avuto sì e no ventidue anni, erano pallide e probabilmente anglosassoni. Una delle due aveva un'aria sofisticata e maledetta che anni prima lo avrebbe fatto impazzire.

Senza pensarci un secondo di più, si mise lo zaino sulla schiena e voltò le spalle alle due inglesine.

Era partito per stare solo, con la segreta speranza di riuscire a scrivere il soggetto del suo prossimo film.

L'anno era andato discretamente grazie al suo ingresso nel futile mondo della pubblicità; le sue preoccupazioni quotidiane negli ultimi sei mesi riguardavano il modo migliore di far leggere la marca di un dentifricio o di fare un ralenti in cui una modella mostrasse la morbidezza dei capelli dovuta al nuovo shampoo.

Aveva guadagnato un bel po' di soldi e grazie alla sua debolezza di cuore era riuscito a non spenderli tutti in droghe e serate alcoliche fino alle prime luci dell'alba.

Aveva scelto Nyssiros, un'isola molto piccola, una delle ultime prima della Turchia, ma per raggiungerla avrebbe dovuto fare tappa in altre più grandi.

La prima era Naxos.

Lorenzo scese dal traghetto insieme a una quantità di giovani sbarbati che sicuramente erano diretti alle discoteche di Ios o di Santorini e si sentì terribilmente invecchiato.

Trentatré anni, un sogno ancora da realizzare nel cassetto, senza una donna, e con una madre che non faceva altro che rimproverargli di non aver ancora messo su famiglia.

C'era di peggio, si disse fra sé, cercando di non perdere l'ottimismo.

All'una e mezzo del quindici agosto a Milos la temperatura misurava quarantacinque gradi all'ombra. Per fortuna nel pullman c'era l'aria condizionata.

Quando vedeva fuori dal finestrino le coppie allegre sfrecciare sui motorini, con un cappello di paglia in una mano e l'ombrellone nell'altra, Agnese avvertiva un pizzico di frustrazione e mancanza di libertà.

Poi però guardava l'uomo che aveva accanto negli occhi e un barlume di entusiasmo si riaccendeva in lei.

Era sempre lei a scegliere le spiagge dell'isola e quel giorno aveva deciso per la discesa a mare più bella, una distesa di rocce bianche arrotondate dal vento che cadevano morbidamente nel mare turchese cristallino.

«Sarakiniko!», gridò l'autista e Agnese e Danijel presero le loro cose e scesero dal pullman.

L'ondata di caldo li investì e Agnese vide un velo di perplessità sul volto di lui. Non c'erano bar, né punti d'ombra, e quando l'autobus ripartì, ebbe la sensazione che Danijel lo guardasse con nostalgia e pentimento.

«It's so hot», disse lui e insieme si incamminarono sulle rocce, già piuttosto affollate di bagnanti.

Dopo una ricerca affannosa e disperata di un punto in cui sedersi, Agnese propose di fare un bagno. Ma Danijel non ne volle sapere. Spossata dal caldo e zuppa di sudore, Agnese si tolse il vestito e andò verso la roccia da cui tutti si tuffavano in mare. Quando riemerse, vide Danijel in lontananza che si ostinava a cercare di piantare l'ombrellone in mezzo a due rocce appuntite.

Mise la testa sott'acqua e per un po' nuotò in apnea, come faceva da bambina.

Il silenzio là sotto era talmente forte e rassicurante da farle provare il desiderio di restare lì per sempre.

Quando uscì, rigenerata dalla nuotata, cercò Danijel con lo sguardo lungo le rocce.

Non era più nel punto in cui l'aveva lasciato e in realtà sembrava non essere da nessuna parte.

Agnese camminò scalza sulle rocce bianche, saltellando da un masso all'altro senza difficoltà.

Alcuni scogli avevano forme incredibili, le ricordavano zampe di coccodrillo o petali di margherite, formavano perfino delle piccole grotte a contatto con l'acqua o avevano buchi perfetti in cui si poteva passare con tutto il corpo. In tutta questa meraviglia però lui era scomparso.

Dopo aver perlustrato la zona, Agnese capì che non poteva fare altro che risalire verso la strada.

Il sole era violento e si abbatteva su di lei senza pietà. Quando raggiunse l'asfalto, lo trovò seduto sotto un albero, proprio sul ciglio della strada, dove il pullman li aveva lasciati.

«What are you doing here?»

«It' s too hot, I can't stand it».

Danijel aveva una faccia scura e non sembrava affatto di buonumore.

«When will be the bus here?».

Agnese controllò l'orologio, il pullman non sarebbe tornato prima di un'ora.

Danijel disse che per lui era troppo, non aveva voglia di aspettare.

Sarebbe tornato a piedi a Pollonia. Agnese sgranò gli occhi, parlava come se lei non esistesse.

«Pollonia is four kilometers far away from here. I can't walk in this sun!», gli disse, piuttosto alterata.

La discussione degenerò con una rapidità sorprendente.

Danijel la accusò di averlo trascinato in Grecia, dicendole per la prima volta che lui non avrebbe mai scelto un posto del genere per una vacanza, in cui ci sono solo sabbia, rocce e mare, privo di stimoli e con una popolazione inferiore a tutti gli altri popoli europei.

Era dall'inizio del viaggio che si lamentava dei greci, di come parlano, di quello che pensano, del fatto che devono essere necessariamente degli stolti per vivere in un luogo in cui la natura è stata così generosa e non essere stati in grado di approfittarne.

«La crisi della Grecia ci farà sprofondare tutti. Stanno vendendo le loro isole, capisci?».

Agnese non immaginava che lui avesse dentro un tale odio da riuscire a parlare in quel modo. Quella rabbia non aveva niente a che fare con la Grecia.

Agnese cominciò a domandarsi se avesse a che fare con lei.

E quando gli disse che se avessero preso il motorino in quel momento sarebbero stati liberi di andarsene dove avrebbero voluto, lui ebbe l'ennesimo scatto d'ira, le voltò le spalle e s'incamminò lungo la strada asfaltata.

Agnese rimase immobile per qualche istante, indecisa sul da farsi. Avrebbe voluto tuffarsi e sparire per ore fra le onde.

Danijel nel frattempo si era già allontanato e Agnese con le lacrime ferme negli occhi cominciò a seguirlo sulla strada.

Il sole riempiva l'asfalto di nero e l'aria tremava con una nebbiolina sottile all'orizzonte.

Si sentì in uno di quei film in cui il protagonista cammina in mezzo al deserto e guarda l'orizzonte che trema sotto la luce accecante in attesa di un miracolo.

Intorno a loro non c'erano case, non passavano macchine, l'erba era bruciata e inondava i campi di giallo.

In fondo come una linea tesa leggermente più scura, il mare, appena distaccato dal cielo.

Quello che la faceva impazzire più di tutto era che lui non avesse la minima intenzione di voltarsi. Andava dritto, per la sua strada, verso un paesino di pescatori lontano quattro chilometri e l'aveva piantata lì.

A un tratto, accecata dalla rabbia, la sua voce riecheggiò tra le collinette bruciate e si levò nell'aria con una tale potenza che lei stessa si sorprese.

«Danijel!», gridò, e lui un attimo dopo finalmente si voltò.

In lontananza Agnese non riusciva a distinguere con esattezza la sua espressione.

«Why did you follow me? Why?».

Agnese capì che era molto sorpreso, ma al tempo stesso felice, che lei lo avesse seguito.

Non si sarebbe mai aspettato una cosa del genere, che lei fosse così matta da stargli dietro alle due del pomeriggio su una strada arroventata dal sole.

In qualche modo le aveva dato una prova del suo amore e lui, che era alla continua ricerca di conferme, l'aveva apprezzata.

Agnese capì che ogni momento della loro relazione per lui era un'occasione per metterla alla prova.

Negli ultimi tempi lui aveva iniziato a fare pressioni affinché lei si trasferisse a Varsavia e quella sarebbe stata la scelta d'amore per eccellenza.

Lui aveva la sua compagnia in Polonia, era un regista piuttosto stimato e in Italia in piena crisi economica, difficilmente avrebbe potuto trovare qualcosa.

Ma la questione era ancora aperta: entrambi erano consapevoli che se lei non avesse fatto quel passo, la loro storia, così come era cominciata, sarebbe finita.

In silenzio tornarono insieme verso la fermata del pullman.

Si sedettero su un paio di rocce. Una brezza leggera arrivava dal mare e sotto l'ombra dell'albero, le loro facce avevano perso quel rossore intenso che avevano lungo la strada.

Fu lui a parlare per primo.

«I'm sorry, I went crazy, you were right».

Agnese si voltò e per la prima volta da quando era iniziata la loro storia, ebbe la sensazione di avere di fronte a sé un estraneo; qualcuno che in fondo conosceva solo da pochi mesi, con cui aveva pensato seriamente di trascorrere il resto della sua vita.

L'autobus arrivò portandosi via ogni pensiero.

Giunsero a Pollonia, il loro paesino di pescatori sul mare e Danijel fu rassicurato di vedere la spiaggia, il bar in cui la mattina facevano colazione, la loro casa sulla taverna in fondo alla strada. Agnese percepì in quell'istante che era di questo che lui aveva un disperato bisogno: di sentirsi a casa, in ogni luogo, forse per il suo girovagare ininterrotto dopo la fuga dalla guerra.

Una volta le aveva confessato di sentirsi, anche in Polonia, *homeless*, e che per lui il loro incontro era importante anche perché si erano conosciuti in una città, Varsavia, che non apparteneva né a lui né a lei e da quel nulla insieme avrebbero potuto tirar fuori qualcosa.

Agnese non aveva colto la visione pessimistica che si celava dietro quelle parole. Le aveva interpretate in chiave romantica, mentre nella concezione di lui, il loro amore era l'unica possibilità di sopravvivenza in un mondo senza speranza.

La fermata era sormontata da un gruppo eterogeneo di turisti che aspettava il pullman successivo per il porto.

E fu lì, mentre scendeva tenendosi il cappello di paglia sulla testa, che vide un ragazzo che le sembrava Lorenzo.

Era identico a lui nel viso, nei lineamenti, ma aveva qualcosa di diverso: innanzitutto era solo, appoggiato a un muretto, leggeva avidamente un libro di quattrocento pagine ed emanava un alone di pace che non si addiceva per niente al suo carattere irrequieto.

Danijel si stava già dirigendo verso casa, lei gli disse che lo avrebbe raggiunto a breve, dopo aver comprato qualcosa da mangiare.

Appena fu sicura che avesse girato l'angolo, Agnese si avvicinò al ragazzo, con estrema calma.

«Sei tu?».

Lorenzo sollevò la testa e il suo viso si illuminò.

«Nina!», gridò, saltando in piedi e abbracciandola con un gesto così plateale che dieci turisti tedeschi si voltarono all'unisono a guardarli.

Agnese rimase interdetta, immobile fra le sue braccia e avvertì quella sensazione di tuffo al cuore che aveva sempre, ogni volta che Lorenzo la abbracciava senza preavviso.

«Sto andando al porto, mi imbarco per Nyssiros, un'isoletta minuscola vicino alla Turchia».

«Bello...».

«Il mio primo viaggio da solo».

«Complimenti, io non credo che ci riuscirei. Mi verrebbe troppa malinconia».

«Tu sei sempre stata un po' malinconica».

«Dici?».

Agnese sollevò lo sguardo su di lui, per un attimo imbarazzata. Notò che era un po' dimagrito, anche se l'abbronzatura gli dava un'aria piuttosto sana, sicuramente migliore dell'ultima volta che lo aveva visto.

«E come stai?».

Lorenzo abbassò la testa e sorrise fra sé.

«Bene, ho risolto i miei problemi di cuore», disse ironico, «con Lou è finita, forse non ci siamo mai amati davvero. Fingevamo entrambi di essere ancora legati l'uno all'altra...».

"Ragazza-traghetto", pensò Agnese.

Lorenzo abbassò lo sguardo su di lei e vide in fondo ai suoi grandi occhi verdi un velo di tristezza.

«Ma tu, come stai? Stai bene?».

No, non sto bene per niente e vorrei restare con te.

«Bene, bene, sì. Sono qui... in vacanza...».

«Con la tua amica Giulia?».

«No...».

Agnese rimase in silenzio e Lorenzo non ebbe bisogno di altre spiegazioni.

«Ho capito...».

Dopo una piccola pausa Agnese fece un passo, come per andarsene e Lorenzo sentì la necessità impellente di trattenerla.

«Lui chi è? Che cosa fa?»

«È un regista di teatro. Vive a Varsavia».

«Ti sei messa con un polacco?»

«No, in realtà, è bosniaco... è una storia lunga».

«Vi sposate?».

Agnese al pensiero scoppiò a ridere.

«No, cioè, non lo so, non è tanto che stiamo insieme...».

«Non c'è niente da ridere, si sposano tutti, sembra un'epidemia. Ma non eravamo noi la generazione di quelli alternativi, che convivono e pensano solo alla carriera?»

«Siamo noi. O almeno io sono così... purtroppo».

Lorenzo le scompigliò i capelli sulla testa e le spinse via la faccia, facendole una carezza. Agnese rise e per un attimo sperò che quel momento potesse dilatarsi.

Il pullman per il porto si fermò dall'altro lato della strada. Lorenzo lo vide e il vento si alzò di nuovo sollevando il vestito arancio di Agnese.

Sei bellissima, perché non molli qui il polacco, lo slavo, quello che è, e non vieni via con me?

«Devo andare», le disse invece.

Agnese annuì in silenzio, senza staccargli gli occhi di dosso.

Lorenzo prese lo zaino e se lo mise sulle spalle.

Si voltò e si diresse verso la fermata e Agnese a sua volta si incamminò nella stradina che portava alla sua stanza in affitto, contando i passi che la separavano da lui, indecisa su quello che avrebbe potuto fare, o dire.

Incontrare Lorenzo in un paesino di pescatori di un'isola greca non era altro che l'ennesimo scherzo del destino.

Poi all'improvviso Lorenzo ci ripensò.

«Nina!».

Agnese si voltò e lui le corse incontro.

Prese una penna e le scrisse un numero di telefono su un pezzetto di una pagina strappata alla fine del suo libro.

«Senti, lo so che negli anni non mi sono comportato sempre bene e magari tu non mi vuoi più vedere, però io invece ti vorrei incontrare, o sentire... sempre... almeno una volta al giorno... perciò se per caso ti venisse voglia, chiamami».

Le diede il foglietto e Agnese sorrise.

Lei avrebbe voluto abbracciarlo, ma aveva paura di mettersi a piangere.

Lui avrebbe voluto baciarla, ma aveva paura di essere picchiato dallo slavo.

Perciò Lorenzo salì sul pullman e Agnese rimase per strada.

Il vento che alzava la polvere se lo portò via, in un pulviscolo di luce bianca.

Matrimoni

Dopo le vacanze a stretto contatto con Danijel, appena mise piede nel suo appartamento, Agnese provò una solitudine infinita.

Tornava dall'ospedale la sera e le sembrava che le pareti trasudassero tristezza. Le aveva fatte dipingere di azzurro, mesi prima, seguendo i consigli di un'amica di Giulia, una cromoterapeuta, secondo la quale in casa bisogna usare colori diversi per ogni stanza per vivere bene in un ambiente che trasmetta il giusto umore a chi lo vive. L'azzurro e il verde chiaro mettono serenità, l'arancio o il giallo ocra invece scaldano e infondono umori positivi, il rosso e il viola sono troppo forti, scatenano l'aggressività e vanno evitati.

Considerato il momento che stava attraversando, Agnese aveva optato per un azzurro chiaro, sperando che potesse infonderle un po' di pace.

La relazione con Danijel era finita l'ultimo giorno di viaggio. In un brutto fast food di Atene nei pressi del porto. Quasi non c'era stato bisogno di parlarne. Lui non era l'uomo che lei aveva creduto e idealizzato e Agnese non si sarebbe mai trasferita nelle fredde e scure lande polacche.

Per quanto si sforzasse, non riusciva a vedersi dentro un film di Kieslowski degli anni Ottanta, in un palazzone post comunista in cui la luce si accende solo al passaggio umano, sotto un cielo perennemente grigio; un film di quelli in cui le donne si mettono vestiti rossi per dare una macchia di colore al paesaggio e in cui si fatica a tirare fuori le mani dal cappotto per il freddo.

Ora però, l'ennesimo ritorno alla solitudine cominciava a pesarle. Meglio non innamorarsi, o non pensare di esserlo, perché quando finisce è ancora peggio. Mentre si crogiolava in questi pensieri, squillò il cellulare.

«Nina?».

Agnese rimase in silenzio, spiazzata.

«Ho aspettato che mi chiamassi ma non lo hai fatto e allora... ho chiamato a casa di Giulia, per farmi dare il tuo numero...».

«E lei l'ha fatto naturalmente...».

«No, guarda, mi ha detto di lasciarti in pace. Ma io ho insistito tirando in ballo un'aritmia cardiaca e un estremo bisogno di sentirti».

«Hai un'aritmia?».

«Certo che no, sto benissimo».

«Non sei cambiato di una virgola».

Lorenzo spostò l'argomento dirottando ogni altra polemica.

«Mi ha detto che si sposa.... Si sposano tutti... Tu come l'hai presa? Non deve essere facile il matrimonio della tua migliore amica».

«Non lo è, infatti. Soprattutto quando lei è incinta».

«Che cosa? È un matrimonio riparatore allora! Cavolo, vecchio stampo, eh?».

«I genitori di Giulia sono pugliesi, non ce l'avrebbero fatta a vederla con un bimbo in braccio senza una fede al dito».

«Fai la damigella?».

«Non lo so, può darsi, comunque manca ancora un sacco di tempo, no?»

«Hai quattro mesi per prepararti psicologicamente, il quinto va via così veloce che sei già lì, con il bouquet in mano».

«Perché mi hai chiamato?»

«Avevo voglia di sentirti. Pensavo, che è un peccato, insomma noi due eravamo molto uniti…».

«Hai detto bene, eravamo, non si può vivere nel passato».

«Sì, ma quel giorno a Milos quando ti ho vista…».

Lorenzo s'interruppe e fece una piccola pausa.

«Cosa?»

«Sinceramente?»

«Spara».

«Non mi sei sembrata così felice».

Rimase in silenzio.

«Ci vai al matrimonio?».

Anche Agnese era campionessa nel cambiare argomento.

«Non sono stato invitato… tu vai con lui?»

«No, lui… non stiamo più insieme».

Lorenzo in cuor suo fu felice di quella notizia, anche se Agnese l'aveva detta in tono melodrammatico.

«Meglio così, non ti ci vedevo a Varsavia, con la neve, il freddo, ti ricordi? Faceva buio alle tre del pomeriggio…».

«E comunque non sono affari tuoi».

«Va bene, *Do witzenia* allora, scusami, la Polonia è un paese meraviglioso…o almeno per me lo è stato, è tra i ricordi più importanti che ho».

Agnese restò in silenzio, ad ascoltare il suo respiro.

«Adesso vado, devo dare il cibo a Pelo. Ho un pastore tedesco al posto della fidanzata e ti assicuro che mi trovo molto meglio».

«Buona serata».

«Se vieni a Milano, o se magari passo da Roma...».

«Certo», disse lei, poco convinta e con il cuore perso in quella loro notte di neve di tanti anni prima.

«Nina...?»

«Sì?»

«Ti posso chiamare ogni tanto?».

Avevano deciso di sposarsi in una chiesetta di campagna perché lì accanto c'era un casale bellissimo in cui avrebbero fatto il ricevimento e Giulia le aveva parlato per ore di questo luogo ameno in cui non c'era altro fuorché la «bellezza disarmante della natura».

Era la fine di settembre e la «bellezza disarmante della natura» coincideva con una nutrita popolazione di zanzare e altri insetti che le stavano divorando i polpacci dall'istante in cui era scesa dalla macchina.

Giulia aveva deciso di sposarsi Luca, un attore della compagnia con cui ormai faceva teatro indipendente da anni, dopo neppure un anno di fidanzamento.

Quando le aveva comunicato la decisione, Agnese le aveva sfoggiato un sorriso raggiante ed era rimasta impassibile, fingendo con se stessa che la cosa non la toccasse emotivamente.

Poi era tornata a casa e aveva passato un'intera domenica pomeriggio a cucinare fritto e a mangiarlo da sola davanti all'ultima serie di *Desperate Housewives*.

Non è facile vedere la tua migliore amica eternamente precaria e un po' naif trovare l'amore della sua vita e consacrarsi al vincolo del matrimonio quando l'unica storia che hai avuto in quattro anni è con un bosniaco trapiantato in Polonia.

Luca era un entusiasta, un istintivo e spesso non sapeva come arrivare alla fine del mese, però era innamoratissimo di Giulia.

Erano davanti all'altare e stavano per dare inizio alla marcia nuziale quando Agnese vide Luca che le faceva un gesto disperato di avvicinarsi a lui.

Attraversò la navata elargendo sorrisi imbarazzati e si accostò allo sposo con discrezione.

«Che succede?».

Le mostrò la fede, che per sbaglio aveva messo sulla mano destra e adesso faceva fatica a uscire dal dito.

Agnese armeggiò con forza sull'anello, alla fine lo costrinse a immergere il dito nella bacinella dell'acqua santa e dopo un po' finalmente la fede sgusciò fuori.

Luca la guardò con un enorme senso di riconoscenza e Agnese tornò al suo posto sorridendo.

Il matrimonio stava per cominciare e adesso arrivava la parte più difficile. Cercare di non versare lacrime sul bouquet di roselline bianche che Giulia aveva scelto per lei.

Quello che gli dava veramente gioia da quando era tornato a Milano erano le corse con la moto. Anche se i medici gli avevano sconsigliato di abusare dell'adrenalina da velocità vista la sua salute un po' cagionevole, lui amava correre più di ogni altra cosa.

Quando saliva sulla sua Monster, unico ricordo vivo della sua relazione con Lou, aveva la sensazione inebriante di riprendere in mano le redini della propria vita, e più correva nelle strade periferiche della città, in mezzo a distese di fabbriche e lande desolate della pianura Padana, più si sentiva in pace con se stesso. La testa si liberava, la memoria tornava felicemente al passato, i ricordi arrivavano freschi, si tingevano di nuove emozioni e scorrevano in un unico flusso fino al momento in cui decideva di spegnere il motore.

Fermò la moto in uno spiazzo vuoto, in cui la strada era interrotta. Era uscito dalla città alla velocità della luce, senza neppure rendersene conto.

L'inquinamento aveva provocato nel cielo una pennellata di nuvole viola che andavano appiattendosi contro l'orizzonte, sulla tavola arancio del tramonto. Lorenzo sollevò lo sguardo sull'enorme stormo che sorvolava la sua testa. Rimase a fissare a lungo quella corrente di minuscoli esseri neri, che si muoveva facendo strane forme tutta insieme, come un unico essere, come se palpitasse di un solo battito. Gli venne in mente quella rondine con l'ala spezzata, che aveva trovato una mattina accanto al bordo della piscina.

Gli mancava Villa Carlotta. In fondo era stata la meta della sua infanzia, la parte migliore di quegli anni.

Salì di nuovo sulla moto e fece partire il motore. Forse valeva la pena di fare un altro po' di strada.

Il tergicristalli faceva su e giù lentamente producendo un rumore infernale. Avrebbe dovuto far sistemare la macchina prima di mettersi in viaggio. Mentre guidava lungo la strada semi deserta alle sette del mattino, ebbe una specie di deja-vù.

Chissà perché ogni volta che tornava in Romagna si abbatteva su di lei la furia del temporale. La pioggia si rovesciava sulla sua Cinquecento come se dovesse scaraventarla giù dai ponti dell'autostrada.

Come l'ultima volta che era tornata, quel giorno pioveva e come l'ultima volta, Agnese piangeva. Ma stavolta erano lacrime più contenute, più consapevoli. Forse ora sarebbe stato più facile consolarsi. Magari con una piadina al prosciutto o un cono gelato da cinquemila lire...

La valigia era buttata a caso sul sedile posteriore, al manico era rimasto attaccato il cartellino dell'ultima volta che era andata a Varsavia.

Al matrimonio di Giulia aveva incontrato quasi solo coppie. Risolte, felici, con progetti di futuro insieme e quella visione improvvisa dell'amore che a quanto pare tutti, tranne lei, riuscivano ad avere nella vita, l'aveva destabilizzata.

Quando vide in lontananza la sagoma del vecchio casale, si sentì subito più tranquilla. Chissà perché quel luogo aveva sempre il potere di calmarla, di farla sentire a suo agio. La pioggia lungo il tragitto si era trasformata in grandine che si abbatteva con violenza.

Agnese corse dentro casa e l'odore di marcio e di bruciato la avvolse; ma era un odore familiare e questo bastò a consolarla. Accese la vecchia stufa, ci mise dentro due ciocchi di legna e buttò la valigia nella sua stanza. Si guardò intorno, spaventata, ma allo stesso tempo pronta ad essere assalita dai ricordi. La malinconia era un sentimento in cui sapeva riconoscersi e crogiolarsi.

Fece qualche passo scendendo i gradini della scala di marmo e a poco a poco le parve di sentire come un'eco di voci che bisbigliavano allegramente.

Entrò in cucina e in un angolo c'era la sua bisnonna Lisa, vestita di chiaro, con quei capelli lunghissimi, bianchi, seduta accanto alla vecchia piastra, che rigirava una piadina. Poi voltò la testa e vide, come in un vecchio filmino in super otto, la zia Claudia, Aurora e la nonna Adriana intorno al tavolo di legno perse nelle loro chiacchiere. Erano tutte molto più giovani e le loro voci erano vivaci, squillanti. Seduta insieme a loro c'era anche un'altra donna, gli occhi verde scuro, come i suoi, i capelli lunghi che le ricadevano sciolti sulle spalle. Indossava un vestito estivo a fiori piccoli, azzurri e bianchi e lentamente si metteva lo smalto.

La donna alzò la testa e guardò Agnese, in piedi, sulla soglia. Pensò che era davvero bella sua madre da giovane e forse un po' le somigliava.

«Agnese, che fai lì? Entra».

Fece un passo nella stanza e il ricordo, nella sua nitidezza, svanì.

L'acquazzone lo colpì vicino al casello per Rimini. Nonostante avesse il casco integrale e i teli anti pioggia, Lorenzo sterzò verso la scritta luminosa di un autogrill, che nella nebbia era l'unico baluardo di salvezza.

Si tolse la giacca fradicia ed entrò nel locale in cui si erano rifugiati altri motociclisti. La ragazza del bar gli portò il menu e Lorenzo si sedette a un tavolo vuoto, di fronte alla vetrata. Pensò ad Agnese che in quel momento forse cercava di smaltire la sbornia del matrimonio del giorno prima. Era un bene che non si fosse trasferita a Varsavia. L'idea di saperla così lontana gli avrebbe fatto sentire ancora di più la sua mancanza.

Guardò le persone che entravano e uscivano in quel luogo di passaggio, una frontiera dove chiunque avrebbe potuto incontrarsi. Fu in quel momento che ebbe una sorta di epifania, erano mesi che non riusciva a chiudere il soggetto del suo film sull'amicizia fra i due ragazzi della West Bank. Le aveva pensate tutte: una fuga notturna attraverso il check point, o scavalcando il filo spinato del campo profughi in cui lui viveva, ma tutti i possibili finali gli sembravano inverosimili, ogni volta nella sua immaginazione i due venivano beccati e separati di nuovo.

In quell'istante capì che la soluzione non era spingersi oltre. Non c'era nessun luogo da cui scappare, nessun confine da attraversare. I due ragazzi avrebbero camminato in cima al muro che li divideva. Sarebbero rimasti lì, tutta la notte, a parlare, sentendosi finalmente liberi.

La barriera che li separava era dentro di loro.

Si fece dare dalla cameriera un foglio di carta e una penna e iniziò a scrivere.

Quando ebbe finito, alzò la testa, guardò le macchine sfrecciare sull'autostrada e la pioggia diradarsi.

E sentì che sarebbe andato tutto bene perché adesso era a pochi passi dalla sua meta.

Terminata la pioggia, Agnese uscì dal casale.

La grandinata si era spenta lasciando spazio a un cielo bianchissimo, carico di nubi quasi invisibili.

Passò davanti a Villa Carlotta e si fermò solo un istante davanti al cartello stinto, "Vendesi". S'incamminò dritta per quel sentiero che aveva percorso tanti anni prima, un'estate. Si fermò a contarli e si rese conto che ne erano passati più di venti. Eppure quel bosco le faceva ancora paura. In quel momento, sì, avrebbe voluto la mano di Lorenzo a stringere la sua e a guidarla lungo i rovi.

Il tetto di foglie sopra la sua testa era interrotto da sprazzi di luce bianca, i rumori degli animali si mescolavano a quelli dei suoi passi. Si ricordò che si erano spinti molto oltre, al centro del bosco, superando l'albero di ciliegio, in un territorio che a lei era proibito. Quel pomeriggio d'estate lui l'aveva guidata con sicurezza, forte della sorpresa che stava per farle.

Il sentiero era più complicato adesso, le piante erano cresciute e si allungavano invadendo la strada e sbarrandole il passo.

Agnese non sapeva bene perché, ma andava avanti.

Parcheggiò la moto prima dell'inizio dello sterrato che portava alla villa.

Giunto di fronte alla casa, un brivido gli percorse la schiena.

Lorenzo si strinse nelle spalle e fece qualche passo in quello che era stato il giardino della sua infanzia. La piscina era vuota, le pareti decorate di muschio come in un'istallazione postmoderna. Sull'erba alta si erano posati grossi chicchi di grandine, che stendevano bagliori di bianco qua e là, come macchie di luce.

Camminò fino al garage sul retro della villa.

Aprì la saracinesca arrugginita, che fece un rumore insopportabile e l'odore di benzina della stanzetta lo avvolse. Era tutto in ordine, come lo aveva lasciato suo nonno, il garage era il suo posto preferito. Si aggirò tra gli attrezzi accatastati, le gomme di ricambio impilate una sull'altra, e poi lo vide. Il vecchio Sì. Chissà se sarebbe mai ripartito. Lorenzo lo coprì con un vecchio lenzuolo e lo rivide con quella strana forma di pony, come era apparso a lui e Agnese la prima volta, da ragazzi.

Poi uscì dal garage, camminò fino all'ingresso del giardino e si fermò a osservare il casale. Al contrario della loro villa, sprofondata in uno stato di decadenza, il casale era rimasto identico negli anni. Perennemente diroccato.

Lorenzo vagò con lo sguardo sulle vecchie finestre, sulle mura antiche, e per un istante sperò di veder uscire dalla porta una bambina con i capelli rossi.

Fu lì che vide una macchina parcheggiata.

Agnese si era spinta molto oltre, lì dove la radura si addensava facendo piombare il bosco nella penombra. Si fermò davanti a una quercia che le parve di riconoscere, sotto la quale avrebbe dovuto esserci la capanna di legno. Ma naturalmente sotto la quercia la capanna non c'era.

Era stata un'ingenua a pensare che potesse resistere per tutti quegli anni. Rimase ad ascoltare il rumore del torrente che scorreva sempre lì a pochi metri; sui sassi si erano posati alcuni cubetti di grandine.

In quel momento sentì una voce alle sue spalle:

«Nina».

Era quasi un sussurro, a rompere il silenzio ovattato del bosco.

Si voltò.

Lorenzo era lì, a pochi metri da lei, la guardava con un'aria più seria del solito.

«Era qui, vero?», gli chiese, dopo una pausa di silenzio.

«Sì, era qui», rispose lui, con un sorriso.

Lorenzo fece due passi verso di lei e sputò nell'aria una nuvola di fumo bianco. Stavolta non la prese in braccio, non la strinse, si avvicinò con calma, timidamente.

«Come stai?», gli chiese, imbarazzata da quella vicinanza, e abbassò lo sguardo.

Lorenzo non disse niente e continuò ad avvicinarsi.

Erano loro i veri protagonisti del suo film, erano loro ad aver creduto per anni che un muro li dividesse. Adesso finalmente potevano camminare su quel muro, in bilico, tutta una notte, o forse una vita.

Le tirò su la testa costringendola a guardarlo negli occhi.

«Ho una cosa per te», le disse, mettendosi una mano in tasca.

Agnese lo guardò senza capire.

Lorenzo tirò fuori una bustina trasparente in cui era avvolta, custodita, una fede d'argento.

Il piccolo anello che aveva trovato Agnese sul fondo della piscina.

«L'aveva regalato mio padre ad Aurora. Quel giorno voleva chiederle di sposarlo... poi avevano litigato e lei lo aveva gettato via... chissà come, era finito nella piscina, forse perché tu lo trovassi».

Lorenzo le prese la mano sinistra e glielo mise al dito.

Agnese vagò con lo sguardo spaventato negli occhi di lui, finalmente felici.

«Adesso ti sta, è tuo, te l'avevo promesso».

«Ma non posso tenerlo, non era per me».

«Invece sì. Quella è una storia vecchia. Adesso tocca a noi».

Lorenzo le prese il viso incredulo tra le mani e lo avvicinò pericolosamente al suo.

Agnese avvertì la sua pelle calda e liscia e un attimo dopo sentì qualcosa di gelido posarsi su una guancia, sulle mani, sui capelli.

Spalancò gli occhi su quel cielo bianco e lo ringraziò per aver deciso, proprio in quel momento, di riversarsi su di loro.

Agnese chiuse gli occhi, si lasciò trasportare da quel bacio e per la prima volta sentì che non c'era niente di male, a lasciarsi amare, da Lorenzo, in pieno giorno, sotto la neve.

Ringraziamenti

Un ringraziamento particolare a Francesca Mancini, senza la quale non sarebbe nato questo romanzo. Giusi Sorvillo, che ha curato in ogni dettaglio la forma e i contenuti. Raffaello Avanzini, che ha creduto in me come esordiente. Marco Ponti, il primo a leggerlo e a dare suggerimenti. Beatrice Ruta, che mi ha regalato la casa giusta per scrivere.

Raffaella Di Giulio, amica e compagna di sventure sentimentali. Nonna Adriana, zia Claudia, zia Aurora, e la bisnonna Lisa, che hanno ispirato i loro omonimi personaggi.

Infine...

Carolina, Guido, zia Agnese e zia Silvana, zio Mauro e Titta, zio Angelo, Claudio, Mattia, Giorgio, Alessandro, Denjal, Iacopo e Jacopo, Claudia e Gloria, Giovanni e famiglia, Alfredo e Mangia, Giorgia, Antonella e Riccardo, Carolina e Ugo, Laura e Rocco, Rosa, Bernardo e Pat, Chiara e Claudio, Irene e Nicola, Manuela e Claudio, Adriano e Marta, Toto e Cristina, Pia, David e Frida, Paolo e Mario, Carlo e Alberta, Giulia, Roberta, Valentina e Costanza, Roberto, Martina, Fabio, Sebastiano, Pino, Bea e Marianna.

Indice